诗人散文丛书

罗振亚◎著

习惯温暖

河北出版传媒集团
花山文艺出版社
河北·石家庄

图书在版编目（CIP）数据

习惯温暖 / 罗振亚著. -- 石家庄 : 花山文艺出版社, 2023.10
（"诗人散文"丛书 / 霍俊明，商震，郝建国主编）
ISBN 978-7-5511-6442-9

Ⅰ. ①习… Ⅱ. ①罗… Ⅲ. ①散文集－中国－当代 Ⅳ. ①I267

中国国家版本馆CIP数据核字(2023)第017819号

丛 书 名：“诗人散文”丛书
主　　编：霍俊明　商　震　郝建国
书　　名：习惯温暖
　　　　　Xiguan Wennuan
著　　者：罗振亚

责任编辑：李倩迪
责任校对：李　伟
封面设计：王爱芹
内文制作：保定市万方数据处理有限公司
出版发行：花山文艺出版社（邮政编码：050061）
　　　　　（河北省石家庄市友谊北大街330号）
销售热线：0311-88643299 / 96 / 17
印　　刷：河北新华第一印刷有限责任公司
经　　销：新华书店
开　　本：880毫米×1230毫米　1 / 32
印　　张：9.25
字　　数：180千字
版　　次：2023年10月第1版
　　　　　2023年10月第1次印刷
书　　号：ISBN 978-7-5511-6442-9
定　　价：60.00元

（版权所有　翻印必究·印装有误　负责调换）

目　录
CONTENTS

◎ 第一辑　和亲人说会儿话

回家	/ 003
独坐黄昏	/ 010
"生活就是战斗"	/ 017
老弟	/ 023
我的老师	/ 031
"云端"的精神导师	/ 036
真的人与真的文	/ 041
愧疚与参悟	/ 049
讲台上的锦池先生	/ 058
当他的身影在会场突然出现	/ 063
风中摆动的书包	/ 072
那束诚挚而专注的目光	/ 078

◎ 第二辑　拔节与开花的声音

"瞎话儿"	/ 087
清清亮亮的日子	/ 092
791：永远的徽章	/ 097
初上讲台	/ 100
苦鱼	/ 107
"拷贝"的微笑	/ 111
遍地落蝉	/ 114
由一本书的出版想到的	/ 118
"草堂"：拜谒与诉说	/ 124
驻足在"桃花源"门前	/ 128
还原萧红的本真面貌吧	/ 132
与诗共舞，永远年轻	/ 138
深挖一口"井"	/ 142
诗，我永远的亲人	/ 148

◎ 第三辑　在黑土地上打滚儿

站在讷谟尔河畔　　　　　　／ 157

怕听箫声　　　　　　　　　／ 162

一缸茉莉花茶　　　　　　　／ 166

租房子　　　　　　　　　　／ 170

逛早市　　　　　　　　　　／ 175

乳名　　　　　　　　　　　／ 180

祈雨　　　　　　　　　　　／ 185

玉秀在春天　　　　　　　　／ 189

没有鸟儿叫的春天　　　　　／ 193

高三爷之死　　　　　　　　／ 197

吹唢呐的金三儿　　　　　　／ 202

忆念那盏灯光　　　　　　　／ 206

◎ 第四辑　拾贝的日子

诗人与校园遇合　　　　　　／ 211

我看新诗教育　　　　　　　／ 216

该向古典诗歌学习什么　　　　　／ 221
量子时代诗歌该如何表达　　　　／ 227
先锋的孤独与边缘的力量　　　　／ 232
新诗真的这么不堪吗　　　　　　／ 240
非要"文体不限（诗歌除外）"吗　／ 248
非诗伪诗垃圾诗，别再折腾了　　／ 255
把诗歌从"云端"请回"地面"　　／ 260
"及物"与如何"及物"　　　　　／ 266
原生态、冲击力及其限度　　　　／ 272
研究者要不要写作　　　　　　　／ 278
散文文风的不良"面相"　　　　／ 281
从"树下"再出发
　　——《第二届"南开穆旦诗歌奖"
　　纪念文集》序　　　　　　　／ 287

诗人散文
SHIREN SANWEN

第一辑 和亲人说会儿话

回　　家

人活一辈子，谁也不可能离开家，甚至可以说，人生就是一次一次回家的旅行，不是在家中，就是在赶往家中的路上。

1987年，我正在攻读硕士研究生。春节前夕，我和妻子商量好回老家过年。虽然儿子那时才刚刚一岁多，还有点儿经不起长途旅行的颠簸，但父母年事已高，不忍折腾他们，当儿女的总要和他们团聚啊。从爱人居住的北安市，到我的故乡讷河县（现为讷河市）和盛乡，二百三十多公里的路程，绝对算不上远。只是恰好赶上了黑龙江的寒冬腊月，那时的交通又很不方便。我们从北安乘火车出发，下午两三点钟的光景，到达富裕县的一个小镇富海站，本打算在那儿改乘汽车，当天就能回到乡下老家。不想那年冬天的雪大得出奇，三天两头就飘上一场，道路基本上被封住，长途客车纷纷抛锚，陆续停运了。孩子太小，外面是零下三十多摄氏度的气温，若抱他走四十多里路回家，很容易把他冻坏，后果不堪设想。无奈，我们只好冒险让同行的读高中的妹妹先走回家送信，然后再让父亲赶着牛车来接我们。后来听妹妹说,当她深一脚浅一脚地慢慢摸回到家,说明情况后,家里的人都很着急。妈妈生怕把孙子冻着,立马把几床棉被一层层、一圈圈地铺在牛车上;父亲喝了几口热水,连夜就上路了。第二天天刚蒙蒙亮,车站里就传来了父亲爽朗的笑声。望着他狗皮帽子下冻得通红的脸颊,胡子和眉毛上厚厚的白霜,嘴和鼻孔冒着的热气,我完全语塞了,不知他这一夜是怎么从家摸过来的。更没想到的是,一夜未停的雪,让返程的路更加难走。开始,路上的车辙还隐约可见,老牛奔家,跑得还挺快;可是随着"冒烟炮"越来越大,前面的路几乎看不清了,只剩下一片朦胧的雪的平面,老牛试探着走,好像车的分量也越来越沉重,速度渐渐慢了下来,而后干脆站在那里不知怎么走了,也不敢往前迈步了。这时,父亲毫不犹豫地跳下车,用手牵着他心爱的枣红色老牛,轻轻地抚摸一下它的脖颈,之后一步一步地,在没有道儿的厚厚的积雪上,硬是走出了一条道儿来。望着已经五十五岁的父亲因比老牛还吃力而前弓的身体,特别是他早年因寒湿所致的弯曲得很厉害的罗圈儿腿,泪水怎么也控制不住了,于是我也跳下车,和他一道开路,前行。一段不太远的路,走了四个多小时,当午饭的炊烟温馨地从村庄升起,妻儿坐上了家里的热炕头儿时,我和父亲都满意地笑了。

一晃,我这个"异乡人"就在哈尔滨扎下了根。三十岁时评上了副教授,1997年,我终于有了一套两室一厅的房子。得过脑血栓的父亲干农活儿的速度和力气也远不如从前了,装修后住进新房不足半月,我和弟弟没有耽搁,马上赶回老家,把父母从乡下接到了哈尔滨,想让操劳一辈子的他们在城里享享清福。小时候孩子们需要庇护,父母就是家;父母年迈到失去劳动能力的时候,儿女自然也就成了他们的家。起初,父亲挺高兴的,擦地,买菜,接孙子,查一座高楼能住多少户,估摸着住的人有没有一个屯子的人多,好奇地看大学生在操场上军训做操,哪儿哪儿都新鲜。可是没多久,大都市本来就不大的吸引力,慢慢地变淡了。也的确,那里除了钢筋水泥支撑的高楼大厦和时髦光鲜的人流之外,让人留恋的地方,还能有什么?出门找不到人聊天,公园天天转谁都会厌烦,一个个进出的知识分子那种酸腐的"装"劲儿,咋看咋不舒服。就是街上光滑平坦的柏油路,也比不上乡下的泥土那般柔软和舒坦,踩上去硬邦邦的,好像很多人一样毫无表情。于是,有一天父亲和我说,他想和我母亲一起回老家待一段时间,殷切得简直没法拒绝。而后,每年都是这样,他和母亲像候鸟似的,往返于哈尔滨和讷河的乡下之间。直到2004年,他有些走不动路了,才不得不停下回农村家的脚步。我发现,曾经被誉为"罗铁嘴"、十分善谈的他,话也变得越来越少,刚刚发生的事情转身就会忘掉,偶尔与我叨叨的也都是一些以前的旧事,有时讲得还活灵活现的。2006年,我调到天津的南开大学工作,他没有随我一同前往,而是选择继续留在哈尔滨,说舍不得我工作不久的小弟弟。再之后,我回哈尔滨看他时,他就开始经常语无伦次,吃饱饭马上就喊饿。由于走路费劲儿,他拄起了拐棍，照顾他的母亲和姐姐没少挨他的打，只要不顺他意，他说动手就动手，干过农活儿的手仍然力气不小，妈妈和姐姐身上也就经常青一块紫一块的。有两次她们一会儿工夫没照看到，父亲就在大学的院子里把自己走丢了。听着姐姐的叙说，我在默默地想，是不是城里的房子再大，也没有那种对他来说特殊的气息和记忆，当然他骨子里压根儿也就不会把它当成自己的家；难道我当初把他从乡下接出来，是出于儿女的一片孝心，可实际上犯了一个不可饶恕的错误？我不敢再想下去了……

这样的状态也就持续了几年光景。2012年6月19日早上，姐姐在电话里哭着说，爸爸可能不行了，你快回来吧。我紧赶慢赶，马不停蹄，飞机在下午到达哈尔滨机场后，我直接去了哈医大二院的停尸间，之后是办理各种手续，选墓地，销户口，到殡仪馆火化。在一系列事情办理的过程中，尽管焦灼悲恸，我却努力克制，让自己冷静，在别人面前没掉过一滴眼泪。我知道，我的泪水已经在飞机上、在心里面流干了，我更清楚，生命中一直遮挡风雨、能够攀附的那座山彻底倒塌了，我必须将自己的脊梁挺起为另一座山，因为我是家中的长子，因为还有母亲、妻儿、姐妹和弟弟，因为生活还得延续。所以即便把牙根咬破，也不能让眼泪流出来。可是，当料理完所有的后事后，我把自己关在屋子里，撕心裂肺地号啕大哭了一场。父亲临走，做儿子的也没能赶上和他说句话，生活里还有比这更残酷的事情和更大的遗憾吗？此生这个遗憾，恐怕就是一道永远也无法愈合的精神伤口了。尤其是心里那份沉重的愧疚怎么也难以释怀。6月21日早上,我抱着父亲的骨灰盒,坐在轿车的副驾驶位置上送父亲去墓地。想着前些天还戴着帽子、嘴角略带微笑的父亲,转瞬就化为一把骨头几缕青烟,与自己生死两隔了,又是一阵悲恸。如果六年前自己可以放弃一些东西,不去南开大学,如果每天还像以前那样,晚上下班后到父母的住处和他一起吃饭,或者有一搭无一搭地聊上半小时、一小时,如果不时带他在周边散散步,说说留在村里的那些人和事,或许他就不会罹患老年痴呆,就是那个讨厌的阿尔茨海默病,即便得上那个病,至少也会延缓几年吧……当车行驶到哈尔滨百里之外的尚志市元宝山墓地时,我阴郁的心空才稍稍晴朗了一点儿,那里青山绿水,莺飞鸟鸣,各种有名无名的花儿们争奇斗艳地开着。父亲这次回的自己的新家环境还比较优雅,依山傍水,视野开阔,不正是在平原上生活一辈子的他生前最大的愿望吗?要是哪一位父亲离开儿女后,都能有这样一个去处,那真的就是人间的福祉了。

不知不觉,父亲到另外那个世界已经整整十年了。在这十年里,我年年回东北老家,每次都会开车去元宝山看他,倒上两杯高度的白酒,燃起几支香烟,然后在墓碑前或跪或坐,天南海北,东鳞西爪地和他聊上一会儿,躁动的灵魂就能安静很长一段时间。几年前春节前夕为父亲扫墓,那天正值大雪飘飞,父亲的墓碑前、墓座周围积满了近两尺厚的雪,我们几人用铁锹清理了一个多小时,才干净了。而后一连数天,我躺在二十多摄氏度的暖气房里,总是感觉到浑身发冷,有时心里直打哆嗦。实在没有办法，我拿起笔，重操搁置了二十多年的写诗旧业。一首首关于父亲的诗在笔下自然地流淌，生命得到表达后，也逐渐恢复了正常，从此一发而不可收，我进入了第二个诗歌写作的爆发期，后来还在中国青年出版社出版了诗集《一株麦子的幸福》。这些年，每逢春节来临，我们兄弟姐妹五个都盼着父亲能够回家，与亲人团聚，为此我还专门写过一首诗《回家》：

> 过大年时　天涯即咫尺
> 团圆的路多弯曲都将被走直
> 就是那些死去的灵魂
> 只要有照片在祭坛挂起
> 他们也能跨过连接阴阳的花瓣桥
> 纷纷回到家中与亲人相聚
> 虽说今年好像从西晋来的大雪
> 穿越了近两千载来势缓慢却格外高冷
> 梁祝孵化的蝴蝶们漫天飞舞
> 比许多头颅上的思想还要洁白
> 冻结了遥远的凝视
> 和每一寸方向
> 但爸爸您不必过虑
> 别说您的影像已成心底的烙印
> 并且　沿途的所有路口

都将亮起一支红蜡烛
雪夜里咱家院里那盏经年的风灯
一眼就会认出您

父亲,您在那边的那个自己的家里还好吗?

独坐黄昏

这次，又是在星光耀小区中心的花坛边找到的母亲。

深秋，北方的天越来越短，才四点钟的光景，太阳就要落山了。趁着十一长假，我回哈尔滨给八十岁的母亲祝寿。出租车刚一停稳，我便兴冲冲地跑上三楼，急切地敲门，可是里面传来的却是静寂的怅然。这么晚，母亲会去哪儿呢？对，一定在花坛那儿。

果然，我疾步走向花坛，一下子就看见了母亲的侧影，她正在花坛旁专注地整理着菊花，嘴里好像还不时叨念着什么。空旷的背景、略显萧瑟的花枝，把孤单的她衬托得格外瘦弱。手上枯黄的细叶在夕阳的余晖照拂下，泛出一股淡淡的清冷，好像一颗即将离开黑土的灵魂，不舍，更在挣扎。望着这幅深秋莳花的"晚景"图，我不忍马上惊扰她，泪水夺眶而出。

一晃父亲去世八年了，后几年他患上了阿尔茨海默病，常常是黑夜和白天混沌，太阳老高还呼呼大睡，晚上又满屋乱走，嚷着要吃东西；而且干过农活儿的手依然有劲儿，稍不如意就非打即骂，母亲身上也总被他掐得青一块紫一块的，他得手时甚至还掐母亲的脖子，据姐姐说有一次要不是她及时赶到，母亲可能就被他掐死了。但是，他在，母亲要不停地照顾、看护，忙累得没空儿孤独。父亲走了以后，母亲先是有了一种解脱感，说不出的轻松，可接下来就是寂寞，彻骨的寂寞。人在时，虽然糊涂，也很少交流，但毕竟还有"伴儿"，几十年的"伴儿"突然没了，心里空落落的。那段时间，母亲守着一百多平方米的大房子，神经衰弱得厉害，经常是白天没精神，坐在沙发上想看会儿电视，电视里的人一直在说话，她却打起了轻鼾；尤其是忽然间变得好忘事，有两三次自己把自己锁在门外，只好等弟弟赶来；晚上倒很清醒，有时连着几晚合不上眼，说还有两次听见了鬼哭狼嚎的声音，不知道是臆想还是幻觉。在无聊又无望的日子里，母亲把家里的钥匙挂在脖子上进进出出，买菜、购物，生怕再把钥匙落在屋里，影响工作繁忙的当中学老师的弟弟。每逢几个儿女从外地来哈尔滨看望她时，她就开心极了，连睡梦中额头上的皱纹都舒展了许多；但用不了三天，她就会以孩子太小、媳妇儿不敢单住等各种理由，把儿女们劝回家。

可能是太过清闲，母亲更爱花了，不仅在室内养了仙客来、月季、吊兰等花卉，还喜欢上了小区中心花坛里那些百合、一品红、蝴蝶兰、红掌、秋海棠等知名或不知名的花儿。她对花坛里每种花都像熟悉自己的孩子那样熟悉，有关它们的名字、品性乃至表情，都能说得一清二楚。不论是刮风下雨，还是响晴的天儿，她都会准时出现在花坛旁，适时地为那些花儿松土、浇水。她更多的时间是欣赏，碰上一朵好看的花儿，能连续盯着看个把小时，和那些花儿唠一些或许只有花儿能听懂的嗑儿。还别说，因为恋花儿，有了心灵的寄托，母亲的失眠缓解了很多，日复一日，慢慢地她能睡安稳觉了，硬是以一米五几的羸弱的身躯，支撑起一百多平方米的空间，两千多个孤独的日日夜夜，减轻了儿女们不少远远近近噬心的牵挂。

母亲马荣芝是在十七岁上嫁给父亲的。父亲比母亲大八岁，却是一个典型的大男子主义者，除了生产队里的农活儿，其他的事儿几乎一手不伸，就连母亲生我们几个坐月子期间，他也不怎么知道悉心照顾和疼爱母亲。并且，父亲年轻时脾气不好，沾火就着，什么事儿也没法和他沟通、商量，母亲总是盼着他以后能火气变小脾气变好，所以一忍再忍，把家里所有的事情都揽下了，伺候孩子，养鸡养鸭养猪，煮菜做饭，抱柴火，收拾院子，都要一一动手。母亲怀第二个孩子七八个月时，还得挺着大肚子去屯子中心的"井院"挑水。那时，我们那个五十多户的自然屯里只有一口井，每家每天都得去"井院"挑水。我家住屯子东头，去"井院"挑一次水来回要走一里多路。母亲本来个子就矮，怀着孩子更加吃力，那天中午握着辘轳把儿往上摇水时，因为水桶太重，井边又结了一层薄冰，她没站稳，一个趔趄，差点儿被撒开的辘轳把儿挂倒。屯子里十七八岁的后生安山，赶紧帮母亲把水挑回家，之后又连挑三担水，直到把水缸填满。时隔五十多年，母亲叨念起这个细节时，眼神里仍然满是感激。

　　日子就这样如流水一般，静静地过着。十八岁时，母亲生下第一个男孩儿，因不懂育儿之道，身边也没亲人，孩子刚出满月就夭折了。当时父亲也没有一句安慰的话，觉得这是正常的事儿。母亲伤心地流了几天泪，之后生活还得继续，二十岁有了姐姐，二十三岁有了我，后来有了两个妹妹和弟弟，再后来孩子稍大一点儿，她便和屯子里的妇女一道，开始在田间劳作了。父亲依旧是北方男人的做派，很少顾及母亲的心理感受，母亲依旧是各种忙，不时也会忙里偷闲，沉浸在自己的世界里，摆弄摆弄她养的花儿和庄稼地里那些小麦、土豆、黄豆、高粱、玉米，以及小园儿里的茄子、西红柿、辣椒等，它们成了最为稔熟的朋友，母亲和它们一起唠嗑儿，一起散叶，一起开花。我上小学五年级时的一个中午，放学回家屋前屋后都找不到母亲，后来在小园最边缘的土豆地里，看见她正面对着一片盛开的紫色土豆花，一边微笑，一边喃喃自语，几只蝴蝶和蜻蜓来往于花儿之间，仿佛十分快乐地嬉戏着。我一下子愣住了，好半天没敢惊破她那份平静的梦，那是我至今见到的母亲最舒展、最惬意的笑容。原来，再平淡、再贫瘠的生活里，人的内心深处也少不了对美和远方的向往啊。母亲看上去柔弱，但韧性十足，她就是凭着这种独立的性格和精神，把孩子一个个拉扯成人。随着儿女们长大，父亲在家里的大男子主义气儿似乎也越来越少，母亲的苦日子渐渐有了盼头儿。

　　其实，母亲原本不是黑龙江人，她生在吉林省德惠县（现为德惠市）菜园子公社菜园子大队第三小队，刚一岁零两个月，外婆连续头疼三天就撒手人寰。很快，外公给她找了继母。母亲小时候基本上是在祖父家和外祖父家长大的，对自己的父亲反倒没有那么深的感情，寄人篱下的生活让她格外敏感，对人有很强的防备心理。母亲六七岁时回到继母身边，只读了三个月书，就开始帮继母带同父异母的弟弟妹妹了，八九岁给父母做饭、洗衣服，十一二岁到附近的草甸子上放牛。她说，有一天把家里那头黄牛赶到草甸上之后，她便躺在开着零星小花的草地上看天上的云，云朵时浓时淡，千姿百态，变幻无穷，和湛蓝的天空组成了一幅令人遐想的美景。她默默地想，那些云朵都是从哪儿来的，又都往哪儿去，一路上的"伙伴儿"会不会走散分开？那朵孤零零的云朵让她揪心，她从云朵想到了自己的身世、处境和命运，不知不觉泪流满面，又有几分喜悦。待她从云朵那里收回目光，黄牛早已自己跑回家了，她挨了父亲一顿骂，可心里却暗暗高兴着。

可惜，惬意的时光总是短暂的，母亲少女的梦还没有醒来，刚到十七岁，外祖父为生计所迫，因一点点彩礼，就迅速给她定了一门亲。没办法，母亲只好北嫁黑龙江，"上荒"到黑龙江省讷河县和盛公社新祥大队第三小队，也就是我的家乡。母亲与父亲在一起厮守了五十五年，没有花前月下，也说不上有多么恩爱，但贫贱生活使他们彼此都适应了对方，始终互相帮扶，所以父亲去世，她的心理平衡自然被打破了。

两年前，我曾写过一首诗《母亲简历》：

一岁时她母亲去了天堂
八岁她开始用衣裳清洗村前的小河
十二岁她到草甸放牧猪和云朵
十七岁她成了懵懵懂懂的新娘
十八岁她尝受儿子夭折的滋味
二十到三十五岁她属于五个孩子
照料啼哭饥饿成长与黑夜
三十六到五十六岁她亲近庄稼
玉米饱满谷子沉实黄豆扎手
还有紫色的马铃薯花都很喜欢
五十七岁她进城像进了陌生的荆棘地
除儿子媳妇孙子连楼房也不认识她
没有人叫的名字午后怏怏欲睡
好不容易她能找准东南西北
又遭遇老伴儿的失忆症发作
到了七十二岁孩子们四处忙
她常一个人在花坛边数花苞儿
陪伴太阳和地上自己的影子
日复一日月复一月

谁都是一个人孤独地来到这个世界，最后再一个人孤独地离开这个世界，途中会不断遇到一些人，他们陪你走上一段，但是走着走着就走散了，然后又有一些新的旅伴加入，只是当你抵达目的地时，发现剩下的还是你自己。母亲来时孑然一身，而后也是一个人的漫长旅程，与儿女的欢聚只能填补孤独"空洞"之万一。好在母亲似乎已经和孤独达成了默契，学会与孤独和平相处，所以她谢绝了我和弟弟让她一起生活的孝心，说自己一个人生活更随意，更自由。或许，人近黄昏的母亲，早就跨越寂寞、孤单的栅栏，习惯了孤独，并能享受孤独，悟出孤独也是充实、快乐与静谧之源了吧。

"生活就是战斗"

飞机刚在哈尔滨太平国际机场停稳，我便马上联系老弟振东，让他开车送我去北安见病危的岳父。上周末我飞过来一次，因为学校有课，我又返回了天津，妻子和亲戚都说"有事"也不用再折腾了，但我的心还是放不下，想送老人家最后一程。

过了绥化段，高速上的车越来越少，因为着急，老弟好几次把车速飙到了一百七十迈。进了北安，直奔医院ICU，躺在床上的岳父已进入弥留之际，但还有些意识，我握着他的手，他努力做出点头的动作，手是僵硬的。五分钟后，医生喊亲人们见最后一面，老人家永远闭上了眼睛。泪眼模糊中，我脑海里瞬间跳出老人家说过的一句话"生活就是战斗"，不过这一次，他输给了自己，输在了八十四岁的生命线上。

1988年6月，我骑自行车在济南的马路上摔倒，当时胳膊破皮的地方出了不少血，没想到腿会出什么问题。一年后出现双侧股骨头坏死症状，连续走十分钟路，腹股沟就疼得站不住,负重更不可能。看着同期患病的人没多久便开始跛足,甚至无法走路,当时只有二十六岁的我心理压力极大,虽然在服一位大夫的中药,但情绪灰暗;同时,出版第一本书的过程很不顺利,要赔上几千块钱,这对于当时生活窘迫得还在租房过日子的我来说,无疑是雪上加霜,似乎已看不到生活的明天。记得是1990年5月末,我突然收到寄自北安铁西的一封信,打开一看,是岳父写来的,大意是劝我要乐观,正确对待人生道路上的挫折,尤其是"生活就是战斗"六个字,一下子就烙印在了心上。

岳父杨桂祥是一位转业军人,1930年生于辽宁复县松树镇赵店的一个雇农家庭,下面有两个弟弟和一个妹妹,他刚刚懂事时记得最真切的是家徒四壁的贫困。母亲由于患上肺气肿,天一冷只能躺在炕上吼喽气喘,什么活儿都干不了;身材矮小的父亲成年溜辈地给地主家当长工,卖苦力,但挣个年吃年用都困难,碰上收成差时,弟弟妹妹饿得直哭,岳父想读书自然是非分的奢想了。俗话说,穷人的孩子早当家,为减轻父母的生活负担,岳父十一岁就彻底告别了书本,先是随着一位远房的伯父起早贪黑地走街串巷卖糖果与香烟,但老百姓家家都很穷,所以每天很累却所挣无几;继而给一个大户人家放了一段羊,自己果腹没问题了,却对家里帮助不大,那点儿工钱实在太少;最后在十二岁上父母一咬牙,把他送进了镇上的缫丝厂做起了童工。开始,岳父个头儿还不够高,只能来回抱蚕茧盒子,那东西比较沉,天天抱它的劳动强度是可想而知的，胳膊上经常被划出不少血道子；渐渐地，他和别人一样缫丝了，身高够不着平台就站着做，从泡在热盆汤中的蚕茧上往出抽丝，机械而忙碌，日复一日，一干就是五年，手长时间地泡在水里，关节慢慢都有些变形了，但身体越来越强壮了。后来忆起缫丝厂的生活，他云淡风轻地说："当时也没想那么多，就是为了自己能够活下去，让弟弟妹妹能吃上几顿饱饭。"

1947年，日本鬼子早被彻底打跑了，但是国民党挑起的内战却又一次使国内战火连绵，很多老百姓流离失所，四处逃难。出于阶级义愤和民族大义，十七岁的岳父义无反顾地加入了东北野战军。尽管在辽沈战役过程中，共产党的军队势如破竹，节节胜利，可在1948年10月攻取锦州的过程中，还是遇到了国民党军队的负隅顽抗，岳父所在的部队和敌人的一股力量对垒时可谓情状惨烈，一个连的兵力到最后只剩下他一个人，当时他胸部中弹，昏了过去，等他醒来时周边一片沉寂，只是他已经想不到恐惧了。新中国成立后，人们还沉浸在和平的幸福欢乐之中，美国的野心再度膨胀，为了保家卫国，岳父又以志愿军的身份，参加了抗美援朝战争。据他回忆，和美国人打仗尤其是拼刺刀是很危险的，他说美国人不像日本人那样，个子比较小，好对付，他们个个人高马大，打仗的时候眼睛瞪得红红的。有一次岳父和一个美国兵拼刺刀，相持时岳父感到那真叫你死我活，不一会儿就觉得在力量上没有优势，所以马上发挥身体灵活的长处，较量几分钟后，巧妙地将刺刀刺进了对方的腹部……回国后，岳父在军营的生活是相对单纯而充实的。1962年他被任命为营长，可是手下一位军官因为有了新欢要和原配妻子离婚，闹得妻子找到了部队，军官的行为令岳父非常气愤，他不容分说，抽出枪对着军官说："你敢离婚，我就毙了你。"组织上觉得岳父性格过于急躁，擅自动枪，违反了军规，于是将他关了三天禁闭，从营长降格为连长。两年后，岳父主动要求转业了。

岳父开始被分配到哈尔滨市公安局工作，但是他觉得自己不太适合，恰好这时北安县一家缫丝厂刚成立不久，百业待兴，他觉得曾经在缫丝厂做过五年工，懂得缫丝技术，有能力把厂子办好，所以就主动请缨，带着家眷，在1964年末去那里做了厂长兼党委书记。事实证明，岳父确实懂业务，善管理，又肯付出，仅仅两三年的时间，缫丝厂就成了县里最具影响力的企业之一，产量与质量大幅度提升，和日本等国家的一些企业建立了友好往来。但好景不长，1966年，岳父遭遇命运的突变，这位身经百战并且一直以"硬骨头"著称的转业军人，因外力的严重刺激，极度苦恼郁闷，甚至出现了精神分裂的症状；但他硬是以顽强的意志力克制自己的情绪，仅仅在几个月的时间里就战胜了病魔，一切都恢复正常了。同时，岳父隐约地感到，进入和平年代后，一些干部的思想逐渐倦怠、松懈了，个别人还滋生出一种特权、贪腐倾向，他曾经非常看好、亲自提拔的一位年轻能干的干部，上任不久即假公济私，侵吞厂里的钱物，开始是偷偷摸摸，后来简直发展到了明目张胆的程度，岳父对这样的"接班人"非常伤心和失望，也和他斗过，但当时无法奏效。所以1970年代后，他就从工厂调到县工业局供销科任职了，眼不见心不烦嘛。等到1979年老干部离休政策一出台，他就第一批退下来了。

干了一辈子工作，突然闲下来，岳父很不适应，整日在家里百无聊赖，却从来不和任何人说。有一次他脖子后面长了一个很大的"砍头疖子"，遭了很多罪。但很快，他就调整了过来，每天乐呵呵的，在平房的小院里养了许多只兔子，割草，喂食，清理，忙得不亦乐乎，也能自得其乐。一个在家里从来没有做过饭的"主人"，主动到厨房做饭做菜，特别是儿女们回家团聚时，他便肩上搭着一条白色的毛巾，颠起马勺炒菜；一个一个的菜上桌后，他和大家一起喝上二两白酒，聊聊当下的形势，不时回忆一下当兵时和后来学文化的一些事，一副很享受的样子。上了七十岁后，高血压、冠心病等各种老年病陆续找上门来，当年作战时留下的外伤加上风湿，引发了面部和上肢严重的白癜风，可他仍然乐呵呵的，每天走路锻炼，照顾老伴儿。暑假里的好几个清晨，我陪他散步去早市吃烧饼，喝羊肉汤，只是曾经走路生风的他，脚步慢慢变得迟缓，甚至有点儿拖沓了。当我们举家迁往天津后，有一次我郑重地邀请岳父到天津住一段，好好看看他"解放"过的天津现在发展成什么样了，走走解放桥，逛逛五大道，结果他说："我腿脚儿走路没问题，但心里有点儿怕了。"那一刻，我发现岳父真的老了，赶忙搀扶着他的手，心里最柔软的地方隐隐地一阵钝痛。一个曾经天不怕地不怕、和死亡打过无数次交道的硬汉子、孤勇者，在衰老与疾病面前居然也是这样的无奈，真是壮士暮年也黯然啊！

文章写到这儿，我再次想起岳父说的话，"生活就是战斗"。十七年的军旅生涯，在岳父心里养成了非常浓厚的战争思维，很多重要的事情他都像对待战斗一样重视。其实，他的一生不就是在一次接着一次的"战斗"中度过的吗？少年时期与贫困较量，青年时期和敌人肉搏，壮年时期同恶劣环境、不正风气对抗，老年时期跟疾病及死亡拔河，每一次战斗表现出的顽韧意志，都无愧于一位军人的名义和尊严。

"生活就是战斗"，我经常提醒自己：要时刻准备着。

老　　弟

东北很多地方称呼人时，都将排在最后的称为"老"，如最小的爷爷叫"老爷"，最小的叔叔叫"老叔"，最小的侄儿叫"老侄儿"。"老弟"是我最小的胞弟振东。

振东和我相差十二岁，也属"兔儿"。我十六岁到省城哈尔滨读大学，严格说和振东一起生活的时间只有四年，之后相见就限于寒暑假了。而那四年他基本上没留下什么记忆，我也只恍惚觉得他得过一次重感冒，青霉素肌肉针打了差不多有一个月。倒是1979年9月9日接到大学录取通知书后，我兴奋得不知如何是好，竟领着四岁的他一下子蹦到猪圈上，他手舞足蹈的憨态和"哥考上大学了"的喊声，在我心里打上了很深的烙印。再之后，就是1986年春节前夕，我在农村的老家热热闹闹地办婚礼，刚满十一岁的他像个"小大人"似的，东西院、前后街地借还碗碟、桌凳，十冬腊月里，一整天他的眼睛都亮亮的，人笑呵呵的，跑跑颠颠，满头大汗，小棉袄外边直冒热气。晚上，坐席的人走了之后，他坐在火炕上用笤帚疙瘩不停地敲打着小腿,那样子,懂事儿,也让人心疼。至于他在屯子里小学读书的事儿,我那会儿还不知道过问,觉得他还太小。

转瞬我研究生毕业,被分配到哈尔滨师范大学教书,乡下的老弟也上了初中。他初二那年暑假,坐在老家院子里的马车辕子上,我和我爱人得知他期末考试的成绩,是数学、语文和外语三科加起来才凑齐了一百分,心急如焚,这个成绩怎么能考出农村,还有什么前途可言啊!我们趁父母不在身边时,就悄悄地训他,又软硬兼施,苦口婆心地劝他,从A、B、C起给老弟补课,培养他的兴趣,并在返城后不断地写信去督促他。老弟头脑本来是比较聪明的,完全是贪玩儿耽误了学习。有一次碰见他的小学班主任,他说:"你老弟和你小时候可不一样,那淘的,淘出了花样儿。"有一次两位老师正蹲在操场边的树荫下唠嗑儿,他一骗腿儿就骑到了老师的脖子上;还有一次课间从第一排的课桌一直跳到最后一排,好几个同学的钢笔被他踩坏了。幸运的是老弟升入初三后,遇到了一位陈老师,她英语讲得特别好,激发了老弟的学习兴趣,老弟的各科成绩也明显提升,第二年稳稳当当地考入讷河市拉哈镇中学读高中,高三时又转入讷河一中就读,最终被哈尔滨师范大学物理系录取。毕业后,老弟先是就职于省重点中学哈尔滨第一中学,接着在东北师范大学读了两年硕士,之后在省重点中学的哈尔滨市第三中学任教,将物理课教得风生水起,如今已成为颇有影响的名师。

我时常想,老弟能从一个初中的"差生"成长为全国重点中学的"名师",是很不容易的,凭他一次次出色的临场发挥和应变能力肯定远远不够。往大里说,是从农民父母那里承继来的勤劳本分,使他做什么都能敬业,靠谱儿,干一行爱一行,生怕自己的一丝怠慢贻误学生的终生,因而养成了很好的职业操守。具体说,是他的毅力与执着使然,只要是他认准的事儿,他就一定能咬牙坚持,一丝不苟。听母亲说,老弟读小学三年级时,开春后学校让每个学生"交粪",份额是一百斤;可是恰好那几天父亲忙得打不开点儿,而学校要求的期限又到了最后一天,父亲答应,过一两天一定补送去,老弟却坚持必须当天送去,并认为自己的想法很"合理",小嘴儿还不停地嘟囔着。两人争执不下时,父亲动用了"特权",不顾老弟着急,用赶车的鞭子抽他,几鞭子下去,老弟的手上、脸上就有了红道子;但老弟就是横竖不说一句服软的话,母亲也护拦不住了,邻居二表哥实在看不下去,立马赶着牛车把"粪"送到了学校。老弟这股九头牛都拉不回的犟劲儿,在工作中体现得更充分。明明高一到高三的物理课本他已经教过多轮,但他还是数年如一日,把每堂课都当作第一次讲授,从来不敢应付,并且起早贪黑,逐一学期地编辑练习册,这种"笨活儿"很累人,他却乐在其中,几年下来,他创出了一套自己的教学方法,学生受益无穷,或者说他不是帮助学生解剖具体的每一道题,而是交给了他们一种可以称之为"钥匙"的方法。但是当他班上的学生获得全省理科高考状元,媒体采访问他有什么教学秘诀时,他却淡淡地笑着说:"没有秘诀,学苗好,谁教他,他都是状元。"有几年了,我发现他背包里总背着一本《道德经》,隔几日便抄录几段,并写上自己的心得笔记。他说是为培养心性,我看他已经把其视为一种精神的规约了。

达观地看待一切,则是老弟展示给我的一本耐读的书。到现在我也说不准,心胸开阔与胆量大小之间究竟是一种什么关系,但我很清楚老弟从小就敢说敢做,点子多,胆子大,遇事想得开,这和过于谨慎甚至性格有点儿胆小的我全然不同。父亲曾聊过老弟六岁时的一次经历,至今回想起来也不无后怕。那年六七月份的光景,父母被责任田里的活儿拖住了,还未入学的老弟便整日在家里玩耍。有一天晚上,父母回家后发现老弟不在家,左等右等也没见他回来,心里不禁打起鼓儿来,孩子难不成给丢了?接近八点钟时,老弟不慌不忙地进了家门,怀里还捧着几根麻花,进门直喊父母,给等在院子里的后屯卖麻花的姜爷爷称小麦。原来午后父母刚下地不久,两点多钟,卖麻花的姜爷爷赶着马车到了我们屯,待得五脊六兽的老弟,嘴有点儿馋,又不敢拿粮食换,于是灵机一动,说:"爷爷,我可不可以坐在你车上吃麻花,先赊着,晚上再让我爸妈给你称小麦?"卖麻花的姜爷爷笑一笑,答应了。老弟就这样坐在车上,吃了大半天麻花,陪聊天,逛了一屯又一屯。知道情况后,父母马上给人家付小麦,连声道谢,也被老弟的行为弄得哭笑不得。这种胆量使老弟遇到什么事都不在话下,很少有畏难情绪,当然胆大并不意味着蛮干,只是什么事都能拿得起,放得下。所以一个高中生,敢自己做主,从镇中学转到县中学;大学的专业是物理,却偏爱文学,抽空阅读《红楼梦》《围城》《资治通鉴》等文史类书籍,以至于他的物理课上有浓郁的人文色彩,吸引了学生的注意力;工作后兜里有二十万存款,竟然敢去琢磨二百万的房子,然后再一点点地挣钱还贷,说这样生活起来才有奔头。这源于他的个性,也和一次特殊的经历有关。老弟大学毕业两年后,工作干得风风火火时,由于过度劳累,代谢紊乱,他一度情绪十分低落,患上了2型糖尿病。得病之初,不懂病理,有一天早晨老弟发生了糖尿病酮症酸中毒,在租住的房子里昏迷不醒,好在同事发现得及时,但还是把我和一中的龙副校长吓了一大跳,赶紧送医院救治。出院以后,老弟一扫低落的情绪,不但什么事都能看开,而且能够笑对一切,做什么都举重若轻,云卷云舒一般自然。他常乐呵呵地说:"我都死过一次了,还怕怎么活吗?"他的生活态度,让近几年身体大不如前的我从中悟出了许多。

梁晓声在长篇小说《人世间》里,曾经化用左宗棠的话"养口体,不如养心智",讲孩子对父母的孝道或是养口体,陪伴父母,照顾他们的起居,或是养心智,远离父母,以事业上的成就让父母骄傲愉悦。按这个标准衡量,我总感到惭愧,自己充其量也就算个"养心智"的,甚至还远远没达到"养心智"的程度,专业上的一点儿成绩并不足以向外人道。1997年秋天有了两居室后,我和老弟马上回讷河老家的农村,把父母接到哈尔滨的身边生活;但也只有十年,2006年我迁居天津时，父母考虑天津太热，气候不一定适应，也是为帮着老儿子，就留在了哈尔滨，而后我在父母身边尽孝，也就变成了有时有晌的。而老弟却是既养口体，又养心智，在哈尔滨市第三中学的教师优秀得远近闻名不说，对父母的孝顺知晓的人也无不竖大拇指。有人说，儿女是否孝顺应该看生活中的细节，我发现老弟打小至今从未顶撞过父母，每一次都是笑呵呵地和父母说话，父母生活中的琐事他也都是在不声不响中悄悄做好。父亲去世前三年罹患上阿尔茨海默病，面对痴呆的老人，老弟照顾得愈加周到，总是和声细语，父亲糊涂时，拐棍打在他身上他也不躲不闪，笑呵呵的。2012年6月19日，父亲永远离开了我们。我乘飞机回到哈尔滨时，老弟已经把出殡、火化、选墓地等一系列事情安排妥当，看着他憔悴的面容、凌乱的头发和红红的眼睛，真想上去紧紧地拥抱他一下，轻轻地叫一声"老弟"；但我们都强忍着悲恸，只是用力地握握手，直到把父亲送到尚志市附近的元宝山墓地，在归家的路上才默默流起了眼泪。昏天暗地的那几天，我如一个"呆子"，老弟让我做什么，我便做什么，那几天老弟更像哥哥，我倒像个弟弟了。

一晃，我已近花甲，老弟也四十有七了。我曾经为他写过一首名为《想起弟弟的"五十肩"》的诗：

　　肩膀周边虽然发了炎
　　却坐过弟弟妹妹的嬉笑

背过麦子稻谷的饱满
暮色里　曾经走成
缓缓移动的小山
不想　刚用石子儿
掷走嫩绿的鸟鸣
手一落下　转瞬
已是秋天

冷暖难于自知
他乡错当故园
西伯利亚的寒流
不过空中飘舞的叶子
和逸不出纸面的概念
老婆拿来烘烤的太阳
也不断在头颅左右摇摆
马铃薯紫色的香味
渐行渐远

谁说典当出去的日子
是油盐柴米
更有月下花前
为什么子夜的嘀嗒声里
常伴着失眠与咳嗽

记忆的虫总来咬噬我的脸

　　就在我写作这篇印象记的此刻,眼前又浮现出老弟乐呵呵的样子,他好像在问:"哥,你最近还好吗?"

我 的 老 师

异乡的夜出奇地静,静得心如无根的云,飘来荡去的。突然忆起小学老师讲过,人都是学而知之,而不是生而知之。自己从一个乡间草甸子上奔跑的野孩子,到今天的一个文学研究者,不就是一位一位老师不断教导的结果吗?

我出生在黑龙江省讷河县一个偏僻的小村落,从小愚钝,记事也晚。读了两个月小学,还只知道一加一等于二,一加二就等于四了,结果挨了父亲一个耳光。是班主任司良德老师手把手地教我,把我教到能够总将阿拉伯数字"6"写在前边的"肚儿"换到后边,百位加减法算到灵活自如。说来也怪,不知为什么,一年级习惯"抄"班长作业的我,从二年级开始一直到初中毕业,先是变成班长一直"抄"我的作业,而后各科成绩居然始终名列前茅了。

在和盛公社读高中时,知道了什么叫高考。高二上半年结束时,我选择了学文。是个子不高声音很大的胡顺老师,把我的语文兴趣完全激发出来了。有一次他讲句子成分举例时,我竟不知天高地厚地指出老师的错误，当场纠正。后来胡老师一有事情，就让我领着同学们划分句子成分。像熟悉乡间的一切物件一样，我在划分句子成分方面还真有那么一点儿天分，也许后来文章不出语病，就得益于那时的特殊"训练"吧。

待到考入县上的讷河一中高考补习班，从未出过公社地盘的我，坐在教室里有一种做梦的感觉。那是1979年正月初六，语文老师突然点到我的名字，我好半天没有反应过来。因为在那之前，所有人都把我名字中的"亚"字发成三声，而张老师是第一个把那个"亚"字念成四声的人。后来我才知道，他是从哈尔滨师范大学中文系毕业的张景忠老师。他让我翻译《促织》，我翻译得很差，具体说什么已经记不清了，但大冷的天儿棉袄里出了很多汗却终生难忘。第二天，他接着提问我，我又出了一身汗。以后每晚自习时，他都会在我的旁边多坐一会儿。可能是脑袋终于开窍了，不知从哪天开始，我的数学、语文、政治、历史和地理等科目的成绩都逐渐好了起来，最后一次模拟考试中，总成绩居然从二十三名跃为第一名，搞得老师和自己都很诧异。四个月后，我考入哈尔滨师范大学中文系。

进了大学当然是高兴的，但时间很短，当时刚刚十六岁的懵懂无知的我，很多课并不放在心上，尽管各科成绩也不低，但真正消化的却不多，倒是抽时间读了许多闲书。大四教育实习时，我被分到哈尔滨星光汽车厂子弟中学，带队的是张锦池老师。那时他还是副教授，不像后来名气那么大，虽然严厉，普通话南腔北调，但我心里很敬重他，崇拜他的红学和古代小说研究。从他那里，我发现文学原来并不枯燥，而且很有意思，也知道了该怎样走进文本，并且朦胧地产生了以后搞学术研究的念头。

大学毕业，在黑河师范专科学校教了两年书后，1985年，我再进校门，到山东师范大学中文系读研究生，导师是田仲济和吕家乡先生。田先生名满天下，他课上的很多知识书本上永远也找不到。隔年初夏的一天，正在聚精会神讲课的他，发现我的坐相与表情很不对头，问我怎么回事，我只好解释慢性阑尾炎又发作了。他急切地说："那赶快去医院吧。"当我从学校附近的千佛山医院手术室被推出来时，一眼便看到了吕家乡老师焦灼的眼神。他和我的师兄们在外面已等候两个多小时了。第二天、第三天，吃着师母做的可口的饭菜，想家的感觉淡了很多。当吕老师一次次扶着我去厕所解手时，我仿佛觉得扶着自己的就是自己的父亲。学期结束时，吕老师把我关于何其芳诗歌的论文拿给我，看到论文上密密麻麻的修改后的文字，我先是惭愧难当，接着是深深的感动。那份论文后来放在我书架上很长时间。多年后，我和一位素来景仰的学者通电话，她说："吕老师多次讲，你有机会多提携一下振亚。"放下电话，望着窗外纷纷扬扬的大雪，我遥想着远方的老师，禁不住泪流满面。

2000年，已是教授的我又去武汉大学中文系随龙泉明老师攻读博士学位。曾是朋友的我们，一成了师生，我不自觉地变得拘谨了。都说龙老师对学生严格，很多人在他那儿都哭过鼻子，这一点我倒没觉得。有一次一家刊物约我们合写一篇诗人论，我用力写好交给他，他看后说很不错，就是略微平了一点儿。记得我当时还颇不以为然地说："他那个诗就那样。"他只是笑笑，没说什么。如今想起这事，我还为自己当初辩解时变态的自尊心羞愧。要写博士毕业论文了，我准备写《朦胧诗后先锋诗歌研究》这个题目，他想想便高兴地答应了。开题时，一个老先生出于好心，说这个题目涉及"70后"尤其是"下半身写作"，太敏感。没想到龙老师当场就说这个题目完全可以写，并历陈种种理由。答辩那年正赶上"非典"，他一次次电话催我，让我在论文上一定要精益求精。答辩过程中，由全体答辩委员投票表决，我的论文被全票评为优秀博士论文（后来被评为武汉大学和湖北省优秀博士论文），我看到龙老师的脸上终于露出了我习惯的笑容。

可没想到，那时他已罹患晚期肝癌，我答辩完了，他就住进了医院。当年10月，我去武汉看他时，强壮的他瘦得脱相了，我的心酸痛不已，陪伴了他几天。但他却还笑着和我说，没事儿，会好起来的，并且一遍遍地帮我规划学术未来。2004年春节刚过，如日中天的龙老师离开了这个世界。当我们几个弟子把他从太平间抬着送去火化时，望着他的脸，我没有丝毫恐惧，好像他就是睡着了一样。但我知道他再也听不到我们唤他的声音了。

老师，老师是什么？是耐心，是公正，是解惑，是深邃，是无私，是宽容，是……

一晃我做教师也快四十年了,其间教过的学生无数,只是还没有达到自己那些老师的境界。他们培养学生没有任何功利之心,只是秉承着良知,做了该做的、能做的一切,更从没想过报恩之类的事情。

想到这儿,我的脸红了。虽然夜里看不见,可是我心里知道。

"云端"的精神导师

2002年1月14日清晨，山东师范大学中文系教授、中国现代文学史家田仲济先生与世长辞。我因公出在外，只能代表所在的哈尔滨师范大学中文系，向田仲济先生治丧委员会发上一份唁电：得悉田仲济教授不幸逝世，深感震惊。巨星陨落，学林同悼。先生学术伟业将永垂后世。谨致深切悼念，并向田仲济先生家属致以诚挚的慰问。

我是1985年9月到济南的山东师范大学中国现代文学研究中心，跟随田仲济先生攻读硕士学位的。三年期间，听过先生两个学期的专业课，从学校的中文楼搀扶着先生送他回过家，还数次课间休息时在先生家客厅吃花生和小点心，毕业后也和先生有过书信往来……但是，在我心里，先生是一位"精神巨人"，他辉煌的人生履历与研究业绩非但高不可攀，而且对学生构成启示的同时，更构成了一种威压，对居于"云端"的他，我只能站在地面上仰视，虽然也能感受到他作为长辈的慈祥与关爱，但觉得和他的距离有些遥远。所以一直没法走近先生，反倒是在先生走后，我的灵魂和他越来越亲近了。

第一次见田仲济先生，是在 1985 年 4 月底的研究生复试考场。当时我抽到的题签是："你认为中国现代文学史上的第一部诗集是郭沫若的《女神》，还是胡适的《尝试集》？请说明理由。"拿到题签的一瞬间，我脑海中立刻浮现出田仲济、孙昌熙先生主编的那本教材《中国现代文学史》，其中谈到第一部诗集的问题时，断定应该是胡适的《尝试集》。我用一分钟的时间理好思路，开始回答，感觉还不错。应该是，说第一部诗集是《尝试集》如今早已成为无可争议的常识，可田仲济、孙昌熙先生主编的教材在恢复这一常识过程中，却迈出了非常艰难又极为关键的一步。进入考场前，听同学们说田先生也是面试的老师之一，只是当时我光顾着紧张，哪儿还有胆量去仔细端详面试老师啊，后来同学议论，坐在中间的高大而严肃的那位就是田先生。原来备考复习期间，阅读先生的教材和用笔名蓝海出版的《中国抗战文艺史》，对一个毕业不久的本科生来说，就觉得十分高深，而没有认出先生的"见面"，更在心底增加了一层神秘和景仰。

入学后，第一学期没有田先生的课，因为内心胆怯，开学很久也没敢去拜望、叨扰先生。倒是那段时间看到的一些材料和听到的一些转述，使田先生在我心里愈发具有传奇色彩了。他不会投机取巧、见风使舵，更不屑巴结逢迎、落井下石，无论是生活中，还是在杂文创作里，他从来都有自己的思想和主见，即便现实境遇再杂乱无常，也迷失不了他最初认准的方向。

田先生是一位典型的山东大汉，不光身材魁梧，而且胆气十足，敢作敢当，心口合一。他好像不善于客套，更讨厌道貌岸然和圆滑世故，这在别人看来或许是有点儿不近人情，但实则是先生的实事求是的精神使然。

再有，在1986年4月济南召开的"臧克家学术研讨会"上，我体会到了田先生的凌厉和客观。臧克家是先生的老朋友，两人私交深厚，后者每到济南都必到先生府上拜望。按理说，对于这样一位中国新诗史上的大诗人，作为会议主持人的先生完全可以说些好话，顺水推舟，送个人情；但先生却说："今天在这里举行的是关于臧克家诗歌的学术研讨会，而不是来给他祝寿只说好话的，大家要以学术研究的态度，对他的诗歌进行实事求是的评价，优长说优长，缺陷说缺陷。"当时坐在会场上的我，觉得先生怎么这样不给老朋友面子啊，这样会不会让臧克家心里不舒服啊。事实证明，参加那次会议的代表们真的做到了各抒己见，赞成的与反对的意见都有，臧克家也很佩服先生的纯粹。如今想来，先生主张把人与文剥离开来进行研究，既重作者更重作品的态度和方法，科学又辩证，这对学生的影响是深远而且能深入骨髓的。

田先生在课堂讲授和学术研究中，特别讲究史料意识，认为有几分材料说几分话，在他的倡导和影响下，山东师范大学中国现当代文学学科已经形成了自己的史料传统。对于这一点，当时好几个同学都不以为然，觉得1980年代中期举国上下的方法论热潮已经铺天盖地涌来，中国现当代文学学科和文艺学一样，只要有才气和思想，就肯定能成功，在一个方法全新的研究时代，还强调老掉牙的史料意识是不是有些太过守旧，不合潮流了。若干年过去了，当年还是学术"愣头青"的我们，如今大多已届老年，越来越觉得史料意识的重要，就像中国人吃来吃去后发现最可口的是馒头和米饭一样，别人以为早该过气的"知人论世"，可能是中国文学研究中最得力的传统方法；每一次文学研究的突破，固然和方法的更新、观点的新锐有关，但更主要的是源于新的材料的发掘、整理和阐释，只有它才会使学术研究走向科学化。如田先生通过对茅盾等作家的逐一访问和详细考证，提出文学研究会对无产阶级文学的倡导并不比太阳社、创造社晚，这一扎实新颖的学术观点，无疑改变了中国现代文学史的固化认识，早已得到学术界的认可。至于烽火连天的抗战期间，田先生作为第五教师服务团的一员，在被称为"世外桃源"的四川三台，就没有为景色陶醉，而是做力所能及的，积存和整理抗战文艺史料，最终利用这些史料，写出中国新文学第一部断代史《中国抗战文艺史》，填补了学术研究的空白。

说到史料意识，我觉得田先生本身就是一座中国现代文学的"活的史料馆"，有关郭沫若、茅盾、老舍、巴金、臧克家、王统照、黄震遐、碧野、沉樱等大量的作家，"民族主义文艺运动"、"鲁迅风"论争、"两个口号"论争等许多文学史事件，先生都或者有过广泛接触与深入交往，或者是亲身经历过的，所以讲起来自然信手拈来，如数家珍，真切异常，丰富斑斓得令人惊叹。其中有些细节和过程,是在文学史教材中无论如何都找不到的,它们如果能够进入文学史,必然会增加文学史的可信度和可读性,甚或引发文学史的局部重写。可惜,当时听课时还缺乏自觉的史料意识,没有系统、全面地跟随先生记录,剩下的多是一鳞片爪的印象了,对于我个人来说,这是永远也无法弥补的遗憾。

记得我的另一位硕士生导师吕家乡先生,在怀念一位国内很有影响的诗评家时写过一篇文章,题目叫"冯中一:一部读不完的书";如果有人问我,怎样评价自己导师的话,我以为"田仲济:一部永远需要参悟的书",是比较恰当的。

田仲济先生,居于"云端"的我的精神导师。

真的人与真的文

  1985年4月底，硕士研究生面试刚刚结束。在山东师范大学文史楼三楼狭长而温馨的走廊里，一位中等身材、面容清瘦的中年教师喊住我，微笑着问道："哈尔滨师范大学有一个委托培养的研究生名额，你愿不愿意读？"考虑到女朋友在黑龙江的一个小城市工作，以后省内调转会容易一些，所以我略加思索，便爽快地回答"我同意"。那位戴眼镜的教师，就是我后来的导师吕家乡先生，如果说田仲济先生是我在"云端"的精神导师，吕家乡先生则是具体指导我的授业恩师。

  2002年，在回答《文艺争鸣》的编者问时，吕先生说他最敬佩的三个人，是人格独立善于思考的鲁迅、敢于坚持真理胆识过人的胡风和时刻拷问自己灵魂始终"说真话"的巴金。其实，他身上和学术研究中又何尝没有这三位作家的影子呢？作为人之子、人之夫、人之父、人之友，他都做得十分出色，无可挑剔；作为人之师，传道、授业、解惑，更是样样可圈可点，难怪吕先生的人品与文品，知晓他的人无一不竖起大拇指。尤其他为人为学之真，在如今商品化经济时代的日常生活中，尤显珍贵。

入学不久的中秋节前夕，我和同届的王建师兄去家中拜见导师。记得我们进门时，师母细心备好的水果已摆在桌上。落座不久，吕先生温和地说："做学问急不得，慢慢来，我自己也是1980年才调入师大，学术研究没多长时间，我们共同学习，一起进步吧。"我们赶紧说："老师，可不敢，我们会努力用功的。"但心里那份紧张与局促渐渐消除了。作为一个大学教授，吕老师年长我们三十岁，那时已经发表了许多重要的文章，在学术界产生了很好的影响，却不像一些学者那样摆老师的架子，居高临下，刻意藏拙，生怕被学生小视，瞧不起，而是一点儿不"装"，能够主动放下身段，和弟子做完全平等的交流，怎么想的就怎么说，这是需要一种勇气和精神的，它一下子就拉近了我们心理上和他之间的距离。随着对先生了解的深入，我发现他对任何人都是良善谦逊的，即便和自己指导的研究生通信，从来都称对方为"您"，学生诚惶诚恐，他依旧故我，这是习惯，更是修养，它非但不会减损自己形象的高大，反倒会让人越来越尊敬他。

如今，自己在大学教书也有三十几年了。按惯常的理解，教师是人样子，在学生面前时时要维护好自身的"形象"，孔圣人以降大都是这么做的；而发生在我身上的"两报大展投稿事件"，却彻底拆解了这一信条。1986年10月，广东的《深圳青年报》与安徽的《诗歌报》联合举办的现代诗群体大展，在诗坛刮起了一场飓风,我就大展写好的文章本来由一家刊物定好发表,但很快那家刊物就怕担责任,打电话让导师转告我"撤稿"了;几乎同一时间,在泉城严重水土不服的我,被医院怀疑淋巴有问题,要做切片检查,后来虽"虚惊一场",却让导师跟着紧张、奔波了好几天。所以在中国现代文学研究中心元旦前举办的聚餐晚会上,过于压抑自己的导师情不自禁地爆发了,把大展中娄方《印象》中的两句诗"把流出的泪水咽进肚子里,在厕所里尽量把屁放响",用力地喊了出来。当场一些人以为先生是借此释放内心的压力,我更清楚他本真性情的自然流露背后,更源于内心深处强烈的忧患。先生从来都讲真话,甚至对灵魂深处的隐私也不遮遮掩掩,在不能讲真话的情况下,宁可沉默。正因如此,他才敢于反思自己在1957年"大鸣大放"前的狂热和"反右"开始后的惶恐怯懦,并为之感到羞愧,而不是为自己被时代裹挟去寻找托词;1983年为学生小崔的作品喝彩,也对其一首讽刺中小学教师的诗提出异议,可是在稍后的"反对精神污染"活动中,当领导想把先生树为"反污染勇士"时,他却在发言中实事求是,肯定小崔的探索精神,称那首诗只是有些偏激,算不上"精神污染"。一个历经劫难的人,对人对事还能保持一份"真",不说一句违心的假话,实属难得。先生喊出娄方的两句诗,与其说是生命本能释放的需要,不如说是对学术研究环境的担忧,为争得自由、开放的言说风气,历史付出了多大代价啊,一个民族、国家和一份刊物都需要稳定,有思想的主见,不能说风就风,说雨就雨。是啊，一个教师，如果连说真话这一点都做不到，即便再正襟危坐，再翩翩君子，还何谈善与美？

1933年出生的吕先生，早已进入老境，自己的肠胃和老伴儿心脏病痛的长期困扰，使他不时在电话中流露出孤独和伤感的情绪；可是七年前大女儿红线突发的脑出血，却让先生的生命再次激发出坚强的能量，诠释了"父爱如山"的真谛。红线发病后，因开颅手术中神经中枢受损，患上半身不遂，不能说话，记忆能力消失。面对变故，先生也曾抱怨老天的不公，可是生活容不得他多想，而只能是以八十二岁的高龄，为女儿的康复想方设法。他两次带着羸弱的师母与病中的红线往返美国，寻找有效的治疗手段和契机；在国内各大医院多方求医，出入的次数就更是数不胜数，心态也愈发刚毅了，"晴天要当阴天过，阴天要当晴天过"，成了他近些年最爱说的一句话。苍天不负有心人，在先生和家人的种种努力下，多种技术手段的作用开始显现，红线的肢体、记忆与表达功能均得到了相当可观的恢复。为帮助女儿更快地康复，先生和师母顾不得年迈，细致照料她的生活起居。先生经常拄着拐杖，陪护步履不稳的她在宿舍院子里散步；同时还制订了一套思维与语言的训练方案，不间断地给她"上课"，布置"作业"，从一加一等于几学起，上午学写诗词、朗诵，下午练习打字、学拼音，像教小学生一样，循循善诱，不厌其烦，四五年里仅仅作业纸就积攒了上千张。现在，红线已经能够独立出门锻炼，和邻居、熟人、路边晒太阳的老人聊天、说笑话了，人们又看到了她当初乐观开朗而又自信的神态。红线的康复,和先生、师母爱的支撑是分不开的,也完美有力地诠释了先生是父亲的楷模、人的楷模的具体内涵。

吕先生最初是以诗歌评论家的身份名闻学界的,《诗潮·诗人·诗艺》《品与思》《从旧体诗到新诗》等深、细、真、朴的著作,使他赢得了读者的信赖。但是自从退休开始,他却侍弄起散文,接连推出《一朵喇叭花》《温暖与悲凉》《风雨人间情》等散文集,并且渐成"主业"的散文,正在产生着越来越大的影响。先生心底太多的人生沧桑、社会感受,达观冲淡、返璞归真的心境,和散文这种自由的文体有着天然的相通;而技术上他是不显山不露水,完全采用随便的、谈话式的语言,如和朋友围炉夜话一般亲切,不温不火,娓娓道来,既把个人情思表现得十分到位,又显示出人情世事的练达。先生的散文和读者推心置腹、"言为心声"的朴素自然的取向,实际上和他学术研究的精神是一以贯之的。

进入山东师范大学之初,吕先生接受田仲济先生的邀约,计划写出一本《中国现代诗歌史》,但最后他没有按照计划去完成,先生不是不能,而是不为。因为他是一位在学术上十分较真的学者,在他那里,丁是丁,卯是卯,一点儿都不含糊,真正做到了知之为知之,不知为不知。不夸张地说,他所有的研究都是"有感而发",追求思想的独立,绝不认可人云亦云的"演绎",对新诗史上有些拿不准的现象、诗人与派别,他很谨慎,没有自己的心得体会,从不硬写,宁可不写论文,也绝不轻易下判断。特别是随着研究层次的更加专业化与内在化，他愈发深恶痛绝于学术研究上片面追求数量和速度的风气，发现像一些学者那样凑出一本诗歌史很容易，但也是贻害无穷的，所有宁可"抱残守缺"，也不勉强应付。事实上，他诸多经得起时间考验淘洗的"硬头货"论文，单独看是某一问题或创作个体的阐释，连缀起来实则是一部体系、视角与深度独具的新诗史，其学术含金量之高是学界公认的。

　　退休以后，吕先生的学术研究风骨与棱角就更值得肯定了。没有任务的要求，更没有任何功利的纠缠，一切的研究完全出于对学术的热爱和生命的表达需要，因此他不下妄言，不溢美，不讳恶，好则说好，坏则说坏，客观公正。如《中国新诗的诞生和艺术成就》《再论近人旧体诗不宜纳入现代诗歌史》，就从问题出发，以对流行看法中现代旧体诗的翘楚聂绀弩文本的深入解剖，质疑其拙于表现现代人的丰富内心，诙谐之趣模糊了悲剧性底色，语言难以发挥现代汉语的特长，从而断定旧体诗拒斥以诗情的抑扬变化为基础的内在律，因此近人旧体诗不宜纳入现代诗歌史，识见与众不同，发人深思。《试论毛泽东诗词的艺术思维》《毛泽东诗词再论》更遵从个人的艺术感受，肯定毛泽东诗词的情景交融、大小相通，善于调解形象思维和逻辑思维的关系，但也批评其止于"今胜昔"的陶醉，缺乏自省，语言少现代美，做到了在伟人面前也能挺直脊梁，态度辩证，文章内在的分寸感充满启示。包括最近发表的《试论杜甫名篇"三吏""三别"及其相关评说》，指认以往那些肯定组诗揭露兵役给群众造成灾难，或强调组诗赞扬人民支持政府平叛的奉献精神，或责备组诗掩盖群众和唐王朝之间的矛盾等观点，都属于误读，"三吏""三别"是诗人超越当时现实生活实录的艺术创造，达到了"内容的诗化"和"表达的诗化"的平衡，堪称跨越时空的文本真相的还原，是尊重历史更尊重艺术的表现。

每次拜见导师，都感到吕先生的身体太瘦了，仿佛瘦得只剩下了灵魂和骨头。几年前，先生旅居美国期间，我心里十分想念，想起数次去恩师府上拜望的情景，便写了一首诗《看望恩师》，不妨抄录如下：

> 四月的济南万物复苏
> 先生肺炎的细胞也在生长
> 大大小小的药瓶埋在书堆中
> 他总不听医嘱按时休息
>
> 饭量和烦恼的事虽未见少
> 仿佛先生瘦得只剩下灵魂
> 思想还是一把锋利的快刀
> 虚假之物见了就打哆嗦
>
> 八十六年不算短的距离
> 几乎都在测量苦难的深广度

人们担心先生羸弱的肩膀能否承受
可他讲起历史依旧云淡风轻

每个学生都是专著的一个章节
比对自己的汗毛还要熟悉
见面三句话过后必过问他们专业
像今晚的灯光都羞愧得无法躲藏

看先生送客用拐杖询问道路
背驼得和地面越来越近
这虽吻合先生一向谦和的态度
但还是心疼自己不是他手里的拐杖

愧疚与参悟

2004年1月27日上午，武汉大学文学院院长龙泉明教授带着无限的眷恋与不舍，永远离开了这个世界。如日中天的他过早地"陨落"，在国内学术界引起了强烈的震荡，谁也不愿意接受这样一个残酷的事实。

得知噩耗的第二天，我便急忙从哈尔滨飞往武汉，龙老师毕业和在读的博士也都陆续赶到，来送导师最后一程。在老师家客厅的遗像前，我长跪不起，怎么也控制不住满脸的泪水。追悼会那天，告别大厅里，来了很多老师生前的同事、好友和亲朋，我们八位男弟子分列默立在老师的遗体两侧，只能无声地呜咽。待到送老师的遗体去火化时，我用手托着老师的肩部，仔细端详着他睡着了一般的面容，看他曾经那么健壮的身体被病魔折磨得骨瘦如柴，心如刀割。再之后，如何等候老师的骨灰，怎样把老师送到离武汉市区较远的九峰山陵园，感觉变得混混沌沌的，心已经被掏空了。上天，为什么这样急地将恩师带走，他有很多要做的事情都还没有做啊！

刚刚把龙老师的骨灰在墓地安置好,送行的人即将返回时,我的手机铃声突然响了(悲恸让我忘记了关机),陆耀东先生在电话里郑重地吩咐我:"回到市内后到我家里来一趟,我要和你聊聊。"师爷之命不敢违,一回到武汉大学家属区,我就在师兄、师弟的陪同下,马上去拜望陆耀东先生。白发人送黑发人,陆先生内心的悲凉可想而知,握着我的手,他半晌说不出话来。稍事平静,他缓缓地说:"振亚,我不勉强你必须回武大来,但是泉明留下的话一定要转达给你。"之后他便叙述龙老师病情严重得常说胡话的时候,还数次和有关人谈到,一定要把罗振亚调回武大,甚至怎么操作、爱人和孩子怎么安排等一些非常具体的细节都想到了,二十几分钟里思路清晰缜密,语言也非常连贯,可见他对你的器重程度之深。陆先生说到这儿时,我的情绪已经激动得难以控制了。

因为有新诗研究的共同志业,早在1986年4月在济南召开的臧克家学术研讨会上,我和龙泉明老师就认识了,当时他在武汉大学随陆耀东先生读研,我在山东师范大学随田仲济先生读研,几个参会的研究生还一起合了影,只是没有和龙老师深入交流。中间通过一两次信,一直到1996年龙老师邀请我参加武汉大学主办的华文诗歌国际学术研讨会,我们才再度见面。那时龙老师因为业绩突出,已经晋升为博士生导师,那一次就现代主义诗歌问题我们彼此深入地交换了许多意见。1998年我评上教授以后,为使自己在专业的路上能够走得更远,萌生了继续读博充电的念头。龙老师得知我的想法后,希望我报考武汉大学，这样在 2000 年 9 月我又一次南下，成了龙老师门下的学生。

是朋友那会儿，我和龙老师无话不谈，可转换为师生关系，不自觉中我变得有些拘谨，他也客气了许多。记得入学不久的一天早晨，我和同学步行去人文学院上课，在珞珈山庄外与推着自行车沿着山路上来的龙老师不期而遇。他问我去做什么，我说："上您的课啊。"他微微笑道："你上什么课啊，回宿舍做你该做的事吧。"并用手做了一个赶我回去的动作，从此他的课都不让我去听。所以读博期间，我读过龙老师出版、发表的所有著述，却只听过他一次讲座式的课；但我清楚，"一日为师，终身为师"，老师的信任绝对不应该成为放纵自己的理由，我对自己的要求更高、更严了。三年里，我先后出版了《中国现代主义诗歌史论》《中国新诗的文化与历史透视》《雪夜风灯——李琦论》三本专著，在《文学评论》《文艺理论研究》《文史哲》《中国现代文学研究丛刊》等刊物发表论文四十余篇，博士学位论文《朦胧诗后先锋诗歌研究》后来被评为湖北省优秀博士论文。

博士毕业前夕，龙老师希望我能留校工作，或毕业后再经引进回武汉大学，并且征得了所在学科老师们的同意，对此我深深感谢武大中国现当代文学专业教过我、没教过我的老师。那一年，我刚帮助读本科时的母校哈尔滨师范大学拿上一个文艺学博士点，又做着人文学院的院长，一毕业就调走确实有点儿不近人情，面对导师一次次电话里的殷殷期待，我恳求老师再宽限我一两年,之后一定回武大。不想,我毕业不久,龙老师就罹患重病,痛苦不已。2003年10月,我回武汉去看望他,在陪他的三四天里,请同门的兄弟姐妹一起和他吃饭、聊天,看他明显消瘦的面颊,听他讲话嘶哑的声音,唯有强装欢笑。这期间,龙老师再次提及我回武大之事,而后慢慢说:"振亚,你回去吧,那边还有很多工作,我会好起来的。"我心里明知癌症的病情是不可逆的,却只能说:"等我再来看您。"

准确地说,我早已做好了回武大任教的准备,那里堪称中国新诗研究的重镇,更有我的用武之地,在那所百年学府里,我对博大、严谨与规范的内涵真义有了新的领悟。我也喜欢武大校园的美,那里有名闻遐迩的珞珈山和宜于散步观赏的东湖,它们给了我三年诗一样美丽的时光,并已长成记忆深处掠也掠不走的风景。虽然我爱人不太喜欢武汉夏天太热冬天太冷的气候,但龙老师多次电话劝导她,让她感动得数度流泪,她也同意去武汉了。如果龙老师不被病魔缠身,退一步说如果龙老师再多活一两年,我肯定就是武汉大学教职工中光荣的一员了。可惜天不作美,龙老师英年早逝,加之我个人性格中有太多感性化的东西,要是在龙老师离去之后我再回武大,不论走到校园的哪个地方,都会触景生情,恐怕精神上几年都难以平静,也难以安心地进行研究。对于我这些想法和担心,陆耀东先生特别理解,他说:"你把专业做好,在哪里都是为武大争光。"可是,无情的历史是不允许假设的,这更增加了我心底对龙老师的深深的愧疚感,自己在业务上也远远没有达到导师所期待的程度，辜负了他的教诲之恩。

转瞬龙老师去世已经十八年了。他生于1951年，属兔，正好大我一轮。我常想，龙老师三十四岁攻读硕士学位研究生，入道算不上早；但他在之后的十九年里，却取得了常人难以企及的人生业绩，除了身兼中国现代文学研究会副会长、武汉大学文学院院长等多种社会职务外，还承担着《中国20世纪文学与外国文学的相互关系研究》《近百年中国新诗流派史》等多项国家重要课题的研究工作，出版了《在历史与现实的交合点上——中国现代作家文化心理分析》《中国现代作家审美意识论》《中国现代文学历史比较分析》《中国新诗流变论》等多种著作，尤其是《中国新诗流变论》早已被学术界视为"界碑"式的经典。在不长的生命中有那么辉煌的业绩本身，就对弟子构成了一种无言的启迪，而对他经常强调的宽视野、高标准与韧性精神的反复咀嚼，更使我感触颇深，我觉得这是他个人的追求和成功的内在动因，也是他的弟子乃至后学者必须牢记的学术规训。

龙老师多年前就提倡博士研究生培养的宽视野问题，是很有学术远见的，近些年这个问题已经引起导师们的普遍重视。博士一词的本义虽然指学术上精通一艺、一经之人，就某一专业本身的掌握来说，应该比学士、硕士广博精深；但是事实并非完全如此，所以人们指认1990年代以来中国博士生的含金量实际上是下降了。下降固然有多层原因，但和培养体制、导师与博士生自身要求的视野过窄直接相关。比如中国现当代文学专业的不少学者感叹：我们的学生学历和视野在呈反比例生长，这是很不正常的，本科生就中国现当代文学领域的任何现象、作家、作品，好像都可以"指点江山"，臧否一二；硕士生对文学史中的某些现象、作家、作品，还能够发表一些相对独立的见解；而到博士阶段，似乎一入学就完全是奔着毕业论文去的，除了自己研究的某个大作家或者某个文学现象之外，别的就不会也不敢说什么了。至于毕业后在大学里教书，所有的文学史和作家作品都得重新学过。所以，现在越来越能理解，为什么当初龙老师和於可训先生主持学科时，我们一入学就收到包括古今中外大量著作的阅读书目，专业课要分别进行五四时期、三四十年代、"十七年"与"文革"、新时期四个时段文学史讨论的良苦用心了。

关于高标准，龙老师曾经数次以自己的经历言传身教，其中包括两个方面，一是对发表文章的刊物起点要求高，二是文章写作过程中对自己的严格程度要求高。龙老师说，一个有出息的学者不能砸自己的牌子，第一篇文章若能在一般的省级刊物露面，第二篇就该在比较好的C刊上发表，第三篇就应琢磨怎么去敲开权威刊物的大门，学术研究就是要不断地超越自己，才能进步。龙老师的学术道路就是这么走过来的，他在读研究生时写的第一篇文章《抗战诗歌理论发展述评》，就直接投给了《文学评论丛刊》编辑部，在第26期上刊出后，他的另一篇文章《七月诗派与九叶诗人：在历史与未来的交汇点上》，即在1988年的《文学评论》上"开花"，而后他的文章两次登上《中国社会科学》，再上《文学评论》七八次、《文艺研究》三四次，一直保持在高端刊物发表的水准，影响之大自不待言了。至于他写文章，的确是很"苦"的，据说他读书时每每写好一篇论文，都像生了一场大病，并且都不着急投稿，而要进行反复的修改和打磨，字斟句酌，一丝不苟，之后再在宿舍里不断诵读完善，直到修改得听起来顺畅舒服，音节上有了美感为止。龙老师这种高标准的主张，对我影响很大，使我时时告诫自己，文章要写就一定写好，如果没有把握写好，宁可不发声。

龙老师以为一位学者最终的成功固然和他的聪明程度、运气指数有关，但最重要的是要看他有没有持之以恒的韧性和毅力。不错，一流智商甚至二流智商的人，肯定不会在学校里面讨生活，但他们也坐不住寂寞的冷板凳，倒是那些智商水平一般但是性情稳定的人，更容易出成绩；所以在学术研究的过程中，没有必要和别人比强度，而要比长度，没有必要和别人比拼劲儿，而要比韧劲儿，没有必要妄自菲薄个人的愚钝，而要咬牙坚持，笑到最后的方为胜利者。托尔斯泰进入老年才迎来创作的黄金季节，成为一代文豪，捧出世界性的名著《战争与和平》。龙老师的韧性精神理论，是让弟子干一行爱一行，在学术上加强阵地意识，一旦认准一个好的命题，就要穷追不舍，想方设法，最终打出水源丰富的"深井"；而不能走走停停，半途而废，丢了自己的立身之本。

2018年5月，我回武大参加一个学术会议。路过珞珈山

庄,脑海中浮现出和龙老师相聚的一幕幕场景,情绪不能自已,写下一首诗《您在那个世界不发烧了吧》:

那年怪兽"非典"都已经住口
低烧却始终赖在您身上不退
面对无胆英雄
医生也只好将双手摊开

第一次距离死亡那么近
恐惧早被吓没了影
当您从容地走进熔炉
我思想的一部分去了远方

多少不舍是多少肝区的疼
爱人难于统计的寂寞长度
女儿还没有长大的呼喊
以及自己园中那些青涩的果子

没拍到五十三岁的肩膀
正走着的山就突然坍塌了
跪倒的弟子们站起后
中断的路边逐渐泛出新绿

昨天在捧一本书阅读

您又微笑着从字句间走出来

老师您先请坐我给您沏杯白茶

您在那个世界不发烧了吧

讲台上的锦池先生

在哈尔滨师范大学文史楼三楼，每逢张锦池老师上课，教室里一定是坐无虚席，过道、窗台上、门口甚至挨近门口的走廊里也都是人。没听过的自然不放过机会，听过的有的还要听第二遍、第三遍。那是1980年代校园里一道十分亮丽的风景。

当时，张锦池老师还是副教授，穿着随意，不修边幅，生在江苏、长在上海、工作在黑龙江的经历，使他的口音南腔北调。讲到兴头上，他不时要抽上一支黄盒的桂花烟。有一段时间张老师戒烟了，但离开烟很难受，同学发现他走神儿，就从座位上把一盒烟"飞"到讲台上，继而有人再默契地"飞"上一盒火柴，他把烟点燃，吞云吐雾几口之后，马上神采依然。他好像不太讲究教学方法和教态，身体也比较虚弱，站上一会儿有时就用两肘挂在讲台上。有一次两节大课连上，他可能是太累了，后背直接靠在黑板上，开始是单腿站着，另一只脚掌向后蹬着墙，而后两腿轮换，边休息边讲述，待他再转过身去写字时，衣服上满是粉笔灰，似乎还能辨析出一两个字。

看上去，张老师是一个很普通的老师，但他只要站在讲台上，就顿时精神抖擞，风采自出，一届一届的学生接连成了"张迷"。从《红楼梦》"大幸者的不幸，大善者的不善"的审美视点透析，到《水浒传》乃乱世忠义的颂歌主题倾向考释，从孙悟空形象孕育于道教猿猴故事、发展于释道二教思想、定型于个性解放思潮的血统来源梳理，到《三国演义》民心为立国之本、人才为兴邦之本、战略为成败之本的"三本"思想及拥刘反曹思想指认，每个问题一经张老师娓娓道来，便新见迭起，异常鲜活；尤其是他在没有联系的两点之间发现联系的思维能力和方法，有出人意料之妙，打个不很恰当的比喻，就像打乒乓球时球发得极为古怪刁钻，往往不按常规的路线行走，可落点特别好，让对方防不胜防，出奇制胜，更令观者脑洞大开，甚为叹服。他的教学理念确实和别的老师不一样，给我们第一次上课，就说："我是一个放高利贷者，我教给你们的知识，你们一定带着利息还给我。"所以他的课程考试，从来不用死记硬背，而是锻炼学生的思维，他一直希望自己的学生能够在学术上超过他。

张老师多次提及，在全国高等学府里哈尔滨师范大学绝对属于"第三世界"。那么为什么非名校里却有名师，"小庙"里出了"大和尚"呢？说来一点儿也不奇怪。张老师本身就来自"第一世界"北京大学，是因为父母当年到台湾逃难，十二岁的他"三毛"一样在上海流浪，共产党和工人给了他活下去和读书的机会，出于感恩，他1963年从北大中文系毕业时，经过四次申请要支援边疆建设,才被批准到哈尔滨师范学院教书。大学期间,他非常珍惜来之不易的学习机会,读书如饥似渴,其"求异"思维经常让学府里的先生们头疼,先生们却都很喜欢他,所以他所有科目都得了五分;尤其是十分赏识他的吴组缃、吴小如两位先生,为他日后的古代小说研究打下了坚实的基础,影响深远;林庚先生指导他关于庾信在南北文化交流中的作用及其对唐诗影响的毕业论文,无疑也拓宽了他的知识视野,使他清楚了渊博对一个学者的重要性。工作后,张老师一如既往地视学术为生命,并逐渐摸索出一条独特的学者之路,即时时强化教学与科研的关系,让二者相互渗透,彼此助力,以科研推动教学。他的讲稿从来都写得工工整整,一丝不苟,很多研究成果都是从教学过程中得来,甚至直接源于讲稿,发表后再回过头指导教学,最终提高教学质量。即便是六七十年代之交的那几年,对学问也从没放松,他说《红楼十二论》中的《论〈红楼梦〉的反神学思想》《妙玉论》等好几篇文章,都是在学校"开门办学"那段学工时,边在工地上开搅拌机,边打下腹稿的。正是由于厚积薄发,张老师在新时期一开始就能在讲台上"先声夺人",语惊四座,深受同学们欢迎。

倏忽之间,岁月之足便踏入了1990年代的门槛。开始那几年,高校一切都在正常运转,教师问教,学生向学,风清气正。应该说,和风云讲坛、在国内学术界刚刚崭露头角的当初相比,这时张锦池老师的学术造诣已经愈加深厚了,他早成为声名显赫的学术大家,影响日隆,先后再版《红楼十二论》,

出版《中国四大古典小说论稿》《西游记考论》《红楼梦考论》等专著，是边缘身份为数不多的国家级教学名师、国家级专家，中国红楼梦学会副会长，享受国务院政府特殊津贴，为哈尔滨师范大学争取到第一个博士学位授权点，他的研究、教学水准即便放到北京大学的课堂上，仍然毫不逊色。但也就是从这时，确切说是从1990年代末开始，一度被视为社会净土的高校刮起了一股甚嚣尘上的浮躁之风，学生们出现了严重的厌学情绪。课堂上，教师哪怕讲出花儿来，仿佛也和学生无关，你讲你的，我干我的，看小说，睡大觉，打游戏，玩传呼与BP机，有的干脆直接翘课。再有名望、再叫座儿的教授，也只能与无奈握手言和，若干学生挤在过道、窗台与门口听课的情境已风光不再，退居为遥远的记忆，最受欢迎的老师开设选修课同样遇冷，听讲的人太少，大教室不行，换小教室，小教室座位上的学生仍是稀稀拉拉的。

为什么高校课堂会发生如此反差强烈的逆转式变化，那些曾经无限热爱知识的年轻人潮怎么在突然间就退落了？我在长时间里疑惑不解。是教师的授课水准下滑，再也吸引不住听课的对象，还是社会的文化娱乐渠道日趋多元化，转移或分散了一些年轻人的目光？是经济大潮对包括学问在内的事物的残酷冲击，促使一切都在向孔方兄致敬和看齐，还是不良社会风气的作祟，令"拼爹"和比阔的时代环境里学和不学与毕业后的工作没有必然的联系？是扩招降低了学生的水平，接受不了精深的学问，还是"读书无用论"再次光顾高校，学生思想渺茫？似乎都对，似乎又都不完全对。

我见证过这位学术大师级的老人的无奈与失望。大约在2005年前后，张锦池老师受邀为新入学的研究生做一次学术讲座，记得当时他讲的题目是《阿Q的远祖——猪八戒形象漫论》。张老师分别从猪八戒的胎记长喙大耳、胎记贪吃贪睡、胎记色胆如天三层展开论述，洋洋洒洒，酣畅淋漓，最终断言，猪八戒可以看作阿Q的远祖。应该说，讲座视角新颖，观点独到，对年轻的研究生极其富于启发性；可在提问环节，一位二年级的博士生却突然站起来发问："张老师，现在您研究猪八戒还有什么现实意义吗？"我发现，张老师当时即被这味无畏、无知的"猛料"给击蒙了，愣了半晌不知怎么回答是好。后来听护送张老师回家的年轻教师告诉我，张老师回去的路上大声连呼："悲哀啊，悲哀啊！"我在大学毕业前夕曾经随张老师参加教育实习一个月，了解他的性格，更了解他丰富的内心世界，他对学问是怎样地视若生命，为学术横遭践踏又该怎样痛苦啊！这些年，文学创作和文学批评界在怀念远去的1980年代，高等教育界又何尝不在深深地眷恋、怀念1980年代呢？

听过年轻教师的转述，我隐约地感到，时代的列车在风驰电掣、一路快速向前狂奔的同时，一道精神伤口在很多人那里悄然出现了。

当他的身影在会场突然出现

2017年8月5日,清晨,北方冰城哈尔滨。雨后的天空一碧如洗。哈尔滨师范大学梦溪宾馆会议厅,来自四面八方的七八十位嘉宾济济一堂,"百年汉语新诗批评与罗振亚诗学思想"学术研讨会即将开始。这时,伴着一阵急切而又轻悄的脚步声,他的身影突然出现在会场门口,我快步上前,当我们双手紧握,望着他疲惫的微笑和衬得脸更为消瘦的长发,我心里一阵激动,也有一些酸涩,还有一丝心疼……

他是我2006年初调入南开大学后招收的第一届博士——卢桢,正以南开大学副教授的身份在伦敦大学做高级访问学者。事先考虑伦敦与中国之间往返机票价格不菲,主要是他的学术访问马上结束,所以商定后我不让他特意回国参加研讨会了。而他不顾旅途劳顿,风尘仆仆地直接杀到哈尔滨的意外"回马枪",一如2008年他在荷兰莱顿大学做联合培养研究生时,为了抢在我赴日本爱知大学访学前见我一面不惜财、力专程从荷兰飞回的突然,令我一瞬间手足无措,竟有些语塞,眼睛也不自觉地模糊了。

卢桢本来是随着名性别文学研究大家乔以钢先生研究小说的，和我读博士后，兴趣与方向才慢慢转向中国新诗。卢桢一直生活在学苑之内，却绝对不是那种书呆子，或者说他爱好广泛，年轻人的时尚与现代的特征在他身上表现得都很明显。他大一时就出版了一部长篇练笔小说，把一场青年男女失败的恋情写得跌宕而唯美；和年轻朋友神聊时侃起星座学，十分内行，可以几个小时滔滔不绝；特别是酷爱旅游，若干年里的寒暑假都被"穷游"排得满满的，如今他的足迹已遍及全球八十多个国家、三百余座城市，其畅销火爆的著作《旅行中的文学课》就是最好的佐证。卢桢见过大世面，交往的名家大腕也不算少；却不见攀附，他心中常念不忘的是普通的问业之师，把"师"放在重要的位置，觉得研讨导师的会议自己不在场，当然是一种"罪过"。这也是当初为什么我和我爱人自东北返津遭逢大雪的四十多个小时里他一遍遍焦灼地询问，看见我遭遇一次"小"车祸头部受伤他眼神里透着的关切，到平素交往中他每次斟茶、开关门的细微动作，疫情防控期间在我讲授的本科课程中不厌其烦地在网上帮我布置作业、登录成绩等的全部根由。

一直认为，自古以来老师和学生的关系大体可以分为两种，一种是纯粹的师生关系，其结构完全靠知识和学术来维系，一旦学生毕业便走向淡然乃至疏离；一种则是亲人型的师生关系，在学问之外还渗透着许多情感的因子，其联系可以保持一生，感情会越来越密切与醇厚。在十六年点点滴滴的交往中，从一个二十六岁毛头小伙子的博士生到如今的教授、博士生导师的卢桢，早已成为我的后天亲人，他的真诚良善，他的儒雅谦和，他开朗的笑与诙谐智慧的言谈，他身上重现的尚品性、讲伦理的古人遗风，让我感受到了不少人性的温暖和力量，每每想来就心热、欣慰不已，把什么事情交给他我都很放心，他有能力，更值得信赖。

都说卢桢是一个率真、阳光的大男孩儿，性格中有一种磁性的东西，师弟师妹们都喜欢和他交流。的确，他很性情，在我面前透明得从不掩饰什么。记得是 2009 年 6 月中旬的一个晚上，卢桢博士毕业前夕，我刚刚结束日本爱知大学的学术访问回到天津。在南开大学东门附近的一家饭店，卢桢和他的同届师姐柴华为我接风，高兴至极，便要了一瓶高度白酒，考虑柴华是女性，卢桢很绅士地将二两倒给她，我俩杯中各四两。听说卢桢生平第一次喝白酒，我担心他可能会不适应，就不断劝他慢点儿；果然，他几大口下去脸已经开始红红的，而且不住地笑，口里却连说："老师，没事儿。"他喝得很快，我还剩半杯时，他一杯就完全见底了。第二天，柴华告诉我说，昨晚卢桢喝得有点儿高，头脑虽然清醒，却是摇晃着回的宿舍，喝高的理由是第一次和老师在一起喝白酒，落在老师后边没诚意，太丢人。我听后觉得又好笑，又感动。

卢桢的说话、动作与办事速度之"快"，在一些人看来是性格急躁，还不够成熟。其实不然，"快"是他头脑反应迅捷、做事用心和讲究效率所致。每年高考阅卷，卢桢都连续担任作文组小组长，除了督检组内成员外，自己还批阅许多份作文，被公认为快手。我曾数次抽查其质量，结果是又快、又稳、又准，是信得过的"标兵"。他做教研室主任以来，我发现他做到了"公"字当先，大到课程安排、开题与答辩设定，小至每位老师工作量的均衡、研究生答辩版本的更换，很多事情他都做得清晰细致、有条不紊，轻重缓急拿捏得恰到好处。2009年12月底，我爱人要从首都机场起飞，去日本探望我，说好的要坐天津的机场巴士前往首都机场，可是卢桢担心汽车颠簸，师母遭罪，硬是半夜时分亲自驾车送我爱人。没想到那天早晨大雾，视野非常狭窄，他是一点儿一点儿地试探着，不时还得下车观察前边的路况，在能见度很低的大雾中穿行，一路上他的心都提着，硬是凭敏捷、果决与沉着，有惊无险地抵达首都机场，提前完成了"护送"任务。卢桢做不少事情都看似云淡风轻，透着一股洒脱随性之气，实际上都是沉淀中经过深思熟虑的踏实与严谨。

并且，有些时候卢桢更像一个"慢人"，他的博士论文《现代中国诗歌的城市抒写》就出自典型的慢节奏。先是论文选题斟酌的谨慎，他清楚觉得理想的题目本身，就意味着论文写作成功了一半，在研究中认同中国的传统诗歌基本上是面向乡土的，而新诗则和都市有着千丝万缕的联系的观念，并努力打通现代诗歌与都市之间的"通道"，在入学第二学期和我商量，想以"现代中国诗歌的城市抒写"为毕业论文题目，体现出一种独到的学术眼光。从博士第三学期开始,他即进入了论文的准备、论证状态,经过基础文本的搜罗、淘洗与细读,理论思维的扩充、深化和完善,思想、实例、言语三者间的磨合、对接同调试,数次与我就问题意识、材料整合、内在框架、行文节奏等进行对话、交流和协商,最终交出了一份令人满意的答卷。论文没在歧义丛生的"城市诗歌"概念上纠缠,而是以"城市抒写"这一文学行为作研究重心,沟通"文本中的城市"和"城市中的文本",建构起"城市诗学"的阐释体系和话语空间,后来被列入中国社会科学出版社"博士文库"面世后,产生了很好的学术影响。它至少体现出了三点优长。一是问题意识十分鲜明。卢桢没有满足于把诗歌现象重新"历史化",而是集中探讨"城市抒写"抒情主体的观察视角、表达方式、客观文本的意象系统、审美主题及艺术特质,既回避了线性结构的呆板单薄,又利于观点揭示的深入丰富,使纵向的时序坐标转换成了空间上的问题研讨,立论平稳而又多有新意。二是视野阔达,整合性强,以大胆的学术气魄,将大陆、台湾与港澳互渗互证的诗歌拷合一处,进行系统、立体、动态的多方位言说,并力求摆脱在文学范畴内探讨文学的窠臼,将诗学研究与都市文化研究结合,使中外文学、历史学、哲学、美学、生态学等各种理论资源皆为我用,克服了年轻学者满口新语词却少内在化合功夫、语体风格驳杂的局限。三是在清晰而颇具深度地恢复都市与诗歌互动、互喻关系的大观和微景同时,不论是城市意象符号的具体阐释、抒情主体多维视角的细读,还是对"城市诗学"审美个性和消费时代审美主题的宏观俯瞰,都融汇着作者思想的创见和新解。此外,论文语言的诗性色彩和分寸感也很突出,它们是一个青年学者个性确立和成熟开始的标志。讲究问题意识、视野整合、创见新解与分寸感等四个方面,也是至今卢桢学术研究追求的个性和他逐渐形成的相对稳定的风格走向。

正是凭借它"慢"功夫支撑的深度和高度,卢桢毕业留校第二年以这篇论文为骨架的课题就获批教育部人文社会科学研究基金项目。再有,卢桢的文章在大大小小的刊物多点开花后,我郑重地和他说写文章不能只打快拳,追求数量,而要树立精品意识,盯紧大刊物,反复打磨。他认真听取了我的建议,像他的《域外行旅要素与胡适白话诗观念的生成》一文,和以前的研究成果相比,就表现出新的格局与大的气象。它聚焦胡适留美期间在行旅体验激发下创作的诗歌,通过胡适关于"诗与真"的关系、诗歌韵律等视角,考察其用"文的语言"观照具体风景、外化主体经验的实践,指认其叙事和说理成分的引进,给诗歌传统注入了新的美学活力,推动了早期新诗的思维转换。文章从写出到投稿,一而再、再而三地修改近十次,最终发表在2022年第1期的《文学评论》杂志上。

许多人羡慕卢桢的幸运,本硕博都在"985"高校读书,毕业直接留校教书,殊不知他同样有专业上的苦恼,好在如今已完成自己的生活兴趣与专业研究的融合。我觉得在学术研究上一个人的力量极其有限,他只能以断代的方式介入并丰富人类文化的精神历史，一个学者的研究如果不能在学生那里得以延续就无异于失败，因此在专业上对学生的要求有时是严而近于苛的，卢桢经受住了这种考验。卢桢的博士论文一毕业即获批教育部项目，后来在国家社会科学基金项目的申报上连年"卡壳"，只是他轻易不把自己的困惑和苦恼说出，生怕因此打扰别人的平静。令人高兴的是一次我们师生同去参加"中国新诗百年论坛——走进娄底"的会议，找到了消除困惑和苦恼的机会。

那是2015年7月3日，从天津到湖南娄底的飞机因航空管制推迟一小时起飞，等待中的我们便天南海北地聊起了天。在谈及学术研究时，他不自觉地流露出申报国家社会科学基金项目的为难乃至失望情绪。我仔细思考一番后说，你有关城市诗歌研究的话题在写作当年有时效性，现在应该调整一个领域。稍微思考片刻，我们不约而同地想到了旅行与中国新诗发生的问题，既是切中新诗出现的内在本质、别人尚未大面积涉足的学术沃野，更能够和他多年来爱好旅游、喜欢访问作家诗人墓地的爱好结合，并说到了应该运用什么方法、由哪些视角进入等核心问题。年底，卢桢以"域外行旅与中国新诗的发生（1898—1927）"为题，吸收我和其他同行的意见，将几个关键点一一落实，上报了完善后的申报书。第二年，没费吹灰之力，他顺利地拿上了国家社会科学基金项目。这个课题研究的展开，表明卢桢的诗歌研究对象从城市诗歌向新诗发生与诗人域外行旅的关系转移，课题研究成果已经以优异的成绩，顺利完成了国家社会科学基金项目结项，列入人民出版社的出版计划。2021年，卢桢又以"中国当代作家域外出访写作研究（1949—1966）"为题，再次成功申请到了国家社会科学基金项目。两个国家课题表明他不再拘囿于原有的学术阵地，而向诗歌文体以外、中国新诗以外研究视域"扩容"了。我一直觉得，一个学者要有一种"阵地"意识，先在学术上深挖"一口井"；但若成就一个大学者，不能一生死守着一块地方不动，他总应该有两三次乃至更多次的战略转移。卢桢的学术转移是必要的，也是明智的。

任何问题的研究一旦专业化，可能都会变得枯燥；但是如果这个研究能够和自己兴趣、爱好相一致，那将会是另一番幸福的样子。事实证明，卢桢几年前的学术"转场"是明智的，他找到的域外行旅与中国新诗的发生关系研究的选题，堪称一块学术富矿。课题中的部分章节如《域外行旅与中国新诗的发生》《早期新诗人的海外风景体验与文学书写》等，数次刊载在权威杂志《文学评论》《文艺研究》上，引起了学术界的广泛注意。这期间，卢桢顺理成章地被评为南开大学百名青年学科带头人、天津市宣传文化"五个一批"人才，由副教授晋升为教授、博士生导师。与专业研究的突飞猛进同步，卢桢三尺讲台的翩翩风采，更令人注目，因此他十分受学生欢迎，多次获南开大学"良师益友"奖。

有人说，一个学生一生中有个好老师是幸运的，我觉得一个老师一生中能有几个得意的弟子，更是难得的福分。也许是上苍厚待,我有好几个像卢桢这样的学生。记得胡适先生有言:"这个世界聪明人太多,肯下笨功夫的人太少,所以成功者只是少数人。"卢桢现在刚刚四十有二,诗学研究也已十六年,天长日久,人与诗在他那里彼此渗透,相互塑造,渐渐接近合而为一的理想境界了。我相信,凭着超群的直觉、丰厚的学养和特有的扎实刻苦、出色的创造力,他的学术前景将一路风光无限,越走越精彩。

风中摆动的书包

2014年5月底,湖北宜昌,首届"中国屈原诗歌奖"即将颁发。当接站的轿车傍晚时分在与会者下榻的宾馆前停稳,我走出车门的一瞬间,就看见了远处向这边焦急张望的刘波,他几乎是以百米冲刺的速度跑了过来,看着他熟悉的身影,特别是个子不高的他腰间来回在风中摆动的大书包,我的眼睛禁不住一热。

刘波是我到南开大学之后招收的第二届博士生。他生在湖北荆门乡间,却学在河北大学文学院,在那儿读完了本科和硕士,硕士阶段攻读的是文艺学专业,2006年就报考过一次南开,结果因为外语分数被残酷地挡在了门外。转年秋天,他入学后不久在一起聊天时,说起讨厌的外语差一点儿隔断师生间的缘分这件事,我俩不约而同地哈哈大笑。不知是为了励志苦读,还是要报"一箭之仇",刘波读博的三年里,好像一直都穿着带英文字母的衣服,斜挎着带子长长的大书包,整天乐呵呵的,有着说不出的阳光和乐观。我知道他的歌唱得很好，大学时代即是十大校园歌手之一，同门聚会上，粤语《上海滩》风采卓然，令他的师兄师弟、师姐师妹们大开眼界，倾倒不已，更把欢乐的气氛推到了沸点。除此之外，他平素的爱好似乎不是很多，倒是爱买书和好读书在同学间很有名气，什么专业的、非专业的、文学的、历史的、哲学的、心理的、文化的、创作类的、理论类的，只要喜欢的，囊中羞涩或是熬个通宵也在所不辞，以至于离校时搬运工对那些"砖头"都觉得头疼，运输费也花去了他这个"穷学生"大几千。这些书被他阅读、消化后，化成了《光明日报》《当代作家评论》《南方文坛》《当代文坛》《文艺争鸣》等报刊上一篇篇评论文章和《"第三代"诗歌研究》《当代诗坛"刀锋"透视》《胡适与胡门弟子》等大部头的著作。毕业后，刘波去了湖北的三峡大学，虽然学校偏远了一点儿，但他硬是凭着那股"拼命三郎"似的劲头儿，使文章到处开花，先后获得了《诗选刊》2011中国年度诗歌评论奖、第五届后天双年度文化艺术奖、第五届红岩文学奖文学评论奖和第十五届中国当代文学研究优秀成果奖等多种奖励；并且很快评上了副教授，引起了诗学界的广泛注意，今年还被中国现代文学馆聘为特约研究员。年纪轻轻就取得了如此多的成绩，对许多人来说，也算有了值得骄傲的资本，可是刘波却不，每逢有人当面夸奖赞许时，他总是窘窘的，脸红红的，不断地摇头否认，谦逊低调得让人有点儿不落忍。

今年夏天，我们两个同去常德参加诗歌方面的学术会议，中午自助餐时,刘波先是把我按在座位上等候,然后仔细而麻利地挑选饭菜,再一样样地快速端过来。与会的同行羡慕地说:"振亚,你的弟子太讲究学术伦理啦!"我说:"他从来如此,就连打电话我拨给他也不行,每一次都是他挂断后立即打过来。"同行慢条斯理地说:"在这一点上,从来如此,便是对的。"的确,在做人方面刘波有时是过于讲究了,他总是那么善解人意,哪怕自己再苦再累,受了多大的委屈也仍然替他人着想。在从拉萨去纳木错湖的途中,刘波因为放心不下另一辆车上高原反应强烈的我,休息时竟忘了在西藏高原动作不能太大、太快的忌讳,一路小跑去照顾我,吃午饭时就虚脱了,直到吸了很多氧气之后,煞白的脸才慢慢有了点儿血色,我一直看着他。毕业那年,凭着他发表的多篇诗歌研究论文的实力,勤奋、好思、诚信的品质,南方一所师范大学看好了他,通知他去参加面试,我们师生都十分高兴,还对他的学术前景做了许多畅想和设计。未料到当他乘坐的火车快到德州车站时,在那所大学供职的我的研究生同学忽然电话联系我,让我告诉刘波赶紧在前一站下车,原因是一位"德高望重"的老先生想把自己的学生留在身边,仅有科研和人品实力的刘波只有被"顶替"了。同学很不好意思,不断地道歉,我也极度不平、无奈、愧疚和愤怒,可是一身疲惫的刘波折回到学校后,竟反过来到办公室来劝慰我,说:"老师,没事儿,没事儿,我再接着找,肯定会找到理想的单位的,您放心。"他当时内心忍受了多少重压,豁达淡定的微笑背后又有多少酸辛啊。可他就是这样一个人。在他博二的时候，我们夫妇俩和那一届的两个博士刘波、董秀丽在学校附近的湘土情饭店聚餐，实在的秀丽怕小瓶黄酒不够喝，就挑了一个最大坛儿的，酒加热后我们边聊边喝，不知不觉中酒全都下了肚。刘波醉了，一直笑呵呵地看着我们，手脚却不听使唤了，刚站起来就又要摔倒，一次又一次，我们几乎是相互搀扶着到了校门口。他不知怎么一下子站直了，冲到一辆出租车前，掏出四百块钱，卷成一卷儿递给司机，非常认真地说："把我老师和师母送到阳光100，谢谢！"态度坚决，声音格外大。其实，那天晚上我也醉了，只是醉得很踏实，醉得很幸福。

实际上，刘波不光对我，对所有的师长他都是恭敬有加，因此诗歌界内外的朋友大都喜欢他。毕业以后，他虽然身居宜昌，却一直和老师、同学保持着密切的联系，每有喜悦之事必在第一时间与大家分享，遇到机会从不忘记帮助师弟师妹和国内一些正在崛起的年轻研究者。四川那边有一本《星星·诗歌理论》刊物请他做栏目主持，几年光景里他就邀约几十人撰稿，给他们提供了生长和锻炼的空间。回母校参加学术会议，始终像在读时一样跑前跑后，顾不上吃饭，也要到机场、车站去迎候与会的专家学者。而一旦遇到有关学术命运和前途的大事儿，一定事先电话与我，认真商量，听取我的意见和建议，可是生活中的种种烦恼和棘手之事，却一律被他剪切掉了，他生怕那些细碎的"枝杈"影响了我的好心情。

从 2003 年在东北师范大学招收博士研究生起，中经哈尔滨师范大学，后来到南开大学，迄今我名下已经有二十几个博士、两个博士后，他们都品学兼优各有所长，不论哪个都值得我自豪，都是我精神财富的一部分。在为刘波的博士毕业论文《"第三代"诗歌研究》写的序中，我写道："在我的研究生里，刘波是颇具才华的一位。他的敏锐、他的迅捷、他的洞察力、他的宽视野等，熟悉他的人无不称赞。而我最欣赏的，是他的踏实热情，他的勤奋乐观，他的方向感，他的责任心，他良善的灵魂和他开心的笑容，这些想起来就让人感到温暖。"后来我的好朋友、好兄弟霍俊明曾经用毛笔把这段话抄录下来，送给刘波。算起来，刘波一晃已从南开大学离开六年，并打开了自己广阔的学术天地，如今他也三十有八了。这几年他的研究重心也逐渐从"第三代"诗、先锋诗潮，向当下诗歌、小说、散文领域多向突围，并都有不菲的建树。为此，我很高兴，相信他会做得更出色，只有这样，学术的"接力棒"才能顺畅地传递下去。他毕业以来，我们见过多次，每一次都感到他愈加成熟，同时也都觉得他那些骨子里的品性恐怕永远也不会改变了。

　　我一直以为，师生间的关系大体有两类，一类是纯粹的师生，一类是亲人式的师生。在十年的深入交往中，刘波早已成了我们的亲人，一切的酸甜苦辣，他和我们都在彼此牵挂与承担。写到这儿，我的脑海中又浮现出三年前他来天津家里看望我们的情景。他进屋后，满头大汗也顾不上擦，没说上几句话，就像往常一样，忙三火四地从大书包中往外掏东西，变戏法一般,一眨眼工夫,莲子、鱼糕、苕酥、五峰茶叶、稻花香酒等宜昌特产,应有尽有,堆了半桌子。坐了不到一小时,许多话还没有聊完,就又匆匆去火车站,赶往岳父岳母家。当我站在十七楼的阳台上,看着他的背影渐行渐远,直至消失在楼群的夹缝中,那个宽大的书包还在眼前不停地摆来摆去。

说起刘波,我们从相识到相知的一幕幕往事纷至沓来,心里感慨万千,头绪繁多,一时间难以厘清,无法说尽,索性打住。

那束诚挚而专注的目光

2014年4月下旬的一天上午，南开大学范孙楼章阁厅，博士生正在紧锣密鼓地进行面试。当叫到报考乔以钢先生的考生时，一位高高大大的男同学走到我们对面，微微颔首后慢慢坐下，自我介绍道，他叫程旸，本科就读于武汉大学，硕士阶段在英国利物浦大学度过，学的都是法律。他的话一下子引发了我的兴致，一则武大是我的母校，一则是他完全跨专业。我琢磨，报考乔老师的学生那么多，他需要经历怎样艰难的博弈，才能脱颖而出；本硕都是名校，又是热门的法律专业，为什么偏偏转向相对冷清的文学研究？面对导师组的提问，他很沉稳，应答自如，回答的具体什么内容已经模糊了，但记住了他回答问题时那束诚挚而专注的目光。

当年9月，程旸如期入学。开始，我在心里还是隐隐地替他捏一把汗，他的专业基础是否牢靠，能不能顺利地完成专业转换？毕竟"隔行如隔山"啊！何况他硕士毕业已经五年，还能坐得住冷板凳吗？半年下来，结果证明我的担心是多余的。

他们那级的博士生有十来个，能坐几十人的教室略显空旷，我发现他每次上课都坐在最后一排，几乎不喝水，笔记也很少记，只是偶尔在笔记本上写几个字，更多的时候都在敛心倾听，不时点点头，目光始终看着你，诚挚而专注，容不得你不努力把课程讲得深入、生动、精彩。每次见他，他都少有许多博士生那种焦虑之态，而是不温不火、不急不躁、云淡风轻的样子，说话也不紧不慢、有条不紊的；但在讨论课和博士论文开题过程中，年纪轻轻的他却是很有"主见"，思想的锐气和冲击力十足，像他平素的阅读、思考、写作一样，在"慢"中透着一种"快"的风度。

博一时，程旸的科研优势即有所展露，"先声夺人"，他在《中国现代文学研究丛刊》《当代作家评论》《南方文坛》等名刊上发表有关莫言、王朔和当代小说家文学阅读方面的文章；到了博二，更是一发而不可收，更上层楼，将自己有关王安忆小说、夏志清的《张爱玲给我的信件》等视域的思考成果，在《文学评论》《当代作家评论》《文艺争鸣》等杂志刊布出来，和读者分享，并因之在2016年获得教育部特等奖学金，这种研究层次和高度在博士生中是少见的。至于毕业去中国社会科学院文学研究所工作后，他陆续在《文艺研究》《当代文坛》《文艺争鸣》等一系列刊物上，推出路遥《人生》中巧珍的原型、路遥小说创作地点及题目、路遥在延川与延安的两份书单、王安忆与徐州等问题的考察成果，引起评论界的广泛注意，自然就是顺理成章的了。

系列成果的出笼表明，程旸已找到王安忆、路遥等相对稳定的学术"阵地"和研究视域，研究方法与个性也日渐成熟。他同样立足于文学本体研究，毕业论文《地域视角与王安忆小说创作》在"文学寻根"、20世纪90年代上海重新崛起和文化思潮等外部影响和作家内部转型冲动的关系网络中，探讨王安忆90年代创作转型问题，并结合王安忆及其作品文本，提出"军转二代身份""弄堂人物档案"等新颖的理论概念，刷新了王安忆研究的已有高度。与文本研究并行不悖，他更注意史料意识，愿意也善于发掘文本现象背后的"本事"因素，在一些不被人注意的作家生活、地域文化、作品原型、书名变迁等因素中，找寻它们和作品之间关系的蛛丝马迹。如果说程旸最早的"阅读研究"，是想通过"阅读"讨论"创作"，完成从"阅读史"到"创作史"的考察与再研究，那么后来对路遥、王安忆等个人经历、作品发生环境、人物来源的某些发掘和考察，就更自觉地延续了这条路线。

实话说，那种"本事"以及和"本事"相关的研究，以往多在古代文学、现代文学领域被运用，而程旸大胆地将之移入当代文学研究中来，非但不别扭，反倒比较奏效。如他对路遥《人生》中的高加林、刘巧珍等形象也感兴趣，只是没有仅仅在文本层面打转转，而是多方考证路遥和延安大学的关系、路遥的书单，特别是以层层剥笋的方式写下《路遥〈人生〉中巧珍的原型》。在程旸看来，人物原型是现实主义小说研究的必要课题，路遥小说又具"自传色彩"，所以对《人生》中巧珍的人物原型"穷追不舍地探究"。他承认说别人提出的巧珍是三姐的外形,与刘凤梅有关,乃至是陕北女孩子的缩影,都不无道理;可他继续发掘后却断定巧珍人物原型也"还有其他一些来源线索,例如路遥的初恋女友林红及妻子林达",甚至"巧珍软弱自卑的影子"也有路遥的成分,"众多女孩子被幻化成巧珍的原型,这是路遥对自我世界的错位式的认知"。再有,程旸就作家王安忆已经在台湾推出一本研究专著,但因为他对文本内外的"本事"留心,自然有比别人更多的发现,他阅读王安忆的回忆文章《成长初始革命年》时,意外捕捉到作者写保姆的《鸠雀一战》《乡关处处》《好姆妈、谢伯伯、小妹阿姨和妮妮》《保姆们》《富萍》等几篇小说的原始素材,最终"顺藤摸瓜",发掘出几篇作品的故事和人物原型,写下《王安忆作品的素材来源——关于回忆文章〈成长初始革命年〉的故事和人物原型》一文。还有,《王安忆与徐州》围绕作者做文章,兼顾文本的内外视角,阐释、建立王安忆 2009 年前一百三十篇(部)作品中与徐州有关的《命运》《荒山之恋》《小城之恋》《文工团》等十六篇小说里,作品和下过八年乡的安徽蚌埠地区五河县、徐州地区文工团之间的联系,其中有作家生活的若干面影,更外化了王安忆"个人意义上的地方志写法"内涵。

说到程旸的研究方法和特点,华东师范大学的黄平教授在 2020 年 4 期的《当代作家评论》上著文《文学批评的实证之维》,称程旸的研究"展现出以实证之维建构文学经典的学术抱负，显现出青年批评家沉稳扎实、持论有据的学术气度"，可谓说到了点子上，堪称知音之谈。巧珍原型考既和以往的研究成果间构成了一种潜在的对话结构，又可加深理解路遥隐秘的创作心理和潜意识；王安忆和下乡地的关系建立，也因视角别致，多有新意，这种实证研究无疑提高了文学研究的信度和效度。程旸坦承对巧珍的人物原型是"穷追不舍地探究"，一个"穷追不舍"，道出了他性格中"刨根问底"的"执拗"劲儿，做感兴趣的事情决不蜻蜓点水，浅尝辄止，而是认准理儿不服输，这股"深挖""追问"劲儿，是不是和程旸本硕阶段培养起来的逻辑严谨、注重证据、判断冷静的法律思维互为表里呢？它恐怕正是学术研究最需要而年轻人中又最为匮乏的。

  我常想，文学创作有天分一说，这并非唯心论，文学研究也存在不少有天分者。程旸是有一定天分的，但这种天分在浩瀚的学问面前远远不够，他的成绩取得还应归功于导师精心到位的学术指导，还有自身的热爱、功夫和毅力。对程旸学术成长"个案"的透视，也让我对大学的文学教育产生了困惑：为什么有些非汉语言文学专业出身的研究者一出手就气象非凡，其学术水准和冲击力甚至令一些纯专业的研究者汗颜？是不是多年的专业训练限制、遮蔽了学生的学术创造力，规范但也受到了许多条条框框的约束，反倒不如外专业和文学专业两个相关或陌生领域的撞击，会产生人们意想不到的思维或思想？最重要的是它让人们思考，优秀研究成果的标准到底是什么，精致圆熟但无冲击力的文章和虽不无缺陷却生气四溢的文章哪个更值得褒扬?

由程旸学术成长,联想到几年前秋天回母校武汉大学,一个中午和於可训先生散步,他说自己有出息的几个博士原本都不是文学专业出身,有学历史的,有学工商管理的,还有学热处理的。这倒让我脑海中盘桓几年的追问有了着落,以后招生时也该重新考虑骨子里曾经排斥的"跨学科"的背景了。

行文至此,眼前又浮现出程旸那一束诚挚而专注的目光,仿佛在悄声问询:"罗老师,您在写什么?"我微微一笑,印象记赶紧打住。

诗人散文
SHIREN SANWEN

第二辑 拔节与开花的声音

"瞎话儿"

对于东北的农家来说，冬天的夜晚格外长。

为节省粮食，也是出于习惯，一上了 10 月份，家家户户都吃起两顿饭，早饭八九点，晚饭下午三点多钟，大都开始往厨房收拾碗筷了。临近元旦前后，三点半左右太阳就落山了。那是 1970 年代中后期，乡下的文化生活几乎是一片沙漠，村子里还没有通电，更甭提电视了，谁家要是有个"话匣子"，那绝对算得上奢侈品。那时候不比现在，年轻人和中年人都到外面去闯世界，而是在农闲时节都老老实实地在家"猫冬儿"。没有什么娱乐渠道，整天赖在家里又太无聊，三三五五地凑在一起也没啥营生好做，于是村子里每年很多人都在玩儿推牌九、搓麻将、打扑克的游戏，三毛五毛的，一块两块的，耍点儿小钱儿。

每逢这个季节，父亲罗长恩就成了村子里最受欢迎的人。因为他特别会讲"瞎话儿"。说起来不敢让人相信，由于家里困难，父亲只读了不到两个月的书，成年后又是地地道道的农民，庄稼活儿样样来得。好在祖父早年是一位私塾先生，虽然日子是王小二过年，一年不如一年，但是读书的意识和观念始终没有丢，所以耳濡目染，父亲后来居然能一点儿一点儿地把一些很厚的小说读下来，逢年过节给前后左右的邻居写起了对联儿。尤其是不知从什么时候开始，他的脑子里渐渐积累了许多"瞎话儿"。就是这些"瞎话儿"，喂养了十几个青少年一个一个精神饥渴的冬夜。

当时我们住的村子并不大，也就五十多户二百多人的样子，闯关东来的居多。常常是晚上六点多一点儿，一些半大小子和姑娘，还有几个青年男女，就陆陆续续地从不同的方向拥入我家，两间土坯房里挤得满满登登的。当大家不约而同地把目光移向父亲时，挨着炕中间饭桌上那盏煤油灯端坐的父亲，便会喝一口铁缸子里的水，微笑着说"也没啥好段子"，然后不慌不忙地慢慢讲起来。父亲每天晚上讲一个，两个冬天过去，我们感觉脑子里好像不像原来那么空了。

在所有的"瞎话儿"里，王宝钏寒窑十八年苦等薛平贵的故事我记得最深。父亲讲道，唐懿宗时期，丞相王允的小女儿王宝钏，不甘于被长辈主宰自己的爱情和婚姻，所以让好多达官显贵家的公子都纷纷吃了闭门羹，原来那些公子除了酒囊饭袋，就是轻浮好色之流，根本入不了她的眼。说来也巧，后来在家中做粗活儿的薛平贵，本分稳重，倒引起了她的注意，渐渐二人互生爱恋，有了共结连理之意。怎奈他们门不当户不对，阻拦太多，情急之下，王宝钏心生一计，就和父母说，要以抛掷绣球的方式决定终身,绣球落在谁的手里,谁就做她的夫君。消息一出,许多豪门子弟都想试试。抛绣球当日,王宝钏站在王家院中搭设的彩楼上,看准下面的情形后,一下子将绣球不偏不倚地砸在薛平贵的头上,这正所谓"王孙公子千千万,彩球单打薛平郎"。作为丞相的王允知道事情的真相后,当然反悔了,他是绝对不会把女儿嫁给一个穷光蛋的;而王宝钏却又非薛平贵不嫁,争执之下,恼怒的王允决定断绝父女关系,王宝钏则毅然与父亲三击掌,随薛平贵住进寒窑。婚后,薛平贵为了让妻子过上好一点儿的日子,不顾王宝钏的阻拦,远赴西凉去当兵。离别之际,夫妻二人泪眼婆娑,盼着能够早日团聚。结果,薛平贵一去十八年,音讯全无;王宝钏受尽了各种苦,薛平贵留下的干柴和米面很快用完后,她就开始挖野菜充饥,有时饥饿难耐,甚至扒过树皮吃。贫困交加,她艰难度日,常常以泪洗面。但她心里有一个坚定的信念,相信丈夫一定会回来。果然,十八年后功成名就的薛平贵回到寒窑,只是他万万没想到,分别时定的他三年不回王宝钏可以改嫁的盟约,在王宝钏那里根本没有奏效。武家坡的寒窑里,夫妻相见,紧紧地拥抱在了一起。可惜,薛平贵把王宝钏带回到长安不久,王宝钏便病故了。

尽管父亲讲述这个"瞎话儿"的过程中,不动声色,语调平静,但王宝钏不事权贵,寻找自己的爱情,为了遵守和爱人的期许,受尽种种磨难仍然坚贞不渝的操守,尤其是苦守寒窑的苦难细节,还是让我们一群乡下的半大孩子不觉间流泪了,我们神情黯淡，又意犹未尽，也接受了最初的爱情启蒙。

还有明代文学家解缙少年时与曹尚书斗智的故事，至今仍然难以忘怀。故事说的是解缙小时候家里很穷，父母每天靠磨豆腐为生，他家的对面住的是一户大家曹尚书府，院内竹林郁郁葱葱。有一年春节，解缙在门上贴了一副对联："门对千竿竹　家藏万卷书"。经下人禀报，曹尚书很生气，觉得自己家都不敢称"家藏万卷书"，一个毛头穷小子竟然敢如此放肆，于是下令家人将竹子的头都砍掉，看你的对联还能不能站住脚。没想到解缙回家之后，在对联上下各接出一个字，扩成："门对千竿竹短　家藏万卷书长"。曹尚书知道了情形，气得坐在了地上，赶紧命令府上的人，把竹的根也都刨了扔掉。只是更让他没有想到的是，解缙在对联上两边又各加了一个字，改成："门对千竿竹短无　家藏万卷书长有"。最后，曹尚书也不得不服，感叹解缙这小子真是一个天才。父亲讲这个"瞎话儿"时，很投入，声情并茂，字正腔圆，意在彰显少年解缙的聪颖和智慧，当时的不少听者也不断为解缙战胜曹尚书解气。我脑海里却不断浮现出门对与家藏、千竿与万卷、竹与书、短与长、无与有等对仗的字眼，一种接近诗性的思维，在那个夜里悄然萌芽了。

更多的是鬼、蛇、狐狸、黄鼠狼的"瞎话儿"，比如谁家的坟里生了两条小金鱼，黄鼠狼把村里的哪个小媳妇迷得神魂颠倒，等等。父亲仿佛是一个天分很高的说书先生，很注意"瞎话儿"的效果。没有道具，也没有什么乐器，但能让你听得津津有味；怎么起势，如何开头，哪里应该设悬念，什么时候开始抖包袱，戛然而止地收束，他都拿捏得恰到好处，所以来家里听故事的人越来越多。大家一边听"瞎话儿"，一边干活儿，不知不觉中，一盖帘一盖帘的黏豆包、饺子被送到屋外的窗台上、井沿旁，那是天然的大冰箱啊。把玉米穗上的粒儿搓下来，或者边听边嗑瓜子，也是常事儿。

当然，父亲的鬼神"瞎话儿"讲得太生动，害得那些半大孩子心里痒痒的，很希望听，越恐怖越神秘的越好，但回家的路上，尤其是一个人去外面上厕所时，又心跳不已，有时头皮发麻，腿也打战，生怕鬼神突然出现在面前，有时进了被窝儿脑袋也不敢露出来。

前几天，我试着给孙女儿讲从父亲那儿听来的"瞎话儿"。还没讲几句，孙女儿就说："爷爷，你的'瞎话儿'太老了，我不听你脑袋里的'瞎话儿'，我要听书里能播放的'瞎话儿'。"是啊，听"瞎话儿"的少年们，如今都已进入老境，讲"瞎话儿"的人也已走了十年。但是，当年的玩伴少年是在"瞎话儿"声中，一点儿一点儿地长大了。乡村就是这样，从长辈那儿听来的"瞎话儿"，再代代相传，相传中乡村也就慢慢变老了，老得没有了牙齿，老得走路都哆哆嗦嗦。即便是少年们离开了乡村，那些"瞎话儿"也如藏在心底的一片片金黄的叶子，什么时候望见，都闪烁着一道道耀眼的光芒。

清清亮亮的日子

1970年代中期的东北乡村，大多数人还未走出贫困的洼地，松嫩平原上的黑龙江省讷河县似乎程度尤甚。那里找不到从地面突起的山，方圆几十里也难见河流淌动的踪迹，放眼望去，触目皆是一马平川的黑土地，长相酷似的村庄，上面偶有几块盐碱滩"点缀"。我生长的和盛乡，因为粮食连年减产，缺少余钱，不少人家需要靠吃"返销粮"过日子，通了几年的电，因为交不上电费，线路也被掐断了，到了晚上，搁置了几年的煤油灯突然又被派上了用场。那会儿，"买卖"两个字和老百姓之间隔得实在太遥远，农民的头脑中好像还没有滋生出商业意识，在他们的生活里，除了种地，还是种地。

上一点儿年岁的东北人，都熟悉"风打卜奎"这句老话，每年一到冬、春两季，风便在齐齐哈尔的地界上肆虐，其中自然少不了讷河的份儿。大平原上前后左右无遮无拦的，风的威力更显得大得很，刮到十级、十一级，甚至旋风把外面玩耍的小孩子卷到空中再扔到地面，也是常有的事儿。

1976年11月初的一天中午，一场从西南方向猛烈刮来的狂风过后，屯子里一些人家房上晾晒的玉米虽经捂盖，但还是被吹跑了不少，最可恶的是我家住屋的四扇窗子中，下面两扇的玻璃被活活地给刮碎了。忙乱之中，母亲只好刷好用白面打的糨子，把家里仅有的一卷窗户纸糊上了。11月的黑龙江，比不得南国的花红柳绿，早已是冰天雪地了，气温有时直抵零下三十多摄氏度，窗户纸虽然是有一些保暖的效果，但是之后的很长一段时间里，我和两个妹妹只能趴在炕上，借着上面两扇玻璃透进的微弱的光线写作业了。晚上的风稍微大一点儿，窗户纸就被刮得呼嗒呼嗒地直响，偶尔发出的怪怪的声音，听起来有点儿瘆人。小妹后来眼睛不好，初中没读完就辍学了，或许和那一段家里的光线太暗有关吧。

当时玻璃在农村绝对属于紧缺的物品，别说很多家里没钱，就是有钱也不是随便就能够买得到的。看着孩子看书写字不容易，父母托过几个人，可是由于七七八八的原因，家里的窗户纸一直没有被替换下来。

庄户人家的日子，一天挨一天地，过得有些慢，但转瞬间还是到了第二年的9月。黄豆、高粱、玉米，包括土豆、萝卜、大白菜等各式各样的农作物，一样一样地从大田里被运送回生产队的场院，丰收的年景把很多农民的心思撩拨得像豆粒儿似的饱满、鼓胀起来，小孩子们也不时在场院里尽情地撒欢儿。临近十一国庆节的一个周日中午，阳光正好，伴有一阵阵和煦的秋风，父母站在村子中间的道旁，借着风力，滤起生产队分给家里的玉米，看着黄澄澄的玉米粒儿翻飞起舞，起起落落，我和姐姐、妹妹有说不出的欢喜。这时，从远方驶来的一辆吉普车开到父母身边的时候，戛然而止，停在路边，车上一闪身下来一位三十多岁、风度翩翩的年轻人，他口中一边兴奋地喊着"罗二叔"，一边直奔父亲而去，在父亲懵懂之时一下子将父亲紧紧地抱住。我和姐姐、妹妹都突然一怔，要知道那时乡下是不讲究拥抱礼节的，我们更从来没有见过。

来人自称叫陈德立，是父亲老同事陈忠的儿子，在公社里某个部门上班。原来父亲在大队的供销社里当过售货员，干得很出色，但考虑供销社离家太远，没法在身体多病的父母面前尽孝，说啥非要回到生产队务农。

父亲闻言后，忙把陈德立迎进屋里，与之亲切地寒暄、攀谈起来。陈德立长得一表人才，高高的个儿，说起话来斯斯文文，谦让有加，是当兵转业后回到公社工作的。聊着聊着，他看着窗户上该装玻璃的地方糊着纸，便问为啥不换上玻璃。父亲一五一十地说明了缘由，对方马上表态："没问题，我有门路，我帮你买玻璃。"父亲非常感激，赶紧喊母亲拿三十元钱，当时家里的钱不凑手，母亲对对方也有些吃不准，两句"罗二叔"就让父亲信任无比，所以先拿出十元，说："就这些了。"后来父亲再催促她，她东翻西找，又"搜"出八元，最后把十八元钱递给了陈德立。十八元如今看起来很是微不足道，但当时可是我们全家半年的日常开销啊！

陈德立把钱装进公文皮包后，马上站起来，说要赶回到单位开会，一副很急切的样子。父母不好再挽留吃饭，就很热情地把他送到车上，口里还不住地拜托，眼神里写满了热切和期待。之后，他们就开始等约定的三天之后陈德立把玻璃送来。结果，三天他没来，一周没来，到了第十天上，公社里的人们都在传，陈德立是一个诈骗犯，一年多的时间已经骗了三千多元，昨晚被县公安局的警察带走了。听到这一消息，父亲惊愕得一下子跌坐在炕沿上，怎么都不敢相信这个事实，只是好几天都不讲话；母亲流了一天的眼泪，小妹气得骂道："什么陈德立，就是陈德缺啊！"再之后，他们的心里逐渐平复了，因为骗子被绳之以法了。

大约又过了两年的光景，最基层的乡村真正领受到了改革之光的辐照，各种物资产品也慢慢丰富得超出了人们的想象，并且很多东西都不再像以前那样凭票供应，老百姓办事难的日子结束了。我家里的玻璃纸彻底"退休"，窗明几净的日子里，一切都变得清亮了，弟弟妹妹读书写作业的条件自然有了很大的改善。

其实，那时的一个农民之家，很少有太高的奢望。风调雨顺，出入平安，吃穿不愁，该读书的读书，该干活儿的干活儿，就是最大的幸福。如今想来，当初父亲托陈德立买玻璃时的愿望，是怎样的简单啊，不外乎是给读书的儿女多争取几缕光亮，让家里人的心里能够透亮一些，他把人看得又多么善良啊，觉得熟人当然都值得信任。可是，有时一个农民渴望光亮的愿望，实现起来却不那么容易啊。

时光飞逝,转瞬进入老年的父亲被我接到城里生活,住在宽敞的楼房里,看着客厅美观宽敞的落地窗,他经常感慨:"现在的日子真好啊,窗子干净,心里也亮堂。"

791：永远的徽章

1983年7月6日清晨，哈尔滨火车站。随着一声汽笛长鸣，同窗挥动的手臂、殷切的嘱托和惜别的泪水渐渐远去，政文、明楼和我，开始奔赴我们支边或许久居的所在地黑河。那一刻，二十岁的我仿佛才真正从懵懂中醒来，突然意识到，此后哈尔滨师范大学中文系791班的三十六颗星辰，将会在不同的区域里发光，我要离开朝夕相处的十九位师兄和十四位师姐了；但也就是在那一天，我清楚了曾经视为驿站的791，可能就是自己终生栖居的精神空间，它乃是我永远佩戴的徽章，向远方出发的起点。

事实上，在791四年的学习生活的确已经滋养了我三十多年，而且还将继续影响下去，不论是执教在天寒地冻的边陲黑河，还是负笈苦读于九省通衢的江城武汉，不论是天津卫夏日的酣梦里，还是东瀛寂静的旅行途中，总有记忆的蝴蝶儿在思想中闪回：从没坐过火车的我，开始走进大都市课堂的惊诧时，中文系李之主任拍着我的肩膀，亲切温厚地说，"振亚，你才十六岁,是今年全校八百一十一个学生里最小的";第一个学期深秋的夜里,因为白天刚刚看过电影《画皮》,我在噩梦中突然哭喊起来,一睁眼看到的是217、219房间师兄们怜爱、关注的目光;十冬腊月,我的上铺姚英师兄骑着自行车,把我家里邮来的大木箱从很远的三棵树火车站驮回宿舍的瞬间,额上的汗水热气腾腾;第二学期有了一点点性别意识,不好意思求女同学帮助,自己逞能,把被里洗净再慢慢缝上,晚上被子展不开后,次日两位师姐再心疼地为我飞针走线;研究生备考期间,贪玩儿得一塌糊涂时,同桌安秀英师姐及时而严厉的批评与警示,令我羞愧难当;课余饭后,和言永祥、李光武、刘荣升师兄交流诗作,几近忘我,气氛热烈;在星光机械厂子弟中学实习的一个月里,张锦池先生谨严的学风和丰赡的业绩,构成了无言的激励和启迪。还有大一时在140女生寝室被师姐们当作"小屁孩儿",命令我转身,她们要更换衣服的窘迫;大二时,接受一位师姐布置的"任务",替她观察她所中意的外系的男生眼神儿是否留意她;以及毕业后常常看到的赵惜微大姐透明的微笑,每次陷于生活的迷津中,鄢献革、王裕江师兄等人的点醒。

这些点点滴滴、林林总总、青涩而温馨的碎片,对于我无异于一笔别人掠不走的精神财富和情感支撑。它们在我1985年去济南攻读硕士学位,1988年后在母校哈尔滨师范大学教书,2000年南下武汉攻读博士学位,2006年转入南开大学任职过程中,给予了我莫大的慰藉和力量。正是凭借快乐的记忆和个人的不懈努力，我由三十多年前的一个毛头小伙子，成长为一名合格的大学教师、诗学理论研究者。回望来路，我深感自己是受益于同学最多的"小老弟"，尤其是 2000 年政文心有不甘地长眠地下，2009 年明楼洞穿俗世的"云游"，使我在慨叹之余，愈发思念并急切盼望见到远方的师兄师姐们，倍感同学之谊对于在大地上孤独行走的我来说，是多么重要啊！

人言，滴水之恩，当涌泉相报，我一直在珍惜、寻找着机会。也许，如今天各一方的同学，很难再像当年那样把酒临风，共话友情，但三十五位师兄师姐却始终在心中，陪伴着我前行。

因为，791，是我永远的徽章。

初上讲台

毕业时,想到要去黑河师范专科学校教书,既充满期待,又有一丝忐忑掠过,毕竟刚刚二十岁,未知的东西还太多太多。在报到现场,学校领导对我们几个支边的大学生很欢迎。随后,文史科主任寒暄几句,便给我分派了教学任务:"你暑假后教专科班的中国当代文学吧。"能上专业课,当然是我求之不得的。

过两天,再次见到主任。那天,我的头发有点儿长,自我觉得长发不时可以潇洒地甩一甩,有派头;衣着和报到那天反差较大,因为邮寄的行李和人没能同步,随身带的衣服脏得不能再穿,只好借柴克俭老师的一件夹克衫,洋气得和我老实的长相有点儿混搭。可能是观念传统的主任看着不悦,就压低声音说:"我们研究了一下,决定让你教中师班的文选与阅读课。"他前恭后倨、出尔反尔,令人气愤,但我仍忍着,笑呵呵地问:"主任,咱们这儿有小学吗?"主任一愣,也看出我的倔脾气不好惹。又过两天,他告诉我:"你还是教中国当代文学。"我只是点点头，一句话没说。

趁着学校还没放假，我看主任正在中文五、六班讲授和当代文学相关的课，就抱着学习的心态前往观摩。坐在后排的空位上，很多同学好奇地看着我，以为我是从别的学校刚转来的同学。待到8月末一开学，我健步走上讲台，同学们一片哗然。说实话，初上讲台，是胆怯的，为了给自己壮胆，我在踏板上走路时故意非常用劲儿，显示很有力量，说话一板一眼的，以掩饰内心精神的紧张，每隔几分钟，就把手拄在讲桌上，以支撑有点儿打摽儿的双腿。好在我面部表情沉稳，丝毫看不出慌乱，讲着讲着，就十分流畅了；并且暑假期间我做足了功课，把读书时被切割的零散的文学史、作品选课整合，使得讲授内容更加系统化、丰富化和深入化，依据教材又能超越教材，参考有关学者的研究成果，找准了自己的切入角度和叙述方式，所以第一堂课效果还不错。

几节课下来，被前任当代文学教师从课堂上讲跑了的学生陆续回到教室，不再从前门儿进来签到，再从后门儿溜走。听课的二年级学生，大部分和我同龄，课上他们认真听讲，课下在感情上也慢慢和我打成一片，经常就一些问题向我请教，和我交流，刺激我读了更多的书，扩大视野同时增长了见识。看着他们渴望的眼神和会心的微笑，我逐渐自信起来，而有了自信，对很多文学现象的解读就更加独到、犀利和深刻了，在自信和认可的双向激发中，我的思维和表达能力迅速提高。可以说，母亲对我"一天说不上五句话，怎么当老师啊"的担心，彻底消除了。

特别是当时学生文娱社团活跃，其中的"北极光"诗社聘请我做顾问，这是一种信任，更是一种压力。为了和诗社成员有效地交流、对话，我竟然不知天高地厚地在创作和研究上两面出击，一方面在地区文联刊物《黑水》和《黑河日报》上发表一些像《诗的地方色彩与风格》一类的文章，就当地创作和学生作品表达自己的见解；一方面在授课之余，夜以继日地疯狂写诗，发表在《黑水》上面的组诗《父亲的季节》还获得过黑河地区唯一的诗歌创作奖，奖金三十元正儿八经地喝了一顿大酒，奖品是带有"八仙过海"图案的精致的景德镇看盘儿，我说装鱼挺合适，科里的老师都笑着说："那太可惜了。"

有了讲台和文字上的口碑，当地的一些会议也开始邀请我参加。1984年冬天，黑河全地区公映李存葆小说改编的电影《高山下的花环》，之后地委宣传部召集开了一个座谈会，主持人说师专的老师先讲吧。我受命发言，因为我对小说本来就很熟悉，看完电影后又有细致的准备，发言效果很好。我讲话时，电视台录像的人还没到，结果当晚黑河新闻播报这则消息时，基本引用了我的观点，但冠名上却因为当时在现场问我姓名时他们没听清楚，误报为黑河师范专科学校青年教师刘振宇，名字里三个字给改了俩，补录的镜头是我在低头聚精会神地看书，虽然观众看不清那是日语书，之前组织上刚和我谈过，地委宣传部想调我去当秘书，我说我要考研究生。第二天上班，好几位同事开玩笑地问："振亚，改名了。"我笑着回答:"改得比原名好记。"

也是源于讲台的体会,越教书越觉得自己的肤浅和贫乏,虽然有一点儿做学问的素质,但是必须继续深造,否则自己的优长永远得不到伸展的机会。还有一个更隐蔽的原因,就是黑河的交通条件落后,1983年寒假乘汽车回乡探亲,山路崎岖,一路颠簸,坐在后排的我昏昏欲睡,总有要呕吐的感觉。突然,乘客们一阵惊叫,我睁眼一看,是客车差一点儿翻到路旁的沟里,庆幸路边几棵较粗的大树把车挡住了。我当时出奇地平静,等大家纷纷从车里逃出后,我才慢慢爬起来,心想若不离开黑河,每年回老家看望父母,迟早要出事,所以一定要自救,而自救的办法就是考研。也怪自己没有前后眼,如果知道1985年胡耀邦总书记视察黑河,提出"南有深圳,北有黑河,南深北黑,比翼齐飞"的口号,修建地方铁路,把黑河打造得那么洋气,说不定我就不考研了,当然这是后话。

考研复习,学校里的书远远不够,于是托外地同学把能见到的中国现当代文学教材都替我购买了,寄来后一一翻阅过若干遍。外语就只有自力更生了,好在黑河新华书店里有不少日文版小说,我毫不犹豫地买回阅读,同时发现学校图书馆有四卷本的日文版《毛泽东选集》,我也反复看了几遍。不知不觉中,日语的语感练出来了,以至于后来考硕士、博士,都以为外语答得一般,但实际分数远远超出预估的,因为助词、格助词包括汉译日等题目都占了读日文版小说和毛选的便宜。虽然那种应试外语从本质上说是速成的哑巴外语,只会看会写,不会听不会说，记得快，忘得也快，考完试就全还回去了。

生活上遭遇的困难也是意想不到的。单身宿舍非常逼仄，一间里住着四位老师，根本没条件复习，同事建议我搬到办公室住。办公室在三层的教学楼，晚自习结束后，就剩下一楼的更夫和二楼的我，第一天夜深人静、万籁俱寂时，更夫早已睡下，我心里还真有些恐惧，听说楼里闹过"鬼"，联想到父亲讲过的鬼神的故事，心里发冷，头皮发麻，以至于次日把六枚学生军训用的假手榴弹摆在床头。但第二天晚上就不再害怕，鬼神早被忘到九霄云外去了，因为当时我心里只有一个信念，那就是一定要考走，思维完全沉入书海里去了。还有，我在家时有母亲、姐姐照顾，上大学后有同学们帮助，自己的生活能力的确是差了一些，开始连衣服都不会洗，晚上复习加餐想熬粥，居然还得请教同学是先下米还是先放水。为了给我增加营养，一个办公室的王连弟、吴薇两位大姐和张菁娥老师，都常常把肉和各种蔬菜切好带来，我放到锅里一炒就行了。记得那个冬天很冷，我的心却始终温热着。

黑河不设研究生考点，我得先从郊外的学校进黑河市内，再坐汽车，然后乘火车，去齐齐哈尔轻工学院考试，三天考完后回老家讷河过春节。之前过度劳累，去考试又太折腾，到家后就病了一场，开学了情绪也高涨不起来。进入4月，学历史的柴克俭老师接到陕西师范大学的复试通知，而我的一点儿消息也没有，那一段我学会了抽烟，以排解苦闷。18日晚饭前，我心仪已久的女孩儿见我孤独落寞的样子，便说："罗老师，饭后出去散散步吧。"我嘴上说"有什么好散的，这个破地方，荒郊野外的"，心里还是特别高兴。饭后，我抓紧跑回宿舍，把刚买的一套咖啡色西服穿上，站在女生宿舍的楼前等她，尽管晚上没人能看到，但我觉得很庄重。那晚上，我们在学校外面绕了很大一圈，第一次发现师专也有美的时候和地方。

五天以后，山东师范大学研究生招生办公室把电话打到单位，说黑河交通与邮路不畅，寄通知已经来不及，让我直接去济南参加复试。一路辗转，劳顿而焦灼，但我储备充分，面试时的回答让老师们比较满意。5月3日，我回到黑河，一些同事、同学和学生都来看我，表示祝贺，唯独不见我喜欢的那个女孩儿。我让别人捎话儿找她，她敲开门后，一脚门里一脚门外地站在那儿，笑着说："罗老师，祝贺你考上了研究生，以后我们就别联系了。"说实话，在谈女朋友的问题上，我不是一点儿犹豫没有，复试回来途经哈尔滨时，高中挚友还因此发过脾气。但是女孩儿这么一说，我倒非常羞愧，大声说："那不行，不能因为我考上研究生，我们就不处朋友了。"说完，一把攥住她的手，她的手下意识地往后缩了一下，但是没有收回。后来，她成了我的妻子。

柳青先生说："人生的道路虽然漫长，但紧要处常常只有几步，特别是当人年轻的时候。"1983年7月6日，我不足二十岁，到黑河工作；1985年7月16日，我二十二岁，和女朋友一起离开黑河。看似不长，但这两年零十天，却在我的履历表上占据着最重要的位置，它在事业、感情和生活方面，已经影响了我三十几年，或许还将影响我后半生；这两年零十天让我确立了打拼天下的勇气，找准了努力方向，感受了人间温暖，收获了幸福和爱情……坚持了该坚持的，舍弃了该舍弃的，可能，这就是生活应有的样子吧。

苦　鱼

1991年6月17日午后两点多钟,哈尔滨的天像下火了似的,仿佛一根火柴就能点燃。我正光着膀子,在写字台前看书,突然,一阵急促的敲门声响起,我打开门,门口站着风尘仆仆的父亲和妹妹,我一下愣住了,赶紧把父亲手里的包接了过来。

原来父亲是为妹妹求学之事来哈,那时我家里没有电话,他们联系不上我,好在妹妹拿着我信封上的地址"按图索骥",找到了我。因为事情紧急,他们下午办完事后,还得坐晚车回讷河。快六十岁的父亲是第一次来哈,一路上汽车、火车的,看得出已经非常劳累,晚上怎么也得让他老人家吃顿饱饭啊。想带他去饭店,又怕他心里不舒服,第一次来怎么也得在家里吃饭啊,但要等我带毕业班的爱人回来做饭,就要八点以后,索性在家里我自己做好了,自己还从没有独立做过饭呢,一定好好表现。

妹妹去办事,我和父亲唠了一会儿嗑,四点多就去沙曼菜市场买菜，回来便准备起晚饭。先把几种熟食摆好在盘子里，青菜炒肉、排骨炖豆角什么的，也不在话下，最后一道菜是红烧鲤鱼。这个菜以前看我爱人做过很多次，觉得记得也差不多。听说稍胖一点儿的鱼可能有子，父亲爱吃鱼子，所以我挑的鱼看上去很肥。用清水把鲤鱼洗净后，用刀和剪子去鳞、去鳃，再用刀在腹剖的地方使劲儿划开，摘除内脏，以水冲净血沫。控水的间隙，我备好了豆油、醋、酱油、姜片和大蒜等作料，一边准备，一边美美地想，《诗经》里就讲"岂其食鱼，必河之鲤"，这里弄不到黄河鲤鱼，松花江鲤鱼的味道肯定也会很鲜嫩的。

为保持完整好看的感觉，我没有把鱼从中间切断。待锅里的油烧得翻开，我迅速把整条鱼放了进去，没想到鱼居然还没死，它在锅里蜷缩了一下身子，直接蹦到灶台上，然后翻滚到地下，仍然跳动不已。顾不得滚烫的油点儿溅到身上，慌乱中，我拿起锅盖，把鱼狠狠地压住了。父亲听着动静不对劲儿，也急忙跑到厨房，看到我狼狈的样子，说："鱼的心脏没有抠出来吧，它在最上边。"我一试探，真被父亲给说中了，再把鱼收拾好，洗净，红烧不可能了，没办法，那就加水炖吧。

很快，鱼就做好了，我又去幼儿园把儿子接回来，他和爷爷、姑姑玩耍了一阵，爷爷很开心。父亲开始还坚持要等儿媳回来再开饭，后来看时间不早了，就说："那吃饭吧，这么多菜，把鱼给丽霞留一半吧。"刚吃几口，儿子皱起眉头，把放嘴里的鱼一下子吐了出来，喊道："怎么是苦的啊？"我和父亲一尝，果然是苦的。我很不好意思，连忙说可能是把鱼苦胆抠破了，劝他们吃别的菜吧。父亲却说："没事儿，吃鱼苦胆败火，能消炎，咱就别留啦。"说着，就大口大口地吃了起来，一副很好吃的样子，看着他的表情，我也跟着吃了起来，直到我们爷儿俩把那条鱼吃完。

快八点钟了，我爱人上晚课还没有到家，我必须送父亲和妹妹去火车站了。我要打出租，父亲拦住了，说："我乐意坐公交。"上了公交车，车上的人很少。稍安稳了一会儿，父亲说："振亚，在城里你们双职工上班都挺忙，家务活儿也得多干点儿。光读书写文章，做书呆子也不行啊，得把生活先安置好。"我马上答应他："爸，您放心。"一个一辈子和土地、庄稼打交道的农民，不可能说出什么更深刻的大道理，但他朴素的话却很在理，让我想了很多，很多。

第二天，我向爱人主动要求，想承担家里做饭的任务，爱人先是吃惊，然后微微一笑，说："磨饭丈夫要变成模范了？"之后的几年里，我像给学生备课、讲课一样，做饭极其认真投入，慢慢地很多菜做得有模有样的，特别是经过多次尝试，红烧鲤鱼做得相当拿手，请朋友、学生来家吃饭时，绝对是受大家欢迎的"保留节目"。到了21世纪初，我爱人的工作已经不那么忙累，做饭的"特权"又被她收回了。好在我及时改换了工种——刷碗，一日三餐，坚持经常。逢年过节，把油腻腻的盘子碗筷洗涮干净，再摆放整齐，看上去心里总是美滋滋的，有一种说不出的成就感。

如今，时兴鱼宴，天津开了不少"鱼酷"，大学的食堂还为它设了专门的窗口，午饭时只要爱人微信上一说"苦鱼"，我就对"领导"的意图马上心领神会，早早去窗口那儿等她。我很喜欢去"鱼酷"，它倒过来的谐音就是"苦鱼"啊。并且，每年我都要亲自做几次红烧鲤鱼，因为每做这道菜，就会想起父亲，想起"苦鱼"，想起父亲吃"苦鱼"以及吃"苦鱼"后和我聊天的情景。

"拷贝"的微笑

"最是那一低头的温柔，/ 像水莲花不胜凉风的娇羞，/ 道一声珍重，道一声珍重，/ 那一声珍重里有蜜甜的忧愁——沙扬娜拉"。第一次读《沙扬娜拉》这首诗，就被诗人徐志摩的才情深深地震撼了。且不说它堪称现代绝句的佳妙，单是其间那个温柔缱绻、风情万种的日本女郎，就给人留下了无尽的遐想空间。

后来又听人说，在全世界的女性当中，日本女性素以温柔、贤惠、谦恭著称，一个男人一生里的三大幸事之一，就是能讨一个日本女性做妻子。平时在影视剧和日常交往中见到的日本女性，似乎也都印证了她们的美好，她们的莞尔一笑，她们的颔首示意，她们的喁喁细语，她们的微步轻挪，优雅而大方，总透着一种久违了的古典气息。

十多年前，我去爱知大学做访问学者。在日本住的时间一长，看到的日本女子自然也就多了起来。那天在名古屋的一所大学校园内散步，见到一个女孩儿和一个男孩儿站在和风里絮絮交谈，同明信片绘制的一般，有种说不出的美感。可是，再仔细观察，我突然发现那个女孩儿的眼神儿和笑容我好像在哪里见过，至于具体在什么地方见过，无论如何也记不真切了。稍后，路过一家便利店时，那两个漫步的中年女子的举止言谈好像也似曾相识。并且，不知为什么，觉得她们不像以前想象得那么美了……

哦，想起来了。那差不多是日本女性所共有的一种表情和姿态，甚至可以毫不夸张地说，那是一种高度相似的"拷贝"来的微笑。据说，日本的女学生入学不久，在学校里都要专门学一门有关礼仪方面的课程，老师会具体讲授微笑的时候，头需向哪一侧倾斜，倾斜过程中多大的幅度为最佳，用左手还是右手来掩嘴，牙齿要不要全露出来，走路时每一步的步子要迈多大，以什么样的节奏为宜，看人的眼神该如何，鞠躬的动作怎么才算得体，问候的声调高低的把握，等等，都存在着一套的"规定"，其中极有学问和讲究。如此说来，就怪不得她们的举手投足、一颦一笑，都像一个模子出来的，那样"神似"啊！

记得梁实秋先生在世的时候曾经说过，不论是人还是物，有个性才可爱。说得极是。不论哪个国家和民族的小孩子，之所以都那么惹人喜欢，究其实是因为他们的一派天真烂漫，喜怒哀乐的情绪从不掩饰，不做作，连哭声都出自天然，有着难以模仿和复制的特质。鲜花们之所以美丽，则在于其色彩缤纷，仪态万千，在季节的褶皱里，有开放与不开放的自由，有喧哗和沉默的更替。如果天空所有飞翔的鸟鸣，都出自同一种音调，河里的鱼儿游动，都呈现着同样的姿势，南京夫子庙的小吃，也变成一色甜腻的味道，街上男人的发型，纷纷不再有区别，我不知道这世界会变得怎样的单调、无趣和混乱。

一棵小苗能够成为参天大树，要不断剪枝，一只雄鹰飞上高空，需要持续地演练，一头大象通晓人性，必经一定时间的驯化，一个人走向文明，教育的环节更是绝不可少。可是，教育是不是也应该为人的个性成长留出一片自由的绿地呢？

那"拷贝"的微笑啊！

遍地落蝉

我的孩提时代是在东北的乡间度过的,那里的夏天给人印象最深的,除了绿油油的玉米、高粱等庄稼和偶开的芍药、马兰花、扫帚梅之外,就是叫起来格外动听的蝈蝈,最能吸引人。那时,每逢端午节过后,我们几个非常要好的伙伴,总是约好一起去村前的那片草甸子,在上面追逐着鲜脆响亮的蝈蝈声,东奔西跑,跪倒爬起,想方设法捉上几只,然后把它们装在用高粱秸编好的笼子里,挂在自家的窗下,笼子里面放上几朵南瓜花儿。说起来,那真是乡间一道很不错的风景。

等到知道世界上还有蝉这种"小动物",最初是在古典诗词里。什么"垂緌饮清露,流响出疏桐。居高声自远,非是藉秋风"(虞世南《蝉》),什么"本以高难饱,徒劳恨费声。五更疏欲断,一树碧无情"(李商隐《蝉》),还有什么"西陆蝉声唱,南冠客思深。不堪玄鬓影,来对白头吟"(骆宾王《在狱咏蝉》),连绵不绝,不一而足。但必须承认,北方人对蝉的认识就像对蚕一样,仍然只是停留在书本上,觉得十分神秘。

及至到泉城济南去攻读硕士研究生时，才第一次见到蝉的真面目。那时年轻，没有午睡的习惯，为了不打扰寝室里同学的清净，便常常一个人坐在树下，听蝉们在树上歌唱，觉得它们虽然长相一般，但音质很好，歌声也挺动人的。它们陪伴着我，走过了三个夏天，在驱走我内心深处念远的寂寞同时，每每总能勾起我儿时关于蝈蝈的欢快的记忆。而后的十几年里，各种各样的生活噪声，似乎已经把我的听觉神经逐渐磨钝了，虽然无数次走南闯北，却再没有关注蝉鸣的时间与闲情了。

及至2008年8月底，我只身一人到日本爱知县名古屋市丰桥市的爱知大学做高级访问学者，因为身处异国他乡的孤独和寂寞，加上语言上沟通的障碍，于是蝉语自然而然地再次引发了我浓厚的兴趣。丰桥市的现代高层建筑不多，我居住的"草间"宿舍则在一座三层小楼的一楼。小楼的前后散落着一些一层的民居，民居周边普遍生长着数株说不上名字的树，每天早晨天刚一透亮，那些休整了一夜的蝉们，便开始在树上亮嗓儿，声音此起彼伏，时高时低，断断续续，有尖厉的，有略显沙哑的，有短促的，也有把调子拖得很长的。我的每一天，都是在它们的鸣叫声中睁眼起床的。趴在窗口向外望去，时而能够看见它们在树丛间飞来飞去的身影。这些小精灵们啊，和相对懒惰的人相比，太勤劳了。

一个星期天的下午，我去学校的研究室读书，路上行人不多，十分安静。我见到沿路旁边和一棵棵树下，死去的"蝉尸"遍地。尤其是有的还在地上蹬着细腿儿，抖动着薄脆的翅膀,似乎在做最后的挣扎和告别,心里不禁一阵悲戚。这些本应该在秋后才会沉寂的蝉,为什么在这浓绿的夏季,就过早地走向了夭亡?是连续的高温吗,还是因为前晚上那场意外的暴雨,抑或是它们自身害了什么病?从春到夏,它们的生命太过短暂了吧,原来生和死距离是如此的临近。它们有的还不曾打开过清亮的歌喉吧?它们有的虽然爱过,唱过,青春过,可日后还有谁会记起它们的模样和声音呢……

望着遍地的落蝉,我不由得想起数天前广东省的青年诗人吾同树,在二十九岁的生命旺年却选择了自杀。我理解生活的重压造成了他身心的疲惫和分裂,也认同其前途的沉重和渺茫,但并不赞同他最终的选择。在此之前,中国已有海子、方向、戈麦、顾城、昌耀、余地等一系列诗人,走上生命的"歧路"。不可否认,在他们自杀的各色原因中,有为了维护生命的尊严者,也有源于形而上的困惑者,但大多数死亡的原因都非常具体。虽然西方流行过一句名言,"自杀证明人可以和上帝平起平坐,因为上帝没有能力自杀",仿佛自杀成了一件了不起的事情,人比上帝伟大,但是不要忘了加缪却也认为,从来没有为形而上学问题自杀的人,只有为具体的事情而自杀的不幸之士。

我觉得上述诸多诗人的自杀,和普通人的自杀没有什么不一样的地方,也没有必要硬去抬高他们死亡的价值。倒是应该从诗人的自杀现象中,反思诗人人格中存在的一些病态问题。如今经常听人说,诗人是什么,诗人就是精神病,就是疯子。

每当听到这种声音时,我都恨不得把拳头直接砸到他们的鼻梁上,但又总是把意念中攥紧的拳头悄悄缩了回来。他们的贬斥的确不完全符合实际,却也道出了诗人的心智结构中存在某些问题的实情。所以我一直以为,千万别把自己弄得和"诗人"一样,写诗时我们就是诗人,要进入诗的状态;不写诗时,应该赶紧恢复为正常人的样子。先做人,然后再做诗人,这总可以吧。

话题有点儿扯远了。蝉作为生命的歌者,我想它们是不可能自我走上生命的绝路的,如果夏天里没有了蝉的声音,这世界该有多么寂寞啊。想到这些,我禁不住静静地驻足在树下,向那些过早死去的精灵默哀,愿那些活着的蝉们声音更为悦耳。

由一本书的出版想到的

桌上放着的一沓书稿，是刘波即将出版的博士学位论文，待我为之作序。刘波，是我进入南开大学后招收的第二届博士生，他的学位论文研究的是"第三代"诗歌，也就是人们常说的"后朦胧诗"。1986年10月21日、24日，安徽《诗歌报》的蒋维扬联手《深圳青年报》的徐敬亚，促成两家报刊共同举办"中国现代诗群体大展"，它可视为"第三代"诗歌空前的集结与亮相。

按理，"第三代"诗歌理应是学术含量丰富的话语资源。历史已经证明，"第三代"诗人"影响的焦虑"情结很重，他们意识到在朦胧诗建立起来的严谨的话语秩序与强大影响力面前，仅仅凭借具有创造性的文本和富有冲击力的宣言仍然无济于事，要想在诗坛真正立足，彻底掀翻创作上的对手，找到自己的位置，还必须以一种"矫枉过正"的极端行为方式强行闯入。事实上，"第三代"诗歌的贡献，或许不在于提供了多少经典的文本，而是以特立独行的生活方式、自由的诗歌精神给后来者带来了深远的影响。应该说，在风起云涌的1980年代，爱幻想、求自由的"第三代"诗人是最为敏感的一群，他们钟情于"在路上"的狂热，甚至将流浪当作最佳的交往方式，他们的偏执与反抗之情、质疑与批判之意，一旦投射在了诗歌中，各种愤怒和激情就会伴着美妙的句子跃然纸上。"第三代"诗人也是才华横溢的一代，他们在消费主义、商品经济、大众文化等结构的场境中，淡化功利色彩，拒绝物质的诱惑，用蓬勃的诗情放飞、诠释美丽的青春，最终凝定为当代中国诗歌史上一帧永远的风景。

可是，在选择这样一个论题时，我与刘波师生俩还是颇费一番踌躇的。为什么？源于当初我在接受"第三代"诗歌期间特殊的经验与心境。1986年，我是山东师范大学中文系二年级硕士研究生，那时的山东师范大学称得上全国新诗研究的重镇，上由1950年代即以研究中学课本中的新诗闻名遐迩的冯中一先生领衔，中有因专业成就突出被田仲济先生引入高校的吕家乡、袁忠岳两位先生担纲，他们或以诗歌评论与诗歌史研究为人赞誉，或以新诗理论研究的思辨性见长，年轻教师鹿国治、姜静楠不时也有著述问世。在中文系的研究生中，84级的王邵军、丁瑞根，86级的龚曙光，我们85级的吕周聚、张晓琴、我，都是热爱诗歌的研究骨干。每逢国内诗歌界有什么新动向、新举措，几位先生便会带着学生们及时做出反应，有时小型聚谈，有时正儿八经地召开研讨会。1986年10月份的两报大展，自然很快在山师校园引发了不小的震动。未经任何人组织，许多钟爱诗歌的学生手上很快就都多了一份大展复印件，并且大家在私下兴奋地交流着阅读心得。大展过后一个多月，1986年12月28日晚上，"'新生代'诗歌讨论会"在山师中文系的一个大教室里正式召开，所有的诗歌研究者和爱好者几乎悉数到场，冯中一先生牵头，后边依次是鹿国治、吕周聚、袁忠岳……大家先后发表高见，结合大展，探讨"第三代"诗歌的一些问题，畅所欲言，场面十分热烈。

那次会上我也做了一个发言。只是，因为那一段时间身体严重不适，前一天刚刚经历了一场"生死劫"，发言时很难集中精神，所以效果绝对一般。说起来，济南风景如画，民风淳朴，七十二泉名满天下，很多人都看好那里的泉水。可惜，我的肠胃没有享受泉水的福分，上午喝了济南的水，下午必腹泻无疑。长期的水土不服，导致身体的各种疾病不断，1986年12月中旬，全身淋巴结开始肿大，从腮下到腋窝再到腹股沟都酸痛不止，千佛山医院的医生检查数次，怀疑是病毒感染，却无法确诊，决定27日上午为我做淋巴切片检查，我当时觉得凶多吉少，心里别提多忐忑了。27日一早，吕家乡先生便带我去医院手术，近十点钟时我被叫上手术台，准备打麻药。药剂师讲，锁骨上的淋巴结不大，打上麻药很难找到。这时，一位年近六旬的女医生让我从手术台上下来，用手将我几处肿胀的淋巴仔细摸了一遍，然后和蔼而果断地说："不用做切片了，没有问题。"导师和我虽然如释重负，长舒一口气，但多日来的奔波和担惊受怕的焦灼，仍有大病一场的感觉，情绪很难稳定。

何况，关于"第三代"诗歌的投稿"风波"，让导师和我很长时间内都心绪不佳。反复揣度大展的诗歌和序言后，我曾经非常用心地写了一篇文章《萌动的春潮——朦胧诗后诗坛印象》，高度认可"第三代"诗歌的生命诗学，特别青睐李亚伟的《中文系》、詹小林的《荒诞》、娄方的《印象》等文本。导师看了，认为还言之成理，叙述语言也有一定特色，于是帮我投稿给了山东一家省级刊物，对方也很快就在电话里让导师转告，文章已被录用，请不要再他投，我当然很受鼓舞。可是，谁也没有想到，在1987年元旦的前两天，即12月30日下午，那家刊物编辑部又打电话给我的导师，说由于种种原因，只能把已经定发的稿件撤下。我们师生虽觉事出突然，表示理解，可心里窝的火也都不小。隔日晚上，山东师范大学中国现代文学研究中心全体人员迎新聚餐，随着气氛趋于高潮，不知是谁开始朗诵起诗来，一时间师生都很投入。轮到吕家乡先生朗诵时，他突然用很大的声音，喊出我论文中引述的娄方的《印象》中的两句诗："把流出的泪水咽进肚子里/在厕所里尽量把屁放响。"导师一向严谨儒雅，这一喊让所有人都惊诧不小，他们很难理解导师的心情，唯有我心如明镜，那是一种发泄、一种释放、一种转移啊！在"护送"导师回家的路上，虽然是最寒冷的季节，我的心却异常温暖，一任满脸眼泪横飞，尽情而舒畅地流淌。

或许是那会儿年轻气盛之故，投稿"风波"让我很不服气，相信总有可以"自由"说话的地方，所以1987年初，我便赌气似的再把文章邮寄于天津市文联主办的《文学自由谈》，结果是长时间没有任何消息。直到事隔三年后的1990年初，硕士毕业近两年的我，有一天很意外收到山东师范大学转来的两本1989年第6期《文学自由谈》杂志样刊，文章在刊物上面被原封不动地刊发了（前几年一个偶然的场合，我才辗转得知，当时的一位女编辑看到稿件，觉得不错，只是"不合时宜"，便负责地把稿子放在抽屉里，两年后使之"起死回生"）。文章发表出来的时候，作者的署名竟然由"罗振亚"变成了"罗振玉"，知道的是我字迹潦草惹的祸，不知道的还以为是我拿名气的大本家吓唬人。但是从那以后，我每逢签写自己名字，再也不敢有一点儿马虎了。

对比"第三代"诗歌研究的前后期变化，我深感学界的舆论氛围和研究环境是越来越好了。而今"第三代"诗歌非但不再是敏感的学术"禁区"，并且早就成为诗学界的研究热点，有了相当丰富的学术积累。据我所知，仅专著就有四五本之多，各种评论文章恐怕至少已达上千篇。好在面对如此丰厚的学术积累，刘波的研究没有完全局限于"第三代"诗人的作品，而是在立足于诗歌文本的基础上，结合文化学、社会学、心理学和传播学等学科知识，以新的理论视角，去探讨诗人的写作目的和境界，去揣摩诗人创作背后的心理动因，并由此反观、审视"第三代"诗歌的历史影响，从而恢复了朦胧诗之后这一先锋诗歌运动的真相。刘波这篇论文的长处就是能够紧扣

"第三代"诗人生存时代热情奔放、充满理想主义的特质,将之置于具体的文化语境中进行社会学的分析,梳理他们的情感与创作心态,还原他们的生活与交往现场,使研究进入了文化批评范畴,尤其注意从多元视角切入"第三代"诗歌运动的现场,既在非诗学层面描述80年代先锋诗歌的文化形态与内在精神,又在诗学层面对这场诗歌运动的理论寻根溯源,从而彰显了"第三代"诗歌的文化价值。他在抓取"生活流""文化潮"和"女性诗歌"等方面,整体扫描"第三代"诗歌群落,兼顾文本细读与综合把握,分层、立体地呈现"第三代"诗歌的微形与大景,勾勒出了"第三代"诗歌不同于朦胧诗、"中间代"诗和"70后""80后"诗歌的美学风貌;同时还从书信传播、诗歌朗诵、民间诗刊等各种非正规的传播渠道,深度剖析了"第三代"诗歌的兴起途径与生命历程。

  我曾经说过:学问之道是靠一代一代不断传承的接力。任何一个教师的学术生命均需弟子们去延续,所以每逢学生的著作出版,我都无比欣慰。感谢刘波,又给了我一次幸福的机会。

"草堂"：拜谒与诉说

说起来我和杜甫先生您是有缘分的。2018年5月30日上午，以先生您居住过的地方命名的首届"草堂诗歌奖"颁奖典礼，在成都杜甫草堂博物馆大雅堂广场上举行，我以代表性作品《中国先锋诗歌的百年孤独》，获得"年度诗评家"大奖。在杜甫草堂与先生您的灵魂相遇，我在心里三叩九拜，默默地向唐代的伟人您深深致敬。

坐在颁奖典礼会场，思绪时而"瞻今"，时而飞向遥远。

先生您是不幸的，唐朝大历五年即公元770年冬天，您才刚刚五十八岁，便贫病交加，命断于从耒阳到衡阳的湘江的船中；先生您又是幸运的，您的名字似乎饱蕴着一股神力，曲曲折折地穿越一千五百多年的遥远时空，辐照到当下诗坛，成就为一代一代人们景仰的"诗圣"，这是您同时代的很多诗人没能做到的。

我知道您"为人性僻耽佳句，语不惊人死不休"，从来没有把诗歌仅仅视为和技巧的博弈，一生都将之作为灵魂与情感的寄托,虔敬无比,您呕心沥血的"苦吟"追求,已经达到了卢延让所说的"吟安一个字,捻断数茎须"的程度。听说您在生活中始终不离诗歌左右,为了能够写出让人折服的好诗,常常被折磨得寝食难安,夜晚睡不着觉,家里贫困得别说妻儿无以果腹,就连头顶的月亮都"喂不饱";所住的破旧的茅草屋又让秋风吹破、处处露雨的时候,您仍然在惦记着白天那句没有改好的诗。您这种为诗歌着魔的专注精神,真的值得当下诗坛那些所谓的大师们仔细斟酌,好好学习。先生您这样做的结果,当然是在不自知中误把宦海当作了诗途,而现实和诗歌之间一直是存在很大的距离的,甚至从严格的意义上说,现实中原本就没有真正的诗性存在,尤其是您所处的官场更云谲波诡,残酷得容不下半点儿浪漫,诗歌也不具备"致君尧舜上,再使风俗淳"的功能,如果谁把现实诗歌化,最终必然被碰得头破血流。先生您善良地用诗的方式去对待现实,自然一辈子窝囊受穷,只能在河西尉、兵曹参军、左拾遗、司功参军与工部员外郎几个低等的官衔间游移,漂泊之后还得继续漂泊,最后落得个客死他乡的悲惨结局。

  先生,估计您也想不到自己住过的草堂还能在世间活下来吧,这得感谢五代前蜀的花间词人韦庄,在十几种"唐人选唐诗"里,唯有他在900年选定的《又玄集》中选入您的诗,还将您排在首位,并且在次年入蜀之后,骨子里十分仗义的他,在您的草堂旧址上重结茅屋。这一点可不像您视为终生知己的朋友李白,很多人考证您曾经至少七八次赠诗与他,称"余亦东蒙客，怜君如弟兄"，真诚深情得连老天都为您感动，可是李白却傲慢得一首也不唱和，好几代的后生都纷纷替您不平，虽然有人说他也给您写过一首诗，道"飞蓬各自远，且尽手中杯"，潇洒得近乎无情。其实，您有时也做不到慧眼识人，李白仿若在人群之上、之外的"天上"写诗，走的是超拔脱俗的"仙人"路线，"云端感"太强，您则是置身地面，在人群之内、之中用生命歌唱，把自己亲身经历的一些人物、事件写进诗歌，您和他原本就是两路人，绝对成不了真正的知己，您完全可以他走他的路，您走您的桥。好在苍天有眼，从来不欺负良善之人，您当年苦心孤诣种下的那些诗花，没有因时间的漫长流动而枯萎，它们不但先后被选入学生使用的课本，近些年走进了电视、电脑的屏幕，还跨越了中华本土的疆界，在不少国家的土地上纷纷开放，尽吐芬芳。

  为了和您单独说一会儿话，今天早晨我比颁奖会规定的时间提前三刻钟进入草堂，进门时一个门环刮拽了一下我的衣袖。我窃想，莫不是您要和我聊聊如今的诗坛状况吧？三十几年，我置身其中，确实可以言说一二。这么讲吧，诗坛如今碎裂成了一个一个的小坛，可谓主义如云，派别林立，严重得有时一个人就是一片天下，众多个圈子之间互不买账，偶尔还以互掐为乐，网络的快捷方便更加速了伦理的下移，诗坛看起来喧腾繁华得无与伦比，实际上混乱得难以辨析，无所适从。您走后这一千多年里，同行们的技艺似乎也没有多大的长进，咱就不说大家对诗歌的那份严肃虔诚劲儿了，仅就叙事一点而言,您的小诗《恨别》早就多有尝试,靠一系列的叙事因子连缀而成:"洛城一别四千里,胡骑长驱五六年。草木变衰行剑外,兵戈阻绝老江边。思家步月清宵立,忆弟看云白日眠。闻道河阳近乘胜,司徒急为破幽燕。"离别、漂泊、剑外孤寂、独立念远等动作、细节以及过程等叙述性文学因子的有机分布,把流落他乡的诗人对自己亲人的思念系怀、希望早日结束战争的心理抒发得立体质感,充沛的复合情绪和盎然的诗性叙事融汇,达成了共赢效应。但是,现在诗坛不少人还在喋喋不休地在那儿争夺谁发明了诗歌叙事性的问题,真是太可笑了。

算了,算了,咱们不谈这些无聊的话题了,还是沿着旁边的浣花溪畔散散步吧,那里好多年就成了诗一样美丽的花园了,去走一走就是享受。或者我们说说建得很美的巩义吧,您那个一直装在行囊里的故乡,我去过两次,每次纪念您的活动都令我震撼。只是,我不忍看到您听到诗坛现状之后悲愤的样子,更怕您听完发出的长叹,惊飞草堂外的一群喜鹊和满树扶桑。您一生多舛的命运,您饿死的小儿子,您最后乘过的小舟,已经沉重得让您瘦弱的身躯无法负载了。

驻足在"桃花源"门前

中国的传统文化推崇"修身",以为"修身"和"平天下"同等重要,讲究"达则兼善天下,穷则独善其身",儒道互补。但是达者毕竟是凤毛麟角的,所以东晋时期的田园、隐逸诗人陶渊明,便在不同时代都格外受人们关注,他一千六百多年前那篇《桃花源记》推出的理想空间,更日渐蔓衍成一种浓厚的"桃花源情结",寄情山水者的一片精神圣地。

桃花源到底是陶渊明生活过的现实存在,还是诗人心造的艺术幻影?这个美丽之谜诱惑得无数人不断地去寻觅。迄今为止,湖北的竹山、重庆的酉阳、河南的灵宝、湖南的常德、安徽的黟县和江西的康王谷等六处,均被确认为可能是真实的桃花源所在。而在诸多的可疑之地中,常德的桃花源似乎是最接近陶渊明笔下的"原型"的,连孟浩然、韩愈、李白、苏轼等历朝历代的文人雅士都纷纷前往观赏,我自然更无法脱俗,在2016年3月下旬的某天上午,想做个"问津者",去桃源县西南十五公里的水溪边上一探究竟。望着路边次第开放的一树树桃花，坐在开往景点车上的我，浮想联翩……

　　天地轮回，日月穿梭。赏花的人死而生，生而死，死死生生，陶渊明看过无数次的那座南山，仍然不动声色，在静静地观看着，桃花开放了一千多年，还在继续开放着，并且规模越来越大，品种越来越多。或许是九江儒家官邸内的红梅，年年都开不过道家庭院里的桃花，陶渊明入世之心慢慢地归于淡泊，而出世的超脱思想却渐生渐长，所以先后四入宦海，当过江州祭酒、建威参军、镇军参军与彭泽县令，也四次抛掉官印，辞职回乡，最后在县令任上只干了八十几天，便拂袖而去。前前后后几十载，走南闯北，他发现外边的风景再美再好，也终是外边的风景，永远抵不过自己家屋后那片桃花来得踏实和长久，那才是人生最理想的归隐之处。

　　为了生计和家人，能够挣口饭吃，讨厌趋炎附势、视富贵功名如粪土的陶渊明，也曾经背井离乡，去异地做官，因五斗米折过腰；但他的忍耐是有限度的，当一些官场酷吏的颐指气使触碰到他做人的底线时，就在折腰之后，再也不肯重复折腰的动作了。做县令而被郡太守派出的傲慢督邮要求召见时，他当即感叹，"我不能为五斗米向乡里小人折腰"，愤怒地封好官印辞职，离开彭泽，回乡彻底过起了隐居生活。不消说，在田间耕作，育苗插秧，锄草施肥，挥镰摘果，常常"晨兴理荒秽，带月荷锄归"，的的确确很累，有时还由于缺乏农村生活的经验，不擅长干农活儿，"种豆南山下，草盛豆苗稀"，但是能够心平气和，无所欲求，劳作筋骨，自得其乐。也正因如此，东晋之后众多读书人和官场的厌倦者，追随他归隐的人不计其数。并且，即便是"荒秽"的蒿草再高，也高不过他惬意的头颅，连栖息在花草上的那些蝴蝶和蜻蜓们，也能和诗人的思想一样恣意翻飞，体会到诗人自由的快乐……

我还沉浸在愉快的遐想中时，车已经在桃花源门前停下。没想到这个相对偏远的景点，也是游人如织，拥堵得很，那就赶紧排队购票吧。被熙熙攘攘的人流裹挟着，队伍里声嘶力竭叫喊的，放大音量听音乐的，混乱不堪，前行缓慢，心里嘀咕着买上票恐怕也得需要一两个小时。听着满耳充盈的嘈杂之声，视线之内能够看到的是数不清的背影和后脑勺，站了一会儿，我已经大汗淋漓了，很快就憋闷得有些上不来气，那一瞬间，游兴全消。都说，什么东西一热，可能就会热出一批假的和差的来，水浒文化一出，一个潘金莲故里居然有几个地方在争，仿佛多大的荣耀似的。依山傍水的桃花源，多少年来一直是不少人心中的乐园和天堂，怎么也被"旅游热"搅得昏天暗地，如果陶渊明见到自己被如此无度地消费，看到人头攒动的喧嚣和无处不在的脏乱差，估计也要"走为上"了。

这样想着，双脚已经不知不觉地从队伍中拔出。陶渊明先生，陶潜老，您还是在桃花源里躺在那块光滑的石板上，或坐在藤椅里舒服地晒太阳吧，桃花源火成上了热搜的旅游景点之后，早就已经人满为患了。我索性也不再挤着去买票了，进不去桃花源，在桃花源的外边转转也是蛮好的。说不准想象的桃花源，会比里面几个实际的看点更漂亮，有时一些事物完全落在实处时，便没有再度想象的可能和空间，反倒变得泥实呆板，不那么好看了。

何况，只要心里有桃花盛开，有桃树两株、三株，桃林四片、五片，人和人在幽静安谧的氛围中，友善融洽，爱并和谐着，就哪里都是最美的"桃花源"，不进去看景点，也就是最好的"看"了。

还原萧红的本真面貌吧

1942年1月22日,被誉为民国四大才女之一的萧红潸然留下绝笔,"我将与蓝天碧水永处,留下那半部《红楼》给别人写了。半生尽遭白眼冷遇,身先死,不甘,不甘",因肺结核魂断香港,年仅三十一岁,引起文坛一片唏嘘和惋叹。

自萧红问鼎文坛至今,怀念、研究她的诗文无数,其中我最喜欢戴望舒1944年创作的《萧红墓畔口占》:"走六小时寂寞的长途,/到你头边放一束红山茶,/我等待着,长夜漫漫,/你却卧听着海涛闲话。"诗出语自然,一、二句间长短、轻重因素的对比,将平淡而真挚的君子之交渲染得非常到位,三、四行巧妙的问答里,关于生命和死亡的内在思考缓缓流出,情感不热烈,却很绵长,一个处于巅峰状态的花一样的人,突然陨落,这种日常的生命悲剧让人无法不悲伤,其艺术上舒卷自如的分寸感恰到好处。

分寸感是对一个人或文学作品评价成熟客观的表现。说到分寸感,萧红的《生死场》《呼兰河传》《马伯乐》等代表作的个性风格和其本人坎坷的人生遭遇、复杂的感情纠葛，都曾占据过人们的兴趣热点，在有些人那里有时身世探寻甚至遮蔽了审美批评；而必须澄清的是，对萧红不论是文还是人的研究，都存在着过度拔高或严重误读的分寸感欠缺的问题。

说萧红在创作上才情过人是毋庸置疑的，她小说的散文化倾向十分显豁，但在这个问题上，我认可南京大学王彬彬的判断，不能轻易将萧红冠以"伟大的作家"称谓。特别是不能动辄把鲁迅和萧红进行平行比较，萧红只找到了通往伟大作品的方向，但在这条路上并未走多远。1935年鲁迅为萧红小说《生死场》作序，称其描写的"北方人民的对于生的坚强，对于死的挣扎，却往往已经力透纸背；女性作者的细致的观察和越轨的笔致，又增加了不少明丽和新鲜"，应该说，鲁迅也难以完全免俗，对一个年轻作者一点儿不吝惜赞赏之辞，恐怕更多的是出于一种鼓励，为打开作品销路做宣传；并且那句委婉的话"叙事和写景，胜于人物的描写"及其背后人物塑造并不成功的潜台词，又没有被读者真正读出来，而鲁迅这样一位当时文坛的"意见领袖"的观点自然影响不凡，一下就给萧红小说定了很高的调子，左右、限制了后来者对萧红的评价。有谁有能力和胆魄质疑、挑战文坛权威呢？事实上，创作《生死场》时萧红才二十三岁，要达到鲁迅说的那种境界和高度，视野、深度与笔力均有所不逮，结构松弛的散化也绝非全是优点。

到《呼兰河传》问世，不少读者追问其文体归属，评论界的"意见领袖"茅盾承继鲁迅，在序言中继续肯定萧红的追求,说:"……我却觉得正因其不完全像自传,所以更好,更有意义。""而且我们不也可以说:要点不在《呼兰河传》不像是一部严格意义的小说,而在于它这'不像'之外,还有些别的东西——一些比'像'一部小说更为'诱人'些的东西:它是一篇叙事诗,一幅多彩的风土画,一串凄婉的歌谣。"这里,聪明的茅盾虽然用其他文体为喻体,巧妙地转移了话题,但他的转移说明他同样无法在《呼兰河传》上实现理想的文体的确证性分析,而且作为小说,肯定其"歌谣""叙事诗"的文体征象本身,就是对人们理想中的文体概念的消解。我一直觉得不论文学观念如何嬗变,小说应该永远以写人作为终极目标。作为长篇小说,《呼兰河传》是众多散文、短篇小说的串联与拼贴,结构的松散超过《生死场》,也缺少贯穿性的人物,一篇小说什么都像,唯独不像小说,从本质上讲就是失败的。

至于说萧红临终前写出的讽刺小说《马伯乐》,有人说可与鲁迅的《阿Q正传》相媲美,就更不靠谱了。《阿Q正传》乃现代讽刺小说的杰作,寓意深刻,艺术精湛,而《马伯乐》尚未形成自身的讽刺风格。萧红生性多疑,细腻敏感,多情任性,理性相对匮乏,这本身即无益于以智慧为底色的讽刺,所以《马伯乐》有时存在着为讽刺而讽刺之嫌,漫画式的闹剧形式也缺少深度,仅仅停留在可笑层面,思考浮泛;中心情节"逃难"聚焦不够,枝蔓横生,以往的缺乏剪裁和浓缩的毛病依然明显,没有驾驭住结构的"缰绳",讽刺文体的把握最终失败了。难怪胡风当年就毫不客气地批评其叙述、情节与结构上的弊端了。

从作品维度看，也许称萧红为具有鲜明个性的作家更合适，用"伟大"等字样则拔高或者说歪曲了她。而生活中的萧红多年来一直被定位为受害者、悲惨者，和她发生联系的四个男子——"表哥"陆振舜、未婚夫汪恩甲、同居者萧军和丈夫端木蕻良无一逃得了干系，他们被视为或把她引入畸恋，或断了她和故乡的联系，或毁了她爱的憧憬，或葬送了她的健康，仿佛哪一个男人都对不住他，都欠着她一笔情与爱。许鞍华的电影《黄金时代》更极力凸显萧红的悲苦和在女人中的格外不幸。甚至不少人谈及萧红的感情经历时，将她遇到的四个男人称为"渣男"。

事实果真如此吗？陆振舜胆怯的退缩是真，和萧红青梅竹马、到外面去闯世界也是真；汪恩甲缺少谋生能力将萧红扔在宾馆是真，陪萧红对抗困境、"共苦"也是真；大男子主义的萧军感情出轨对萧红家暴是真，冒着生命危险营救萧红给她希望也是真；端木蕻良性格自私对萧红不十分负责是真，给情感"焦渴"期的萧红以尊重、安慰和正式的婚姻也是真。一个男人不好，是所嫁非人，两个男人不好，也是所嫁非人，而四个男人都不好，恐怕毛病就不都是出自对方，说明萧红对自己的不幸也该承担主要的责任，她的性格也有严重的缺陷吧。

萧红本质上功利心比较重，又缺少必要的独立意识，过于依赖男性。在北平读书时生活拮据，发现汪恩甲家庭富庶，虽不很爱他，却甘心与他同居；到上海后明知频繁出入鲁迅家会给对方带来家庭矛盾，可为了文坛的一点儿功名，也置许广平于不顾。她每次"恋爱"都是身处窘境的落魄之时，对方伸出援手，前来"营救"，然后与她建立感情，是爱情、同情还是恩情，很难分清楚，她这种处理感情的方式有人怀疑带有卖身的色彩。如果说陆振舜、汪恩甲的生活能力弱，那么萧红不就更不独立了吗？

小时候祖父的溺爱使萧红过于任性，思想固执，在感情上放荡不羁，这是她落入困顿悲剧的最主要根源。她几次爱情都未经深思熟虑，或者说选择轻率，头脑一热就把终身托付对方，异常投入；而一旦发现对方缺点，又缺少宽容和大度，决绝分裂，情感来得急，走得也快。说得好听，是敢爱敢恨，说得难听，也不无滥情成分，所以在不少人眼里萧红是个放荡不羁的"坏女人"。在准备和萧军同居前，生了汪恩甲的孩子，和端木蕻良结婚后，却怀着萧军的孩子，这对弱小的生命是不是不够尊重，对一个女人来说是不是完全道德，对萧军和端木蕻良是不是又很公平呢？

萧红在中国现代文学史上影响较大，不仅她的作品进了大中学教材，而且她的故乡呼兰早就设了"萧红故居"，哈尔滨的一所中学还以之命名为"萧红中学"，但是也必须承认，她的影响是有限的。前两年，几位朋友去呼兰访问萧红故居，打听行人萧红故居的位置时，好几位都不知在什么地方，甚至不知萧红是谁。后来进了故居，发现参观者里有打手机的，有叼着烟卷的，有唠闲嗑儿，有嚼口香糖的，讲解员那种印刷体一样的介绍也生硬呆板，无精打采。看来萧红只是一个被消费的文化符号，在参观者心里她离文坛圣人之间还是有一段距离的。

让萧红回到本真面貌，让人们像对待一位普通的乡亲、一位有个性的女作家那样对待她吧。不能以萧红的人生坎坷，而提升她的作品看点，也不能因萧红的创作突出，而忽略她的性格缺陷，人是人，文是文，人与文合是理想，分开看可能更切近实际。

与诗共舞,永远年轻

从1983年发表第一首小诗、第一篇研究诗歌的文章算起,至今我在诗路上的跋涉已近四十载。此间的斗转星移,让我饱尝了酸甜苦辣的各种人生况味,但文学尤其是诗歌的滋养,始终不断地给予我"在路上"行走的力量。应该说,与诗结缘,是我的不幸,也是我的幸运。她让我不谙世故,难以企及八面玲珑的成熟,但更让我的心灵单纯年轻,不被尘俗的喧嚣和烦恼所扰。她教我学会了感谢,感谢上苍,感谢生活,感谢生我养我的父母和土地,感谢那些曾经遇到、即将遇到的或亲切或温暖或美丽的名字;她教我在漫长的人生求索中走得淡泊自然,走得快乐永远。并且,多年的熏染与浸淫,写诗、读诗、品诗、评诗,早已成了我生存的基本方式和安身立命之本。

诗歌似乎先在地带有一定的唯心色彩,它的创作不比小说、戏剧等叙事性文体,可以靠后天的功夫和努力奠起成功的底座,它更需要灵性和天分。人要是有这种灵性和天分,不写也"诗人气"十足,但如果缺少这种灵性和天分,即便累死恐怕都难以成为真正的诗人。我觉得一个诗人的评判标准不是看他写了多少,而应从质上去估衡,不然何以有人虽著作等"膝",充其量却只能被称为诗匠,有人一生仅有一两首诗,却家喻户晓、影响广远呢!我曾经在出版第一本诗集《挥手浪漫》时写下这样一段话:"我从不敢自诩为诗人,因为诗乃宗教,它需要绝对的虔诚;真正的诗人少而又少,出版诗集与诗人的称谓之间构不成一种必然的联系。我不过是写过诗的人,并且短暂而疯狂的涂鸦也纯是青春期的孤独和复杂的青春心理戏剧使然。"的确,一俟戏剧闭幕,我就识趣地退出诗歌创作之门,任浪漫的缪斯定格为心灵深处一尊圣洁的塑像,除了偶尔写上一二首之外,对她我更多的是凝望与思索。

而凝望与思索的结果,是这些年陆陆续续写下了十多本关于中国新诗的研究著作和三百余篇新诗研究论文。但是我的心里经常疑惑不已,因为我一直以为,从事诗歌评论和研究,要求很高。要成为一个优秀的诗歌批评者,得从很多方面参悟,如该如何兼容"显微镜"的透视之功和"望远镜"的统摄之力,协调微观细察与宏观扫描,做到既见"树"又见"林",处理好个案批评和整体研究的关系;在批评语言上是注重学理性和思辨色彩,一味走高蹈的路线,还是具象和抽象、感性和理性、美和思辨结合,追求一定的诗意;等等,也颇值得掂量……我自知我离诗学批评的理想境界还相去甚远,我只是出于热爱,写下了一些有关诗歌的文字。当然,我这么多年来很清楚思想的独立和自由在心底的分量,它是一个学者即便失掉一切也必须坚守的底线。为了坚持独立、自由的思想言说，我尝过甜头儿，也碰过壁，只是面对一次次不大不小的代价，我一直都心怀坦荡，无怨无悔，依然笑对世间的一切炎凉冷暖、花开花落。本着独立和自由的精神，我尊重、善待每一个值得人们敬佩的学者、诗人、作家，和许多年轻或不年轻的思想者建立了珍贵的友谊，却从不加入任何学术帮派或学术圈子，而是不听作者表白什么，专看作品表现了什么，一切从文本和事实出发，秉承学者的良知，好则说好，坏则说坏，不溢美，不讳恶，轻易不放弃自己的判断，人云亦云。我深知，学术研究和文学创作一样，是一项高度个人化的寂寞事业，搞得过于红火和热闹有时反倒是不正常的；它不是空转的"风轮"，它必须严肃地承担一些什么，坚守一些什么。

也许有人会说，在如今这样一个诗歌日渐贬值、诗人被讥讽为神经病和疯子的时代，你不去牌桌上、舞厅里和饭厅中潇洒，却把黄金般的时光交给青灯黄卷，交给书店和格子，交给诗歌，不是过于偏执、背时和呆傻吗？说实话，夜阑人寂、孤灯独对的凄清，腰酸背痛、眼干舌燥的疲倦，学术风气反复无常的腐化，特别是商品经济大潮车轮的碾轧，曾使我的学术信念之舟几经飘摇，起起落落，走走停停。每当这时，从农民父母那儿承继来的本分坚韧，就会殷殷地提醒我："你只是城市里的一个'农夫'，除了种植、侍弄自己的庄稼之外，一无所长。"于是我浮躁的心也随之沉稳下来，意识到自己也只适合放牧那些文字，经营学术研究的"菜地"，否则只能像个残废似的慢慢饿死。那一小片精神空间，是我活命的家园，是我生命的根啊！在诗歌面前，我们是渺小的。同时，从农民父母那儿承继来的本分，更让我从小就学会了感恩和感谢，我越来越清楚：在三十多年的时间里，能够从学术旅途上一路畅达地走过来，绝非仅仅凭靠自己的毅力、经验和拼劲儿，在巍峨的学术山峰面前，它们显然远远不够。是那些相识或不曾谋面的师友的提点与"搀扶"，我才变得艰辛而快乐，跨越一个又一个障碍，拥得了些许鼓励的鲜花和掌声，因此我内心一直充满感谢，感谢师友，感谢生活，感谢诗歌，在诗歌面前，我们是需要回馈的。

深挖一口"井"

在获得"扬子江诗学奖"的获奖感言中,我说过这样一段话:

> 走近新诗之初,从本心讲更想成为一个诗人。可是,后来一系列偶然与巧合的因素,却改变了我的命运方向,让我搞起了诗歌批评的行当。也许有人会说,这恐怕是圆不了诗人之梦、退而求其次的无奈选择吧。其实,我的确在很长的一段时间里心有不甘。但是,现在我越来越清楚,新诗批评同样是一项高难度的精神作业,它对从业者的要求很高,唯有那些既深谙诗歌的肌理、修辞、想象方式,又兼具渊博、厚实、深邃的学养,更需耐得住经常面临劳而无功困境的寂寞者,方可真正入其堂奥。不少人从诗人到诗学研究者角色的转换,实际上是在用另一种"以退为进"的方式,为新诗的发展尽着

自己的责任。

　　当然，必须承认，新诗研究之路是冷清而充满困惑的。对象本身的纷繁复杂，学术风气的无常多变，经济大潮的冲击与挤压，加上研究瓶颈的不时阻碍，也曾造成学术信念之舟的几度飘摇。好在多年的熏染与浸淫，使写诗、读诗、品诗、评诗，早已成了我生存的基本方式和安身立命之本。虽然多年坚持独立、自由的思想言说，并非一路顺畅，但我却从不加入任何学术帮派或学术圈子，始终以"边缘"为苦，以"边缘"为乐，坚守着公正客观、实事求是的批评底线。因为，我相信：只有这样，才能无损诗歌的健康与尊严；只要这样，才会无愧于一个学者的称谓和良知。

从事学术研究三十多年，我越来越觉得自己当初的选择是明智的，所以一直无怨无悔，并且对深挖一口"井"这一理念也有了越来越深刻的体会。专事人文社会科学研究的学者，拥有广博的思想视野、坚实的理论修养和出色的言说能力，固然十分重要，而自觉的"阵地"意识更不可少。一个人的学术研究生命是极其有限的，一辈子有两三次成功的学术领域转移就已经相当不易，同时中国现当代文学研究资源非常有限，在现代时段的三十二年时空里，可以毫不夸张地说找块别人没有摸过的"石头"，都已经相当困难，所以选择一个和自己的个性结构、知识积累相契合的研究课题、方向，直接关涉着其是否能够取得令人满意的学术成就。或者说，当你深挖了一口"井"，有了充足的水喝后再去挖第二、第三口"井"，才能保证学术研究的持续进行，不然漫山遍野到处乱刨坑就是没水喝，不渴死才怪呢，这也是一些学者文章没少写就是产生不了任何学术影响的根由所在。正是秉承着这样一种认识，三十多年里尽管我也写过小说、散文研究的文章，写过文学理论方面的文章，但关注点却始终未敢离新诗左右，不敢心有旁骛。先是硕士论文以"九叶诗派"为题，之后上下延展至象征诗派、现代诗派和朦胧诗、"第三代"诗，在1993年出版《中国现代主义诗歌流派史》，而后又相继出版《中国三十年代现代派诗歌研究》《中国现代主义诗歌史论》《中国新诗的文化与历史透视》等专著，从博士学位论文《朦胧诗后先锋诗歌研究》开始，学术研究的重心向当代时段特别是新时期、新世纪诗歌位移，《20世纪中国先锋诗潮》《与先锋对话》《1990年代新潮诗研究》《大陆当代先锋诗歌论》《中国先锋诗人论》《与诗相约》等著作都是该领域的思考成果，它们对不同时段的诗歌特质及其嬗变规律的揭示，实际上在内里已经建构起了新诗中先锋诗歌的逻辑谱系。

  诗学研究和文学创作是一样的，任何花哨、漂亮的技巧在永恒的时间面前都不堪一击，真正能够存活下去的只有思想，思想是诗学研究的立身之本。所以新诗研究中对某些独特思想发现点的坚守是很重要的。一般说来，在一个学者的知识结构中，对前人和同辈的学术借鉴占据着不小的比重，能够完全称得上属于自己的思想发现并不多，如果能够认定的确是自我发现，最好就以之为圆点向四周辐射，围绕它去读书、思考、写作，最终建立起一套自己相对完善严谨的思想体系和逻辑观念，可能这是比较有效的研究路径。否则一味地被别人牵着鼻子走，恐怕永远也不会有自己的思想建树。还是在硕士研究生阶段，我发现抒情诗中有大量的叙事成分在，而它们又和叙事诗的叙事完全不同，当时的研究水平也不足以将之说清楚，就在《萌动的春潮：朦胧诗后诗坛印象》中谈及了它，文章发表在1980年代末的《文学自由谈》上，可惜问题只占了文章一小段。待1990年代中期，我在研究"第三代"诗歌时，则在抒情方式论述上以"从意象到事态"视角，重点研讨了事态问题，文章发表在复刊后的《诗探索》杂志上。但还是觉得意犹未尽，所以21世纪之初又专门写了一篇《九十年代先锋诗歌的"叙事诗学"》，发表在《文学评论》上，将之上升到诗学的高度加以认识，也成为我研究当代诗歌的一个理论支点。再有，2008年我去日本爱知大学做访问学者，在阅读中国1920年代"小诗"的日文材料时，我猛然意识到以往学界对小诗源于泰戈尔的《飞鸟集》和日本俳句的说法是欠妥的，因为泰戈尔的《飞鸟集》也是受俳句影响才写下的，也就是说中国小诗严格说只有一个来源，那就是日本的俳句。以之为出发点，我广泛搜求材料，仔细论证，钩沉中国小诗和俳句之间的关联，后来写成《日本俳句与中国"小诗"的生成》一文，发表在

《中国社会科学》2010年第1期,并被《中国现代、当代文学研究》(人大复印资料)、《新华文摘》等媒体全文转载,产生了较好的学术影响,改变了文学史中渐趋固化的认识,也使我愈发相信真知灼见和思想发现对学术研究是必不可少的,在学术研究上,一则新材料的发现有时比一种研究方法的革新或文本的深度阐释更为重要。

不止一个研究生和我说:"老师,您的文章语言自带防盗功能,别人不好模仿。"的确,我是在学术研究中追求着这样一种独特的语言表达效果。这些年,学术界的许多诗学论著好像成心不让人读似的,或者通篇贩卖西方的话语名词,甚至语法句式也高度欧化,被有些批评者视为"不说人话",没法读懂;或者索然无味,一点儿不讲究文采,只能叫人昏昏欲睡。究其可读性差的根源,大概一是作者的语言功夫薄弱,一是作者缺乏语言美的意识,以为语言只是工具,把意思表达清楚就万事大吉了。这是一种必须废除的偏见。其实美是诗的别名,诗歌的语言是美的,诗歌研究的文字也应该是美的。记得几年前在接受年轻诗评家刘波的访谈时,我就说过:"我对研究语言总是心怀敬意,从来不敢怠慢,基本上要字斟句酌,选择哪个词语,用什么句式,都费一番掂量,写成之后再反复推敲,尽量让它贯通酣畅的文气,看起来舒服,读起来也上口,畅达、自然而有一定的诗意。这种追求使自己的书和文章语言相对来说比较美,但是也有那种辞采过于华美淹没思想的时候,在语言美的表达问题上过或不及都是应该避免的……最好的评论语言应该把具象和抽象、感性和理性、美和思辨结合得恰到好处，孙玉石的语言就达到了这种境界，我从他那里悟出了很多东西。"尤其是多年对导师吕家乡先生、龙泉明先生论著的参悟，让我更清楚了这一点。或许正是基于此，诗评家邢海珍先生在2006年第1期的《文艺评论》撰文《深入解读中的历史性清理和总结——评罗振亚〈朦胧诗后先锋诗歌研究〉》，称："读罗振亚的学术研究著作也如在诗中行走，颇具艺术气质的语体方式，长于情境化的描述，追求语言的美质效果，他的议论充满了灵动机敏和诗性的感悟，这大约与他当年写诗，与他有着很深厚的文学修养有关。一个容易陷进抽象枯燥中的理论问题到了罗振亚的笔下就可以妙趣横生、诗意盎然，既能保持一种优雅从容的叙述风度，又能在提炼和概括中保证说理的准确和严谨。也正是因为诗歌创作的实践及文学上的艺术性陶冶，强化了罗振亚作为一个文学学术研究者的内功，他具有了比一般人更容易领悟和进入文学深度的条件。……他的艺术感悟能力和足够的文学修养使他能够驾驭先锋诗歌内质的复杂性。"当然，近几年我的研究语言也在变，我在努力去除文字中芜杂的修饰语，远离雕琢，遏制才情，以使语言干净自然、洗练枯瘦，达到只剩下灵魂枝干的程度，至于是否达到理想的效果就不好说了。

诗，我永远的亲人

1983年7月，二十岁的我从哈尔滨师范大学毕业，被分配到地处边陲的黑河师范专科学校教书。那时，黑河全市只有两万多人口，确切说更像一个标准的小镇，学校又坐落在市区东部几里之外的郊区，和周边的农田接合。再往前走一小段，就到了略显冷清的黑龙江，对面俄罗斯远东阿穆尔州的首府布拉戈维申斯克，同样透着一丝荒凉。由于透彻骨髓的孤独作祟，我正儿八经地开始写诗，有几个月甚至没日没夜，痴迷得很，组诗《父亲》还获得了地区文学创作一等奖。由于这种潜在动因的作用，两年后我奔赴山东师范大学攻读硕士学位研究生，新诗自然成了我的研究方向，而写诗则慢慢变为副业了。虽然诗歌零星地总有发表，不时有些作品被收入各种选本，加起来数量也比较可观，后来也出过《挥手浪漫》等诗集，但在诗集后记中，我仍然非常清醒地写道："我从不敢自诩为诗人。"至于诗歌创作谈，更没有写过，倒是2017年3月8日一家电视台播出我刚刚写完的作品《妻子的头发》前，让我谈谈该诗的写作经过，于是我写了下面一段话：

不知不觉，和妻子相爱已经三十二年了。其间，我们的感情与日俱增自不必说，就是我文学研究和写作方面的些许成绩，也凝聚着她很多心血。在我最难的时候，是她帮我肩起了生命的天空，虽然我很少表白，但内心始终对她充满了依恋和感激，她为我和孩子做出的一切，或许是一生也无法偿还的，尽管她并不需要。

2016年的冬天，我们的内心深处都经历了一场强烈的地震。单位一次普通的身体例行检查，医院的X线胸透大夫发现她右肺下叶有一阴影，怀疑长了肿瘤。我爱人表面镇定，实际上内心非常恐惧。单位领导十分着急，那一天是黑色的星期四。而我当时正在太原讲学，知道消息后几乎是魂不守舍。因为儿子和儿媳帮她预约复查的时间是下周二，我考虑再三，让她周五下班后坐高铁去太原，免得周六、周日她在家胡思乱想。

见面后，我们好像变得客气、拘谨了许多，都不愿谈她的体检。周六，我的博士和同事带我们去参观乔家大院，她可能怕我压力太大，故作轻松，接受秧歌队一位老者的邀请，跳起了东北大秧歌，舞动的扇子和她穿的红色大衣、红红的脸颊相映衬，美极了,可是我乐着乐着,却突然想到她胸透的结果,心又揪了一下。之后,在平遥古城观看大型情景剧《再见平遥》,剧情十分震撼,她因为感动而流泪了,出了剧场,只记住剧中刚生下孩子就故去的年轻女子说的"生都生了,死就死吧"。我想安慰她,可不知怎么说,只好拍拍她肩膀,借故去洗手间方便,任泪水流了出来。

周二,我们一家人陪她去复查,讨厌的是结果周四一早才能看到。周三晚上,儿子和儿媳轻描淡写地和我们说:"你俩明天正常上班吧,我们下课后去取结果就行,也不会有什么事儿。"实际上,当晚他俩是彻夜未眠,想到万一得了不好的病,该找哪个大夫、如何治疗等。周四七点半,我俩刚到单位门口,儿媳打来电话,问:"爸,您和我妈在一块儿吗?"我回答:"在一块儿,怎么啦?"心跳到了嗓子眼儿,腿也软了。这时,儿媳才有气无力地说:"没事儿了。CT检查结果是右肺中叶及左肺下叶条索,考虑陈旧性病变。"我让她把报告单拍照发我,之后,马上念给肿瘤医院当医生的朋友听,对方说:"结果挺好,没啥事儿,连药都不用吃。"

那一瞬间,我拥着爱人,痛痛快快地哭出了声。看到她头上的白发,脑海里迅速浮现出几幅情景:谈恋爱时,她一头乌丝,亮而光泽;成家后,我得了股骨头坏死,她为照顾家、我和孩子,决然将心爱的长发剪掉;中年的疲惫,让她添了白发;如今,白发更多了。想到这些,又高兴,又难受。于是,我和爱人说:"剪个短发,去去晦气吧。"然后,头也不回地走回自己的办公室,写下这首《妻子的头发》。

也就是说,对我而言写诗绝非像有些人那样属于"无病呻吟"的产物,什么也没经历,什么也没看见,什么也没被触动,完全靠想象力铺展笔下生风的事我是做不来的。尽管三十多年在新诗研究领域内摸爬滚打,一直固执己见,以为诗歌没有直接行动的必要,更不愿意将诗作为"匕首""投枪",夸大其功能,可我还是视诗歌为永远的亲人,每逢自己生活中遇到什么大事,在最幸福或最悲痛的时候,我总会适时地把心里的话向她倾诉。三十多年前和爱人谈恋爱那会儿,《迟到的星星》《他真想是山》《流程》等不自觉间从心中汨汨涌出;前几年父亲的病逝和对他在乡下艰辛时光的回望,催生了组诗《父亲的季节》《我的父亲啊》《六月的风也不能帮你清清喉咙》;最近对远在哈尔滨的母亲的思念和挂牵,则玉成了《过了年,您就七十七了》《三九天乘着高铁回家看望母亲》等作品中缠绵的情愫。或许是平素里都力图使所写的诗歌成为自己生命和生活的栖居方式,觉得只有从心灵里流出的情感才会再度流向心灵,若想打动读者的灵魂,首先必须打动自己,所以对那种刻意向心灵内宇宙和现实外宇宙找诗的"硬写"行为,是极不认同的，常常是"敬而远之"。因为说穿了，诗歌的灵感不是随时随地都存在的，她来造访的瞬间应该迅速捕捉下来，而没有情感的驱动却为了写诗而写诗，非但写不出好诗，还可能从本质上对诗歌造成可怕的伤害。

不用人教，写诗久了，即会悟出赤裸的情感就像赤裸的人一样苍白，无须说也无美可言，因此我每一次写诗都尽量地顺应现代诗的物化趋势，给情感寻找一件相对合体的衣裳，诗不比白开水和说明文，总该给人一点儿回味的嚼头，太直接太明白了就是散文了。如果能够在情绪和外物结合的过程中，再有些理趣、思想或经验渗入，那就更为令人满足了。随着中外诗歌视野的拓宽和自己年龄的增长，我也愈发相信诗歌似乎和以往教科书上说的并不完全一样，它不仅仅是情感的抒发，也不仅仅是生活的表现，还不仅仅是感觉的状写，它有时更是一种主客契合的情感哲学，这种观念也是我数年来衡量他人诗歌的一个理论视点和评判标准。最近发表在《诗刊》上的《过了年，您就七十七了》《想起弟弟的"五十肩"》等三首诗，就已经有了许多人生的观察和体验的成分，这也是最近写诗的一个变化。

说到用什么样的语言形态去定型自己的情感，我以为它的风格最好和情感的性质类型相应和。一般的情况下，我愿意启用朴素的言语态度让诗安身立命，让人能够沿着语言走近诗人的生命内部，如果新诗人都能够学会亲切地说话，新诗就有福了。如今不少人瞧不起诗人，其中一点就是觉得有些写诗的人不说人话。故作高深，哗众取宠，假模假式，读者不被吓跑才怪呢。诗无论怎么说，首先得让人看得懂，再把晦涩当作审美境界追求也该有一个度，如果人人都难以接近的诗，还莫不如搁置山林。当然，这和在诗歌里面运用远取譬、虚实镶嵌、反讽、佯谬等现代技术手段并不矛盾。写到这儿，我突然想起刚刚大学毕业时写的那首诗《也是秋天》，其中第一句就是"一群黄皮肤的日子／聚集在阴雨纠缠的窗边"，刊物编辑予以发表前还有些不解，什么是"黄皮肤的日子"啊，我说如果不好懂就别发了。实际上，这种手法并不新鲜，诗歌发表后没有几年这种手法就成为人人熟知的常识了。

  经常听人讲，自己最精彩的诗歌是下一首。我可不敢这样想，下一首很多时候也许还不如上一首呢。尤其对我这样搁笔数年再重操旧业的写作者来说，只要写作每一首诗时都能认真地对待，就足够了。

诗人散文
SHIREN SANWEN

第三辑 在黑土地上打滚儿

站在讷谟尔河畔

我从小好奇心强,稍微懂事儿以后,便不断地追问父亲:"我们住的地方为什么叫讷河,讷河是什么意思?"父亲虽然读书不多,但把"讷河"两个字的内涵拆解得很清楚。他说:"在东北广袤的松嫩平原上,有一条河流名叫讷谟尔,它流经的地方就是我们居住的讷河。讷谟尔河清朝时叫'纳穆尔',满语的意思是'嫩',蒙语的意思为'秋'。"上学后,从地理书上得知,讷谟尔河发源于小兴安岭西侧的北安市双龙泉,流经北安、五大连池、克山等市县,由讷河境内注入嫩江,全长共五百六十九公里。讷谟尔河畔两岸风光旖旎,水草肥美,早在一万年前就有先民居住、繁衍;辽、金、元、明时期,活动人口日益增多,至 17 世纪末,清王朝在那里设置了许多个驿站,加速土地开发;近代冀、鲁、豫三次移民带来的中原文化与土著文化遇合,滋生出河畔两岸人特有的开放心态;汉族与达斡尔族、鄂伦春族、满族、蒙古族、朝鲜族等二十多个民族活动在这里,也昭示出绚烂的文化魅力。

但是，从严格意义上说，我对讷谟尔河的了解在很长一段时间里，还仅仅停留在口耳相传阶段与字面之上，我们家居住的村落和它相距有近百里远，没有自行车的时代，走那么远去看一条河是不可能的。上大学之前从未离开过家的我，别说无缘亲近讷谟尔河，就连见到一个大一点儿的像样的水泡子都很困难。后来我相继到哈尔滨、黑河、济南与武汉等城市去求学、工作，刚好分别住在松花江、黑龙江、黄河与长江边上，所以有机会体验松花江的舒缓与黑龙江的湍急，也见识了黄河、长江的雄壮与深沉。有时，我就会冥思苦想，琢磨规模更小一点儿的家乡的母亲河讷谟尔，究竟是什么样子呢？

四十岁的深秋时节，我终于有了亲近讷谟尔河的机会。因为回老家讷河探亲，我特意请求开车的亲戚拉我到接近末端的讷谟尔河畔看看。说实话，站在岸边，望着并不十分开阔的江面和身边半人多高的苇草，我的心里暗暗滋生出一丝失望的情绪。我知道，讷谟尔河有一些可圈可点之处，比如五大连池作为风景点享誉中外，夏季里游人如织，只是那充其量算近半个多世纪发生的事。若再往上捯，五大连池药泉湖的神奇传说确实很迷人。话说几个猎人把一只野鹿的腿打伤后，拼命追赶，想捉个活的，即将得手之际，野鹿突然跑进了前面一个不大的湖里，待野鹿从湖里跑出来后，飞跑的速度变得和受伤前一样快，猎人们发现那条腿竟然也奇迹一般地痊愈了。后来，当地的居民也逐渐知晓，那个湖确有疗伤治病的神力，遂将之命名为药泉湖。但是，除此之外，讷谟尔河和国内其他著名的河流相比，基本上也就乏善可陈了。曾几何时，那些采沙者把河道滩涂挖掘得伤痕累累，堵塞的水线就像黑土地上一颗颗硕大的泪，被弄脏的水洗了无数次，还是洗不干净。

这时，几声南去的雁叫一瞬间划破了寂寥的长空，时间的塔台恍惚间震动了一下。秋凉似乎自上而下，借着微风传导迅速过来，大片大片的芦花在河面的倒影上摇曳着。而缓缓流动的轻柔的水声，顷刻提醒了我，开始思考讷谟尔河的来龙去脉与前世今生，我突然发现它是有着独特的个性和强大的生命力的。

望着上游流动的水波，我想讷谟尔河当初一定是经过一番残酷的厮杀，才冲刷出来那条属于自己的河道啊！位于讷谟尔河上游的小兴安岭西麓，山岭连绵，林木丛生，从北安双龙泉发出的一线水脉，必须左冲右突，穿越其间狭长的河谷，如果没有数不清的惊雷轰鸣，没有天地两只大手的自然相扣，一条河的孕育与诞生，谈何容易？进入山地丘陵过渡地带的中游之后，虽然是平畴沃野，河道却愈加曲折复杂，唯有容纳、裹挟众多凌乱的支流，才能保证水源充沛，蜿蜒前行，拥托出下游农作物、植物的郁郁葱葱和世世代代河畔人对远方的执着眺望。讷谟尔河的生命曲线峰回路转，一路上拐了多少个弯，积雪和水草肯定是记不清楚的，但是一到了漫长的冬季，五百多公里的流冰，就日渐在北方大地上渲染出一股狭长而荒凉的冷。

讷谟尔河地处荒僻的松嫩平原，却从未因为外界的干扰而改变自己的流向，更没有因为形象的普通平凡而自惭形秽。它一直默默无闻，却又坦坦荡荡，无论有无日月光辉的照耀，也不管人们的目光在意注视与否，它都无论魏晋，不舍昼夜，在那里兀自流淌着，轻柔地，缓慢地，从容地，该封冻时封冻，该开化时开化，大豆、马铃薯、玉米、小麦干渴了，它毫不犹豫地前去滋养，阳光灿烂的日子，那些鳌花、鳊花、草根、鲤鱼和鲫鱼们，也时常从水面探出头张望、戏耍一番，让活蹦乱跳的阳光给定个格。

再看看讷谟尔河向下流动的地方，我的心里不自觉地生出一些疑惑。讷谟尔河的明天是由另外两条河水嫩江与松花江改动，还是钻入隶属俄罗斯的鄂霍次克海张开的大口，最终游向太平洋，抑或在哪个区域流着的时候，被一片巨大的荒漠拦截？这一切都在未知之间。如果哪一天，有一艘大船突然驶入讷谟尔河内，下游的水又会做出什么样的反应？更不敢想象，躺在历史书里面，讷谟尔河究竟会有多厚；但是我清楚两岸的人醒了又睡，睡了又醒，一睡一醒之间，无数个朝代过去了，众多的人成了过客，说不定此刻我的鞋正踩在哪个清代秀才的脚印上。那再过一百年，这里是否还会再有足音踏过？

在我和讷谟尔河的相互打量、对望中，河与我已经逐渐彼此难分，说不清是河像我，还是我更像河。细细想来，我这样一介身无长物的凡夫俗子，却能够一直在土地上稳健踏实、一步一个脚印地行走，不正是源于母亲河的精神塑造吗？

正当我心猿意马时，亲戚悄声喊我："我们该赶路了。"我赶紧收住思维的缰绳。是啊,面对河流、大海、湖泊,面对大自然创造的神秘而真实的水世界,所有的想象都是多余的,正如凝定乃山的本分,流动才是水之真理。

怕听箫声

原来虽然不懂乐器,但很喜欢箫声,觉得箫作为一种悲质的器乐,和埙一样,听起来挺有味道的。徐志摩先生那首《再别康桥》写到的"别离的笙箫",凄婉归凄婉,但依旧很艺术化,倒更有情调了。

后来生活中一个深刻的事件却改变了我对箫的看法,并且从此怕听箫声了。

那是1983年,我二十岁。大学即将毕业时,才开始考虑自己的分配去向问题。听说我就读过的县城一中的班主任张老师,想让我回去教书。说实话,我挺感激他的,自己也愿意教书,只是在哈尔滨市星光中学一个月的教育实习,使我有些头痛中学生的过度活泼,愿意教书却不想去中学教书。而当时要逃避这一命运,唯有"支边"。看着一位同窗申请去了新疆,觉得那里的风光一定很别致,也想凑个热闹,可是我的农民父亲坚决不同意,不是别的,别的他也不太懂,就是嫌那儿太远了。没办法,黑龙江本身就是边疆,新疆去不了,只能在本省选择了。有一天，拿起地图，看到黑龙江版图的最东北角上注明的三个字"海兰泡"，别人告诉我，那里有一所戴帽的黑河师范专科学校，地图上却怎么也找不出"黑河"的字样，但我还是毫不犹豫地说："就这儿啦。"那是我进入大学以来第一次有被人关注的光荣，在学校主楼前的揭示板上，火红的纸上写着"热烈欢送……同学支援边疆教育事业"。全校当年有八百多名毕业生，支边的只有四个，而且居然都出自我们中文系791班。看着上边的大字，心里的感觉好像不只是自豪。

7月6日一早，我们一行四人（有一位家在黑河）踏上了去黑河的旅途。想着在火车站送行的同学那份祝福和牵挂，那些眼泪与叮咛，一路上心里都是酸涩的。那时黑河还不通火车，只能坐六个小时到北安市，然后再转乘汽车，因为购票较晚，车票的号都在最后一排，第二天在车上的罪没少遭。山路盘旋，并且不时非常厉害地颠簸，我们几个的头动不动就被"发射"起来，一个师兄的头被车棚撞起了一个包。路似乎很长，加上路上还要避让翻了的车，从早上八点一直到下午四点多还没有到，搞得大家都像昏死了一般，路边各式各样的野花和树种自然也就无心观赏了。要到黑河时，天色已近傍晚了。这时，猛然间一抬头，我的心也跟着亮了起来，不自觉地向同学喊："快看，多亮的灯光啊！"是啊，车在山路上盘旋，前面一片灯火辉煌，在一片朦胧夜色的掩映之中，那座宁静幽美的小城已进入视野，同伴们的精神也为之一振。

车到了黑河街里时，我们都有些木然。原来刚才在山路上望见的灯火和景观,许多来自黑龙江那边苏联阿穆尔州的州会布拉戈维申斯克,我们的心境也便有些暗淡。那时的黑河,说是地区的所在地,但人口不过才两万多一点儿,全市主要就一条东低西高的大街,夸张一点儿说,街上几个人在走动都能数清楚,让人绝对想不到1990年代的黑河突然间因外贸的崛起变得那么繁华。到黑河的第二天,我去单位报到,学校在黑河市东面郊外五六里路的空地上,周边是农民家浓密的庄稼,有人开玩笑说,黑河像一只母鸡,出去溜达时不小心下了一个蛋,那个蛋就是黑河师专。接下来,我们三个同学都有一种类乎懊丧的感觉,每逢周日,便聚集到市内仅有的几家饭店,烧鸡就一家卖,如果他家卖光了,就怎么也吃不上了。我们不时喝点儿烈性白酒,就着刚刚从大地里拔出来的大葱,觉得酒格外地辣,喝着喝着,王姓师兄的脸上便满是泪水。

一个晚上,我们不约而同地说:"去江边走走吧。"沿着江边走着,对岸的布拉戈维申斯克如在画中,而我们这边却有些暗淡、破旧。那时离对越自卫反击战时间不长,两岸的关系还有些紧张,对岸的军事探照灯不时地向我们这边扫射,弄得我们心里不由得都有些发怵。突然,听到有人声嘶力竭地喊:"这儿撞死人了。"待我们靠上前去,才知道是一个嫩江来黑河出差的办事员,觉得江中跑的木排很好玩,出于好奇,他费了很大的劲儿跑到了木排上,说不清是激动还是紧张,一下没站稳,大头朝下栽到了木排前边。看着沙滩上他脑袋鲜血模糊的尸体,大热的天里我冷得浑身都起了一层鸡皮疙瘩。

当我们再往前走时,渐渐地一阵哀婉缠绵的箫声从远处传来,那声音时缓时快,时高时低……入神地听着,我的眼泪情不自禁地流了出来。在黑河,那是我第一次流泪,也是最后一次流泪。

两年后我考取研究生,离开了那里,却再也不敢听箫声了。而今,我们同去黑河的另两位同学,王师兄在四十岁时罹患肝癌,永久地长眠在了那里;另一位赵师兄则在孩子考上大学后,毅然从学校系主任的位置上卸任,出家去了五台山,而后转入其他什么寺庙不得而知。所以,别说不敢再听箫声,连黑河我都不敢再去了,好不容易结痂的伤疤,怕突然被时间猛然撕开,不停地流血,尽管后来黑河建设得如诗如画,非常之美。

一缸茉莉花茶

说不清是为了对抗越来越差的水质，还是出于帮助自己提神醒脑的考虑，从攻读硕士研究生开始，我就逐渐养成了喝茶的习惯，近四十年如一日，每天早上如果茶未泡上，便烦躁得没法安心工作。西湖的龙井、江苏的碧螺春、福建的金骏眉、安徽的祁门红、云南的普洱等各种各样的茶中精品，都能时常享受。但是，不论哪一年，我都要特意喝几次在一些人眼里不那么高档的茉莉花茶，因为在我的心里，茉莉花茶是我的独爱，它是世界上最好喝的茶，那特殊的清香味道是其他所有的名茶所不具备的。

我偏爱茉莉花茶，是有很深的特殊缘由的。1985年1月下旬，黑龙江省齐齐哈尔市冰天雪地，气温已经接近零下三十摄氏度，全国硕士研究生入学外语科目的考试正在进行。在齐齐哈尔轻工学院一栋教学楼三层一间安静的教室里，两位监考的女老师走路都十分轻悄。考场里，二十几位考生或凝眉沉思，或用笔唰唰作答，下午三点钟的阳光为教室带来了一丝暖意。可坐在第二排靠墙的我,却还是感到浑身发冷,继而胃里开始出现一阵阵的痉挛和绞痛,坐在座位上左也不是,右也不是,实在坚持不住,头就趴到了桌子上面。这时,前边那位监考老师快步走上前问:"同学,你哪里不舒服吗?"我赶紧回答:"老师,我胃疼。"她轻声说"你等一下",之后便快步走出考场。大约五分钟,她端来一缸香气扑鼻的茉莉花热茶,说:"你喝点儿热水试试吧。"我忙接过上面印着"毛主席万岁"五个大字的白色茶缸,一连气喝了好几大口。说来还真神,一股温热透遍全身,我的胃居然不那么疼了,头脑好像一下子也沉静了许多,很快又能继续兴奋地答卷了。

原来,我就职的黑河师范专科学校所在地黑河没有设置考点,考生若报考研究生,就必须先乘坐六个小时的汽车到嫩江,然后再倒五个小时的火车,到齐齐哈尔市参加考试。旅途辗转的周折与寒凉,内心的焦虑和紧张,加上入住旅店的低温嘈杂,令我猝不及防,胃出现了强烈的反应。好在那一大杯热茶,将冷汗、恶心都给扛住了。晚上,回到旅店,从黑河同去的几位同学、朋友,因为感觉外语考得不理想,精神上接近崩溃,在房间里大喊大叫地宣泄。可是,我却出奇地平静,因为两年前大学毕业前参加研究生考试时,尚不满二十周岁的我考过第二科外语后,自以为必折无疑,就想放弃后几科的考试,都是每科匆匆列个提纲,提前交卷,结果当年全国日语录取线35分,我得了38分,只是专业基础课才58分,遗憾落选,吃了大亏。录取工作结束不久,陕西师范大学一位热心的导师特意写来一封信,说:"一看你就没认真答卷,思路很好,但回答过于简单,希望你明年继续报考我们专业的硕士研究生。"有了这份鼓励和懊悔的教训,我自然强迫自己不论遇到什么情况,都一定要稳住神儿,宠辱不惊,心如止水。

后面的三门专业课考试,那位监考老师每场都是将一杯热茶端放在我的桌上,再退居到我的右后方巡视,不时看看我的答卷。当时我很感动,心里也增加了一些底气,尽量把大脑里的储备全都用上了。待最后一科交卷后,我给那位老师深深地鞠了一躬,以表达我的谢意。她微笑着说:"你肯定能考取的。"果然,几个月后,我被山东师范大学中国现代文学研究中心录取,随田仲济、吕家乡两位先生攻读硕士学位。再之后,就是我研究生毕业回到本科母校哈尔滨师范大学中文系教书。在近三十年的时间里,斗转星移,原来的齐齐哈尔轻工学院和齐齐哈尔师范学院合并为齐齐哈尔大学,我托付几个朋友帮我打听、寻找那位监考的老师。我自己也数次去齐齐哈尔出差,有时非常希望能够在街道或商场里遇见那位监考老师,心里明明知道这不大可能,又总心存侥幸,有时也后悔当初没有索要她的联系地址,但一想到那是违反纪律的,就不禁哑然失笑起来。但是,每一次从哈尔滨回讷河老家,或从讷河老家回哈尔滨工作,途经两个城市中间的齐齐哈尔火车站时,总仿佛有一股茉莉茶香飘来,眼前不由自主地浮现出那位监考的女老师影像,于是,我就在内心里默默举起右手,庄严地向她致敬。

我想,如果真的和那位老师邂逅,恐怕一向脸盲的我也不一定保证就能够认出对方，只记得她三十几岁，目光诚挚，语调温婉，穿着粉色的外衣，十分朴素的样子，对了，额头上长着一个大约两厘米的月牙状疤痕。而她可能早已经忘记了帮助我的事儿，那或许只是她生活中一个小小的插曲，同样的"善举"她做得太多，多得可以忽略不计了。可是，这件"小事"却温暖了我几十年，还将继续让我温暖下去。从中我第一次近距离地感受到了人间的温情，并在以后的日子里，不断地告诫自己，要善待每一天，善待每一个人，不知不觉间早已逐渐把"与人为善"四个字，根植为心底的做人的信条。

茫茫人海，南来北往，相遇即是缘，一定要珍惜。打个不恰当的比喻，那杯热茶就犹如夜空里的一颗星星，沙漠上的一片绿洲，寒冬季节的一盆炭火。如果没有那杯热茶，我当时可能会更加心烦意乱，乃至中途弃考；如果没有那杯热茶，北方留给我的记忆里，恐怕在冰冷之外，还是冰冷；如果没有那杯热茶，我或许就再没有从绝望深渊中逃脱的机会。倘若每个黑暗的路口都亮着一盏灯，每个攀缘者身后都有一双温暖的大手推助，每个黄昏的窗前屋后都写满着宁静、温馨与祝福，周边的世界就是一片乐园，一片人人都能置身其中的乐园。

行笔至此，一缕茉莉花香似乎又飘然而至。齐齐哈尔轻工学院那位陌生又熟悉的女老师，您的一切都好吗？

租　房　子

　　1988年7月，我研究生毕业后，被分配到哈尔滨师范大学中文系教书。那会儿，社会上很多人认可"搞导弹的不如卖茶叶蛋的"，但高校的风气实际上并未受到本质上的冲击。我面临着人生最难的两件事情倒是真的，一是爱人调转，一是在单位分房子。

　　在大学同学的热心帮助下，我爱人从北安被调往哈尔滨一所中学任教的事，很快有了眉目。1989年暑假，我们一家三口便团聚了。单位没房子可分，当务之急是在学校附近租一处房子。合适的房子不是一下子说租就能租到的，有二十几天我们只好暂时挤在学校的单身宿舍里，不足三岁的儿子很憋闷，也受了不少委屈。一个周六的晚上，去同事家做客，途经那栋楼四层到五层的楼道时，我爱人非常羡慕地说："要是能把这里间隔一下就好了，住在里面冬天一定会很暖和。"我听后，鼻子禁不住一酸，一个大男人竟然无法为妻子和孩子提供一间遮风挡雨的屋子，这研究生不是白念了吗？自己怎么这般无能？心里很不是滋味。

几经辗转,我们找到与师大毗邻的东北林业大学实验林里的一片平房。房主是林大的后勤工人,她要出租的是母子房中低于母房的子房。住屋很小,除一张大床外,只能放一张桌子,既当饭桌又当写字台;房子举架矮,光线暗,白天读书也要开灯,租金每月八十元,我二百多元的工资还负担得起,最主要的是我们结婚后聚少离多,终于能够安居了。

实验林的占地面积很大,足足可以建二十个体育场,它和路对面的动物园,是哈尔滨市当时最大的两块绿地,两个呼吸的"肺",也是天然的大氧吧。每天早晨里面空气都很清新,附近的居民纷纷去那里锻炼,有打太极的,有练拳击的,有学外语的,还有专门清嗓子的,人气十分旺盛。并且,不同季节景色也会随之变化。入住不久,天气渐凉,秋天说到就到了,林子里的色彩开始斑斓起来,叶子们赤色、紫色、橙色、黄色的应有尽有,东北五花山一样的感觉出现了。到了转年的四五月间,橡子树、柞树、柳树、榆树、松树以及叫不上来名字的各种树叶,次第返青,地上的小草和小花也争先恐后地伸出纤细的脖颈张望,很快便绿意盎然,喜欢摄影的朋友夫妇欣然来家做客,看到他们的小女儿和我们的儿子在参差错落的树木之间的草地上尽情奔跑,抢着定格了许多优美的瞬间。不一会儿,两个孩子又蹑手蹑脚地追逐翩翩振翅的花蝴蝶儿,用小手去逮落在草木上的蜻蜓,我们几个大人一下子都瞪大眼睛,屏住了呼吸,仿佛回到了温馨而遥远的无忧无虑的童年时代。因为树林里面风景好，去学校办事的我，便经常在中午带几个单身的同事回到简陋的家，或者一起动手拨弄疙瘩汤，或者煮几个荷包蛋，下点儿过水面条儿，吃得不亦乐乎；然后一边在林间小路散步，一边谈天说地，扯上一阵，煞是惬意。

我租住的地方在实验林深处，春天之后，周围绿树掩映，一片整齐的平房点缀其中，很多人家还没用上煤气，每到早上或晚饭时分，平房上面炊烟袅袅，偶尔的犬吠鸡鸣穿插，倒也有了几分鲜活的乡野之趣，难怪朋友说我是住在"都市里的村庄"。进得"村庄"，就会发现庄上的人大都是租房户，或者刚到哈尔滨落脚的，或者等着自己的房子动迁的，或者拼了多年还没混上住地儿的，还有一些备考的大学生，彼此间都不知道大名，也不需要知道，大贵、二贵、小光、和平什么的，喊着也亲切，但都相处得很融洽，几天之后便胜似"远亲"了。谁从外面往回搬点儿东西，朋友来了要借两个凳子，上商店替别人捎几瓶啤酒，不在家求对门帮着代收个物件儿，都彼此热心地照应帮忙，从来不用太客套，更没听说哪个邻居开口遭到拒绝过。我爱人是中学老师，比朝阳上班早，比夕阳下班晚，早出晚归的，有时我单位赶上事情忙，就让在幼儿园做饭的杨奶奶把儿子顺路给捎回来，也是常有的事儿。

平房做饭、取暖都得靠烧炉子，煤在哈尔滨的不少地方都可以买到，引火的木头榉子就不太好找了。我还没想出办法，了解我情况的前辈张清老师就主动和我说："我们家用煤气，也有暖气，楼下仓棚子里还有一些煤和木头榉子，你拉去用吧。"于是，我从单位后勤处那里借来一辆平板车，和我爱人到师大院里把煤和桦子都装好，慢慢往回拉。半路上，遇到名气和影响都很大的古典小说研究专家张锦池教授，他问我在做什么，我说租房子，从张清老师那儿拉点儿煤和桦子，他说："你要拉得动，我家棚子里也有一些。"这样，两位张老师瞬间解了我的燃眉之急。春节之后，引火用的木头桦子不多了，恰好那天早晨我去实验林锻炼，发现昨夜的一场大风刮断了很多不太粗的树枝，我赶紧拾捡一些回家，它们在炉子里烧得特别旺。后来每逢刮风，我都窃喜不已，引火柴的问题就解决了。不怕大家笑话，我有两三年里都形成了一种条件反射，一见地上有粗一点儿的树枝，就想捡起来夹在腋下。

很多同学、同事和朋友以为我们租房子，刚刚落脚，日子一定很清苦，还以不同方式帮助我们。我很感激，倒是不觉得苦，每天脸上乐呵呵的，身上好像也有使不完的劲儿，觉得生活很有奔头儿。那一年，除了正常上课，我都在那间小而暗的租屋里阅读和写作，第一本专著《中国现代主义诗歌流派史》的雏形就是在那儿完成的，其中的《严肃而痛苦的探索：评四十年代的"九叶"诗派》发表在《中国现代文学研究丛刊》1990 年第 1 期，这对当时刚刚毕业的我是一种鼓励。同时，还写出了一本赏析集《当代校园诗精选精评》，给九十九首优秀的校园诗分别配上几百字的点评，培养自己介入、阐释文本的能力，为后来从事现代中国诗学研究打下了坚实的基础。

还挺高兴租房的日子，一年马上过去，学校终于要给青年教师分房了。几番周折，最后我分到了二十一栋六楼的一屋一厨，那个高兴劲儿就甭提了。拿到钥匙一路小跑着去看房时，见屋子不大却有那么多木质的门，连阳台上都安了一个，这让在平原上长大、家里最缺木材的我很是震惊；住屋和厨房的地下已经用金红色的油漆刷好，干净整洁极了。所以在那栋楼的九十家住户里，我家是第一个搬进去的。可是，当庆祝的鞭炮噼噼啪啪地响起，我去租屋收拾东西时，竟然有了一点点的不舍。

而后，居住条件越来越好，1997年我住进两室一厅，2000年拥有了三室一厅。但是不知为什么，租房子时一些宝贵的东西和感觉很遗憾地逐渐消失了。我住在三室一厅两年以后，和邻居还不熟悉，见面只是点点头打声招呼，躺在客厅的沙发上慵懒地喝茶，每天的生活里却少了打拼的精气神儿，尤其是近几年手机、互联网越来越快捷和方便，同事和朋友们都住在屏幕里，很少见面，我就真的想再回到租房子的日子，哪怕半年也好。

我也清楚，时间的页码一旦翻过去，就是历史。我还能找回那段租房子的感觉吗？

逛 早 市

哈尔滨的夏季，早晨四点钟天就亮了，并且凉爽宜人，所以久而久之，我就养成了好逛早市的习惯。有一段时间，我住在沙曼菜市场附近，每天都是在喧闹与叫卖声中愉快地醒来的。

开始逛早市目的性很强，需要哪种蔬菜、水果或海鲜，我肯定会直奔主题，找到相应的摊位，快速地买完就走，来去匆匆。慢慢地，我的心态也平和松弛了，有时候家里不缺什么，我也要去遛遛，从这头儿走到那头儿，然后从那头儿再走回来，碰到什么合适的稀罕东西，便淘回一点儿。渐渐地，哪里卖菜，哪里卖水果，哪里卖鱼，哪家豆腐鲜，哪家猪肉便宜，哪家烧饼味道香，心里都一清二楚。有时候干脆什么也不买，纯粹就是去看看热闹，我喜欢这种喧闹的感觉，更愿意享受这种喧闹的感觉。人挤人、人挨人的，摩肩接踵，众声鼎沸，吆喝声、应答声、招呼声交会一处，那种浓郁的烟火气息总能提醒你，生活在红红火火地继续，人们在精神十足地奔波着，能够混迹其中是一种世俗的幸福；而且我就怕市场上买卖双方都太规矩，太文气，不好意思大声喧哗，周遭越是嘈杂繁乱，叫卖的声音越大，我的步伐越慢，心里越踏实平静，仿佛置身在茫茫大海之上的一片安全岛上，想着眼前或遥远的一些事情，思路清晰缜密得丝毫不受干扰。尤其是近两年，新冠病毒不停地肆虐，别说早市，就连商店都纷纷关闭了，逼得很多人每天只能和自己的声音、影子打交道，孤独至极，就更盼着疫情有所缓解，早市能够重新开放，也好让灵魂出去"放放风"，到大街上和人群中，疗治一下内心深处的孤寂。在疫情还远未彻底消除的时期，能够自由地从家里走出来，感受感受市井生活的温度和气味，是怎样的不容易啊！

到了早市上，我最爱逛那些农家蔬菜摊儿，结果总被爱人戏笑："不怪是农家子弟，就喜欢泥土味儿。"是啊，土包子的出身，让我好多年都这样，一看到用塑料绷带捆绑或尼龙兜装着的蔬菜，再新鲜，也会不自觉地皱眉；而对那些刚刚从土地里拔出来、挖出来或者根儿上还带着泥土的蔬菜钟情不已，觉得堆放在地上的果蔬，远比大商店里保鲜膜包裹的更讨喜、更诱人。像略苦却清脆的柳蒿芽，小根蒜和蒲公英（俗称婆婆丁）等地产野菜自不必说，它们都能蘸酱吃，特别下饭，没有东北人不爱这口的。还有顶花带刺的黄瓜、甜甜面面的倭瓜、皮红肉嫩的水萝卜和饱满圆熟的家雀蛋豆角等，都是我感兴趣的，它们倒没有陶渊明那种"采菊东篱下，悠然见南山"的逸境诱惑的神力，而是比较适合我的口味，最主要的是能够唤起我关于黑土地回忆的无限乐趣。用手一掂沉实的倭瓜,仿佛就看到小时候自己在大草甸上奔跑,把倭瓜花轻轻放入高粱秸扎的蝈蝈笼里,听蝈蝈动情放歌的中午;一拿起水萝卜,和弟弟妹妹从小园里直接拔出,用手搓两下就递到嘴里的清脆的咀嚼声,就从耳畔传来;看见茄子、玉米、白菜、西瓜、韭菜等,就能想象出它们从土地里伸出的脖颈在张望,就能谛听到五月的田垄里各种植物开花的声音,就能和故乡的种种记忆在不经意间碰面,更加熟络……如今,都市化发展迅猛,也造成无数人种植在灵魂深处的乡土之花在悄然间枯萎、黯淡,使他们日渐沦为精神上的流浪者。如果真的把他们和土地之间的联系切断,把许多知识分子最后归隐的记忆"园地"连根铲除,科技发达到离开土地照样能够培植出蔬菜、水果,不敢想象那最后的结果是不是乡土的完全板结与消失?土地上孕育成长的生命是高贵的,也是脆弱的,让人敬爱,也让人怅惘,尊重它们,珍惜它们吧。

或许是偏见,我对早市上的书摊儿和衣服摊儿是不屑一顾的,从来不在那里浪费时间。若要说情趣,果蔬肉蛋是活着的必需品,而花鸟虫鱼则是我心里更喜欢的,特别是它们中那些相对弱小的,更会引起我的怜爱,从它们身上我能感觉到一种生命拔节的过程和成长的快乐。说来也怪,我家如今住在十七楼高层,日照充足得阳台上似乎不宜养花,经过好几年的摸索,终于发现最适合三角梅生长;于是乎数次去早市的花摊儿,每年搬回来两三盆不大的三角梅,让它们一点点地茁壮起来。如今阳台上已经足足有二十盆,待它们全都开放时,简直就是一片花海,赶上在冬天,心里甭提多灿烂了,真是端回一钵花,捧来一片春啊。和小时候在小河沟摸鱼的经历有关,我也喜欢看小小的鱼儿在水中漫游,有时一看就是十几分钟,连看几天。实在喜欢,也想找找购买一袋鱼、捧得一汪海的感觉,便花五块钱,买回一塑料袋小鱼儿,回家后放到鱼缸里养,换水,喂食,还要及时打捞鱼生出的小崽儿,免得被吃掉,感受着活着的孱弱与坚强、死亡和顽韧。几年了,它们快乐地游着,我则快乐地侍弄着。我更爱看鸟,少年时代在乡下用夹子打死了无数只鸟,母亲吓唬过我说以后死了过不去鸟山。我没有这种恐惧,倒是有一种赎罪的心理,等我退休闲暇时,一定买回去几只喜欢的鸟,不光听它们鸣叫,还要琢磨它们的习性,体会幼小者如何从孱弱到强大。包括买菜,我也愿意选择脆嫩的娇小的,像小白菜儿、小萝卜苗儿、小香椿芽儿,它们给我再度生长的想象和畅望。

听长辈讲过"不和挑担者论价",所以最初逛早市,买东西从来不讲价,人家要多少给多少,看着农村模样的卖者,更是能买则买,能多买不少买,多给五毛、一元的也是常事。如果遇见讨价还价的,心里还有那么一点儿鄙视。这些年随着年岁和阅历的增加,才觉得年轻时在这个问题上有些过于短视了,论价不单是多一块少一块、多一毛少一毛的事儿,其中也不乏和人打交道的乐趣,更可以从中窥视人生的百态,那或扯破嗓子叫卖的,或从不吆喝静等的,或扒拉来扒拉去挑肥拣瘦的，或啥也不买佛系闲逛的众生相，那被骂东北傻大方的、比小腰儿还精细的南方人，就够你琢磨一壶的，真是一方小早市，世界大天地呢。有时候当卖菜者很大方地以低一毛或者两毛的价格把东西卖给你，你一天的心情都是晴朗的、美滋滋的；有时候商贩找不开钱，你很慷慨地说那五毛或几毛不用找了，自己也会高兴老半天。当然，偶尔也会碰到缺斤短两的，但我从来也不和他们计较，只是在心里暗暗把他从荣誉册上"拉黑"删除了。

有时我就想，一个城市要是没有了早市，听不见喧闹与叫卖声，人间该多么寂寞；如果老百姓都去玩儿网购，有一天早市真的消失了，那些菜农和做小买卖的人该干什么，能干什么呢？

我退休后最大的愿望，是每天陪老伴儿浪漫地逛早市。

乳　名

中国幅员辽阔,各地的风俗千差万别,但有一点极其相似,每逢添人进口生小孩时,家人大多数都会给孩子起个乳名,俗称小名。

和大城市相比,东北农村孩子起的乳名不怎么讲究悦耳上口,绝对叫不出安安、小婉、晴儿、王子甚至查理一类那么有文化或洋气的名字,屯子里使用频率最高的,大概就是什么丫蛋、小子、二驴子、三牤子、三胖、猴子、牛牛、铁蛋、狗剩、锁柱、保柱、留成、富贵、翠花等,有按排序称呼的,有从性格上区分的,有的寄托着父母的期待,有的只图好养活,还有的仅仅能说明性别,不太好听,但挺形象,也很亲切,有乡土味儿。到了晚上吃饭时分,一大群野丫头与淘小子还在外面疯跑,就会听到家长可着喉咙喊:"范小子,回家吃饭——""二驴子——快点儿滚回来。"满世界都回荡着乳名的声音。

一旦上学,孩子无论读书读成什么样,都得有个学名,也就是大名了。与乳名不同，谁家孩子的大名都取得规规矩矩、端端正正的，其中不乏望子成龙者，还要托有点儿水平的人给命名。而有了学名，乳名就该"休息"了，父母们称呼孩子的时候，也开始变得谨慎，有的还得在心里一遍一遍地默记叫不习惯的孩子的大名，以示庄重，生怕在大庭广众之下不小心把孩子的乳名喊出来，闹得不好意思，太砢磣。二姨家孩子多，女孩儿就有四个，有一次村里的学校开家长会，二表妹担心二姨父平常在家总是"丫蛋"长"丫蛋"短的，到了班上记不住自己的学名，就一遍一遍地嘱咐："爸，我叫孙秋月，到学校千万不要喊我的小名啊。"姨父答应得蛮好，可到教室突然猛住了，大声问："老师，孙丫蛋坐哪儿？"逗得家长们哄堂大笑，表妹哭笑不得，那个气啊。

  我的乳名叫罗小子，上学之前都这么叫，几乎没有喊我大名的。进了学校，就变成罗振亚了，如果说上学前叫罗小子很顺口，上学后改叫罗振亚也挺顺口。在高一下学期，临近端午节那会儿，几个同学骑着自行车到家找我玩耍，母亲忙乎做饭时，大声喊道："罗小子，去小园儿里拔两棵葱。"说完她马上意识到叫错了，我拿着葱回来，见母亲的脸还红着，两三天里表情都不太自然。当时两个女同学捂着嘴，男同学装作没听见。高中毕业前，在街上或者田间地头，偶尔会碰上论着叫叔叔大爷的喊我："罗小子，放学了？""罗小子，考上大学了吧？"我一概礼貌地回敬对方。

  踏入大学校园的门之后，就很少有人知道我的乳名了。寒暑假里，父母和我说话，也都一口一个"振亚"（家乡所有的人都把"亚"字读成三声）地叫着，听起来他们叫得有些拗口，不自然，还有点儿生分，但是他们叫得很固执，或许在他们看来我长大了，叫大名也是尊重，我心里却有一种说不清的滋味。于是，乳名在我的生活中开始长时间地沉睡，有时自己好像也把乳名忘掉了。直到差不多三十年后，父亲混混沌沌中一段思维混乱的话，又把它唤醒了。

原来，父亲从乡下被我接到哈尔滨后，一直难以适应城里的生活。母亲能够很快和周边的邻居熟识，并逐渐有了几个经常聊天的老伙伴，而他却总是不苟言笑，独往独来，除了家人也很少与外界交流；特别是2006年我调到天津以后，不能像以前那样，每天和我天南海北地说上一阵儿，而是有话也憋在心里，时间久了，七十六岁时他得上了一种听起来很"时髦"实际上却很缠人的病——阿尔茨海默病。父亲像变了一个人，曾经记忆力超强的他总是忘事，眼前的事什么都想不起来，甚至家住哪栋楼哪个单元哪个房间也不清楚了，以前的事有时倒记得很清楚。他白天躺在床上呼呼地睡觉，晚上却特别精神，刚吃了饭就说饿，不断喊母亲给他做饭，有一次硬说园子里那棵果树上边着火了，一个劲儿催弟弟用水去浇。再后来，就不认得人了，包括母亲和我们兄弟姐妹。他去世前两年的暑假，我回哈尔滨照顾他，有一天，把一块切好的西瓜递给他，他突然拉住我的手，一边仔细端详着我，现出很陌生的表情，一边说："你看到罗小子了吗？他小时候最爱吃西瓜，你看到他让他赶紧回来。"说完就躺在床上,要等罗小子回来。这时候,家里变得异常安静,桌上的马蹄表仿佛都不再走动了,外面瞬间下起了瓢泼大雨。他被阿尔茨海默病折磨得黑白颠倒,精神恍惚,很多事情早已忘得一干二净,可他居然还记着我的乳名,记得我爱吃西瓜的细节。我赶紧用手去安抚他,眼泪却再也忍不住了。

父亲走了以后,我的乳名又一次被弄丢了。尤其是随着时光的流逝,我也接近花甲之年,早就做了爷爷,即便知道我乳名的人,也不好意思叫出口了。叮在今年我陪母亲度过的寒假里,有一天午睡时,母亲在梦里突然喊出我的小名,令我激动不已。我上大学后的三十几年里,母亲一直叫我"振亚",尽管听起来不那么习惯,像城市里的钢筋和水泥一样,有一丝丝生硬,不比小时候叫"罗小子"来得那么亲切,但也逐渐接受了。那天上午带着母亲去中央大街散步,连看看松花江畔的防洪纪念塔,可能是路走得有点儿多了,所以她吃过午饭后躺在床上休息,便马上就睡熟了,不一会儿说起了梦话,语言含含糊糊的,听不真切,但是有一句"罗小子,回家吃饭",却格外清晰。当时斜靠在她旁边椅子上看手机的我一激灵,下意识地挺直了腰身。再看看窗外,天出奇地蓝,好似刚刚被洗过一样,心里远处冬眠的山和小孙女儿拎着的灯笼也醒了,望着地面上落着的雪,觉得它除了白之外,不知道还有别的颜色。在那一刻,像小时候过年时吃了一个大大的红苹果一样,一个近六十岁的人,还能被母亲叫出乳名,这种福分不是人人都可以享受的。这样想着,心中最柔软的地方被一股暖流融化了,活在这个世界上是美好的,是值得的。

有人说,乳名的同义语是亲情,是扯不断的乡愁。乡愁不乡愁我说不清楚,但是我知道,如果你已经不再年轻,世界上还有人记着并能喊出你的乳名,无疑是人生中一件最幸福的事,要倍加珍惜;当那些呼唤你乳名的人都逐渐远去,世界恐怕就已经衰老得不能再衰老了。

祈 雨

6月下旬的松嫩平原上,毒太阳好像被钉在了头顶,一动不动。松花江和嫩江两条大江仍然在流淌着,但还是停留在教科书上,和睡着了差不多。那条名叫讷谟尔的小河汊子,也住在四十公里之外,远水解不了近渴。龟裂的黑土地亮出的一道道口子,快两个月没有喝水了,村子好像得了严重的焦渴症一般,早已瘦了一圈儿。

地里的玉米叶儿和小麦秸显得更细窄,更瘦弱了,蔫蔫地耷拉着头,仿佛用火一点,就能燃烧起来的样子。土坯房上的木头屋檐被晒得烫人,小鸟试探着将两只爪子往上面落了一下,但马上就跳起来,再也不敢立足,只得飞往他处。家门口那只看家的老黄狗,舌头上落了一只飞虫,痒痒得很,也懒得去轰一轰。这时候,有几家上升的炊烟变得非常迟缓,看起来慢得像村子里九十多岁的张爷爷拄着拐杖走路。

在生产队的场院中间,搭设起了简易的祭台。在全公社范围内都找不到高香,祭桌上,便由三炷相对粗一点儿的香替代，插在盛满小米的很大的瓷罐里，立在桌子正中，没有一点儿风，烟气笔直地上升着。瓷罐前，不知是哪位村民捉到的一只啄木鸟，静静地摆放在那里，早已失去了呼吸，肚皮和嘴一致向上，朝着天空。瓷罐两边，还有苹果、桃子等一些供果。祭桌三米之外的地面上，跪着近百位村民，第一排是德高望重的莫三爷，他身后差不多排出去十几排。

在一片庄严而神秘的静寂气氛之中，莫三爷手中像锣似的东西被重重地敲了三下，声音响亮而有穿透力，径直划破了六月天。接着，他又神态严肃、振振有词地祷念了很长一段时间，跪者们虔敬而仔细地听着。又过了一会儿，莫三爷激情饱满地唱起了《求雨歌》，洪钟般的声音仿若能响遏行云。

> 天上一朵云，
> 地下一块尘。
> 飞花有时尽，
> 流水无尽时。
> 人人人人人，
> 狗狗狗狗狗。
> 楼楼楼楼楼，
> 头头头头头。

每唱完一遍，他都打手三下。莫三爷诵毕，大家再跟着诵，反复再三，气氛极其庄重肃穆。最后几位村民还烧了一些黄纸，在烧纸的过程中，莫三爷再次诵起祷词，但祷词给人感觉是高深莫测，半文半白，似乎没几个人能听得懂，愈发神秘。

莫三爷是从哪里来到我们讷河县和盛乡新祥村的，没有人认真考察过，他祖上是否和鄂温克、鄂伦春等少数民族有着密切的关系，谁也不甚清楚，他领诵的求雨歌诀属于主要流行于东北的萨满教，也是后来才知道的，但是村民内心的殷切与焦灼却明明白白地写在了脸上，被他吟诵的歌诀给唱出来了。他们渴望莫三爷的祷词能给他们求来风调雨顺，求来好的运气和年成，其中不少男丁希望身旁黑土地上几十辈的先人之灵，也能够在冥冥之中暗地保佑他们。都说"男人膝下有黄金"，可是为了家，为了或大或小的孩子，为了各式各样的生活，他们的膝盖还是虔诚地跪在了黑土地上，不敢有丝毫的怠慢。

三舅舅和四舅舅兄弟俩四目相对，但是默然无语，眼角都挂满了泪花。他们老实巴交，一辈子靠天吃饭，靠土地吃饭，靠力气吃饭，干活儿，吃饭，睡觉，起来再干活儿，再吃饭，再睡觉，这是农民改不了的本分。但是，天、土地和力气也有靠不住的时候，连续三年的干旱天气，让弟弟老五的婚期无奈地一推再推，聘礼非但没有随着时间的推移越来越丰厚，反倒瘦得不能再瘦了。作为哥哥，他们觉得对不住老五，对不住埋在黑土里的父亲的灵魂，父亲临终前的殷殷嘱托他们必须完成啊，否则就枉为人子。还有老娘，两年前夜里就经常咳嗽，衣襟被血染红也已有一年，那不就是营养不良导致的肺结核吗？可填饱肚子之后，家里再没余钱医治，病情活活被耽搁了。虽说穷人生病,不是需不需要医治,而是有没有条件医治,但老娘的病实在不能再拖了啊。

祈雨仪式举行的间隙,我听到急红了眼的大伯父在和大儿子嘀咕,现在小麦和玉米正在灌浆,最需要雨水,哪怕老天下一厘米的雨给老百姓也好啊,村子瘦得不能再瘦了;老话说,立秋吃黄瓜可以减肥,哪怕立秋时咱们全村都吃黄瓜,每人瘦掉二斤呢。

睁了无数次眼,闭了无数次眼,膝盖们一直在跪拜着,祈祷着。

好不容易来了一片云,黑黑的,有经验的村民说,那是有雨云,所以村民们觉得黑也黑得美,黑得让人欣喜。那片云在上空盘旋了好一阵子,中间还夹杂着一阵雨前的风,带来长时间里少有的惬意,只是在村民的急切盼望和欢叫声中,那片云又慢慢地飘走了,走得还有那么一丝缠绵和犹疑。

太阳更加毒辣了。

这时,不知从什么地方传来一阵毛驴的叫声,一声,两声,三声……开始声音很低沉,沉闷得有些瘆人,紧接着后面的声音突然高亢了起来,一声紧似一声,一声高似一声,听起来有一种说不出的畅快。邹三爷、大伯父、四舅舅的喉结,跟着动了几下。

雨却迟迟地没有来。

第二天雨仍然没有来。

第三天雨还是没有来。

膝盖们却在记忆里跪了五十年。

玉秀在春天

当最后的一株玉米被锋利的镰刀割倒之后,松嫩平原上遍体鳞伤的秋天,似乎已经不在乎多出的一两处刀口了。

漆黑的夜里,一阵风过,季节的脚步来得好像有些超前了,李向阳村最东头玉秀家房前的那株百岁老榆树,猛然感到了一丝凉意。屋内亮了九十年的那盏油灯,悄然间熄灭了。玉秀,一个普通得不能再普通的农妇走了的噩耗,让村民们的泪水无意中打湿了北方的清晨,一向平静的村庄,也不能再平静了。

玉秀是村里王二木匠的三女儿,母亲在村东南的地里收玉米时,匆匆忙忙地生下了她,于是玉秀就成了她的学名。她从小便讨厌"七仙女"的娇气,天生丽质,不施脂粉。在父母的眼里,玉秀早晚是泼出去的水,"女子无才便是德",所以她小学毕业后便让她辍学了,在家洗衣、烧菜、捡麦穗、打猪草。十八岁时,玉秀这株玉米"蹿红缨儿"了,出落得亭亭玉立,标致水灵,脸蛋仿佛刚出炉的水豆腐似的,又白,又嫩,又滑腻。刚好,邻居李伯伯家的二儿子大兴,和玉秀东西院住着,一块儿长大,玉秀从小就爱和比自己大一岁的大兴哥玩"过家家"的游戏,日积月累,两情相悦。双方的家长也都看在眼里,1944年春天,就托媒人在中间说合,给大兴和玉秀定了亲,并在村里热热闹闹地摆起酒席,宴请乡亲们。

1945年农历"二月二"那天,太阳格外红,但是怎么也红不过李向阳村的大喜事,玉秀白白胖胖的儿子狗剩儿落生了,大兴和他爹乐得好多天都合不拢嘴。可惜,老天常常不遂人愿,补身体的鸡蛋和亲友们祝福的潮声还没有完全退落,国民党就挨村挨户地抓起了壮丁,大兴因身强力壮而"中彩",他被带上车拉走的那天中午,玉秀已经哭干了眼泪,对着远去的汽车,大声喊道:"大兴哥,我等你回来。"然而,"回来"是谈何容易啊,这一等差不多就是一个甲子,"回来"由一个动词活活蜕化为伏在纸面上一个生硬的名词。开始,大兴隔三岔五还有信寄来,先是说在江西山区打仗,接着说全师退守到了福建,后来听同被抓走而后逃脱的老乡说大兴被逼到台湾了,再后来大兴就渐渐成了一帧墙上的照片和一段在高雄流浪的传说……

日子再苦,也得接着往下过,何况家里还有未满周岁的儿子、整天不住嘴叨咕的痴呆公爹和急火攻心瘫痪在炕上的婆婆。玉秀想到过以死解脱,但她总不甘心,有时侥幸地想,大兴说不定还活着,她一定要等他回来,不然自己死了,他回来怎么办啊?并且,生活的皮鞭催得玉秀来不及伤感,村前那块撂荒着的地在等待着耕种啊，于是她只能把眼泪咽在夜的嘴里，任凭它们打湿一个个不眠之夜，在春天和夏天，背起刚要学会走路的狗剩儿，面带微笑，同男人一样下地干活儿，耕地、撒种、锄草，有时累得筋疲力尽，直不起腰来。虽然，人在壮年，偶尔也会做一些带点儿颜色的春梦，梦里的主人公也多是大兴，只是她的梦常常做到一半，或刚刚开头儿，就被狗剩儿的哭叫声和婆婆突然的招呼声打断，懊恼也无济于事。到了秋天和冬天，各种活计接踵而至，搞得玉秀想停都没法停下来，生活中的她无须别人抽打，已经成了一只能够自动旋转的陀螺。

慢慢地，狗剩儿长大了，可以帮玉秀分担一些活计了，经常主动照顾爷爷奶奶。贫穷的日子说慢也慢，说快也快。中间上面也派人来追查过大兴的身份问题，但几次都定不了性，一是大兴是参加了国民党，但手上没有血债，再有大兴的父母疯的疯，瘫的瘫，玉秀和狗剩儿孤儿寡母的，实在可怜，上面也没办法，只好浮皮潦草地批斗过玉秀两次了事。连死都不怕的玉秀，自然"宠辱不惊"，从容过关。当日子挨到1960年代初，公公和婆婆不到半年里相继撒手人寰，他们去"享福"了，对玉秀来说也是一种解脱；懂事的狗剩儿学习刻苦，憋足了劲儿，在1964年以全县最优异的成绩，考到了吉林大学中文系去读书，成了有史以来村里走出的第一个大学生。只是，近二十年里玉秀一直咬着牙挺着，把月亮咬得圆了又缺，缺了又圆，把一团青丝咬成了满头白发。

又是几年过去,狗剩儿大学毕业后留在长春的一个政府机关工作,很快生活就有了起色,置了房,安了家,妻子对婆婆也很孝顺,他们夫妻二人逢年过节时,就大包小裹地回家看望玉秀,生怕她苦着。他们一回来,玉秀便十分高兴,邻居说她额头上的皱纹好像都舒展开了,但他们发现母亲好像又矮了几分,一个人住着两间房,屋子越来越显得大,身材却越来越瘦小。她自己也觉得一个一个无眠的长夜,寂寞的黑和六十多平方米的孤独,对她来说不啻一剂慢性的毒药,发作起来不好忍受;尤其是漫长的黑里,有时传出的鬼魅呻吟,让她有些恐惧。可是,当狗剩儿夫妇担心母亲年事已高、生活不便而回村接玉秀进城时,她却在一阵犹豫后,拒绝了他们的好意,她强调自己本是黑土地上长出来的"庄稼苗儿",守着自己的几十亩地心里踏实,住不惯城里的高楼,"庄稼苗儿"如果移入水泥钢筋周边的花圃,说不定随时都有枯萎的可能。儿子媳妇一点点地理解了,也没有再勉强她。而后数年间,玉秀一个人在小院和田间出入,小脚也渐渐感到吃力,变得越发蹒跚了。

玉秀很少再与人谈起大兴,墙上的镜框也被她默默收了起来。大兴六十多年没有消息,好像从人间彻底蒸发了一般,玉秀也只有在夜深人静时,才将镜框取出,对着照片,有说有笑地和大兴说上一会儿话,然后安安稳稳地睡觉。听屯子里的村民说,玉秀走的时候表情很安详,脸上仿佛还带着一丝微笑。或许玉秀和大兴在梦里重逢了,或许玉秀正奔走在去见大兴哥的路上。

没有鸟儿叫的春天

初夏时分,回到阔别多年的乡下老家,和亲人、邻居相见聚谈,有说不出的轻松和亲切。看到上初中的外甥很懂礼貌,个头儿高了很多,心里愈加高兴。只是看他小小年纪就戴上了度数很高的近视镜,周末天天在家恋着电视,有些疑惑不解。

实在忍不住,便问:"你怎么不拿夹子打雀儿去啊?"

外甥一愣,接着说:"舅舅,除了家贼,这里没有别的雀儿啊!"

"是吗?我像你这么大的时候,咱家这雀儿的种类很多啊。"

三十多年前,我正上初中,那时高考制度还没有恢复,读书也没有现在那么大的压力。一年四季的节假日,差不多都是拎着自己用铁丝盘的夹子,村东的水坑、房后的小树林、家里的小园、公家的谷地等,满世界地打雀儿。

一进5月,村东大坑里的冰便开始融化,渴极了的鸟儿们纷纷前去找水喝。这时候也是我们最快乐的时候。拣雀儿们可能落脚、必须经过的地方,把削棍儿上夹着玉米秸里剥出的虫儿的夹子，用土埋在那里，一定得埋严实，外面只留一个玉米虫，越大越显眼越好。然后，躲到几十米之外的浅坑，隐蔽地趴下，屏住呼吸，探着脑袋，急切地看饥渴的鸟儿落下，移动，有时心都快跳到嗓子眼了，但绝不敢弄出一点儿响动。如果是肚皮黄黄的"烙铁背儿"，或者浑身鲜艳的"红马料儿"，可能会直奔虫一头触去，只听夹子一响，一小片土烟儿腾起，十有八九就有谱了，那高兴劲儿就别提了。要是碰见眼神不好的"瞎三道儿"，那可就折磨人了，有时它从这个夹子前悠然走过，对夹子上的虫视而不见，而去叨临近夹子上的虫，真是够气人的。但是，知道自己的夹子打住雀儿了，再急切也还不能动，因为还有其他的雀儿在觅食，否则你一欢叫或跑动，就会吓跑它们，被同伴认为"德行"有问题。

　　夏天打雀儿在村后树林的时候也很多。为了吸引雀儿，在树林里用铁锹挖个直径一米左右的坑，注满从家里担来的水，坑的周围下满夹子，雀儿从哪个方向经过那儿，都不会落空，命中率极高。打雀儿得琢磨它们的习性，比如说"麻出溜儿""蓝靛杠儿"，还有大一点儿的"串鸡"都爱走直线，你最好在笔直的小壕沟里或两行树之间下上夹子堵着它，它们的眼睛都很尖，离夹子很远的时候，就能看见虫，之后以箭一般的速度目不斜视地直奔主题。至于小如树叶的"柳粪球儿"，傻傻的，并且极不"按套路"行动，你可以把夹子直接放到小树上，也不用隐藏，一会儿就能夹到好几个。但因为它长得太小，一般不爱搭理它，别的鸟儿不多时，有它也就凑合了。

一旦打到了雀儿，放到灶坑里烧上，火儿不能过大，否则就烧焦了。当你把烧好的雀儿拿到院子里吃的时候，很远的地方都能闻到一股说不出的香味儿。我敢说，那是过了春节后一直没吃到肉的孩子最幸福的时刻。咱乡下人厚道，打到的雀儿一般自己舍不得吃，大部分都给了左邻右舍更小的孩子。

到了秋天，可以用滚笼滚苏雀儿。把用高粱秸扎好的笼子挂到稍大一点儿的树上，笼子上面设了好多滚儿，最少的也有两个，多则四个、八个不等。滚儿的下面用个很重的东西坠上，看上去滚儿和笼子的其他地方没啥差别，也是平平的，但它极敏感，雀儿若落到滚儿的中轴上没有什么变化，一旦落到中轴以外的滚儿上，迅即会掉到笼子里，再就很难翻上来了，多的时候一次能滚进二十来个雀儿。当然也有比较狡猾的，它只在滚笼的四周绕圈儿，就是不往滚儿上落，弄得你心里好像爬着许多小虫子，痒痒的。滚苏雀儿最关键的是"蚰子"，如果放个好的"蚰子"在那儿一叫，别说声音的穿透力可以传播方圆几百米，光是那曲调儿就婉转异常，绝对是雀儿中最好的歌唱家。天上飞的，远处落的，一听到它呼朋引伴的叫声，立马就会前来报到。

冬天就更闲不着了。东北的天冷，学校老早就放寒假了，闲着无聊，我和小伙伴便戴上狗皮帽子和手捂子，拎着夹子满世界找雀儿去。漫山遍野的大都被雪覆盖着，如果你找到一片谷子地，用鞋蹚开一块黑地，稍稍离开一点儿距离，要不了多久，一群群的雪雀儿就会不顾一切地落在上面，那你就等着在夹子上摘雀儿吧。有一次连续两天的大雪，让无处觅食的雪雀儿们饿蒙了，那天我和伙伴儿范小子在屯子西南的谷地清理出两块相距不远的黑地，每块地上支了三十多盘夹子。去这块地上摘雀儿时，雀儿们就飞往另外一块黑地，到那块地上摘雀儿时，雀儿们又飞回到这块黑地，不知道为什么，那天雀儿出奇地厚，一波一波的，好像赶也赶不尽似的。看着满天的雪花儿和雪雀儿们一起飞落，我心里那个美啊，几个小时下来，居然打了差不多三百只雀儿，回家时都快拿不动了，有一盘夹子居然同时夹住了三个雀儿的脑袋。那个正月，我和弟弟妹妹一直都在吃妈妈用豆油炸过的雪雀儿，因为整天在谷地里奔跑，把新买的胶皮鞋底扎满了小眼儿，挨父亲责骂、母亲吓唬我打死那么多雀儿以后老了死后过不了鸟儿山时，心里仍然还有一丝淡淡的得意。

…………

正在给外甥眉飞色舞地白话着，姐姐过来了。她笑着说："还说呢，因为打雀儿你差点儿耽误了考大学。"是啊，当年考大学的一个月前，我居然从县上一中跑回家，打了一个星期的雀儿，要不是父亲发现及时把我赶回学校，说不定我现在还在家乡那片土地上赶日月呢。

现在正值春天，该是鸟儿欢叫的季节啊！鸟儿们都到哪儿去了呢？没有鸟儿叫的春天，孩子们的心会不会太寂寞啊？

那天晚上我做了一个梦，在梦中，我和外甥变成了一大一小两只鸟儿，自由畅快地并排飞着，下面长满了随时可以栖息的树林，远方是没有遮拦的天空。

高三爷之死

北方的夏季,天亮得特别早,到了 6 月下旬,有时不到四点钟的光景,太阳就老大老大地挂在空中了。锄草最忙那会儿,村民们都是先到田里干上一两个小时的活儿,然后再慢慢地回家吃早饭。因为父亲和姐姐都是生产队里的硬劳力,我家的饭时也就相应提前了。

记得很清楚,那是 1975 年 6 月 27 日,星期五。读小学五年级的我一路小跑,刚七点半就奔到了和盛公社新祥小学三合初小的校门口。以往这个时候,老校工高三爷早就把不大的校园收拾停当,干干净净,等着八点钟上课了,而那天却有些异样。我发现我最要好的同学、玩伴儿高民,正在用小手儿使劲儿拍打着收发室的门,带着哭腔儿不断地喊:"爷爷,快开门啊。"原来,高民是来给爷爷送饭的,但是门在里面反插着,他叫了半天,也听不见应声。

我和高民一齐喊了一会儿,屋里仍然没有一点儿动静。没办法,我俩只好合力用劲儿往里撞,门开了。高三爷躺在炕上，一动不动，好像还没有睡醒的样子。再仔细看，他贴近枕头的嘴边有一些白沫儿，人已经没了呼吸，枕旁放着一个空了的安眠药瓶。惊骇不已的我，慌忙跑出收发室，准备去村里喊人，一瞬间我发现陆续到校的学生们非常安静，那几个曾经取笑过高三爷为"瘸狼"的淘小子，也木然站在窗下，侧耳倾听着收发室内的动静。听不到曾经听惯的铃声，看不见以往看厌的佝偻的身影，他们感到很不适应。在北方，中国最北部的乡村，大雁刚刚叼走清明和4月以及5月的冷，学校打更的高三爷猝死的消息，又在村民的心上刮起了一阵剔骨的寒风。

高三爷死时还差一岁及至花甲。他平日里看上去没有任何打眼的地方，就像学校门前的榆树那样平凡，像村子后面的田埂一般普通，甚至除了"老高头儿"之外，没有几个人知道他具体的大名。五十出头那年，老婆在一场意外的交通事故中离她而去，而后他便住进学校做起了校工。高三爷生在山东阳谷，原本是位战功赫赫的英雄。据说在和国民党在吉林的四平一带对垒时，他孤身一人端了敌人的两个碉堡；抗美援朝的战场上，他用刺刀挑了七八个美国大兵，最终一块弹片的飞入，把年轻轻的他变成了跛足。我看见过高三爷无聊孤寂时悄悄欣赏、摆弄自己珍爱的十几枚勋章的情境，他也好几次给我和他孙子高民讲述自己南征北战、戍边卫国的事迹。1950年代中期，他从部队转业到黑龙江，经别人介绍，找了一个东北姑娘，于是就在讷河县和盛公社安了家。

妻子能干贤惠，有黑土地的朴实与爽快，高三爷婚后很幸福，儿子维保的问世，更使他们三口之家喜上加喜，其乐融融。维保上学后，读书很用功，虽然脑子不是特别灵光，但成绩还不错。三爷对他那叫一个殷殷期待，望子成龙，只是那些年取消高考的政策，彻底断了三爷的念想。儿子大了，他托媒人在邻村给找了一个李姓的媳妇。这女子面目长得倒也和气，可性格却泼悍无比，进门没多久便因一件琐事，把维保和他爹高三爷一块儿打了。此后，生性懦弱的维保事事都听老婆的，渐渐地也对父母横眉冷对起来，后来稍不顺心即对父母动手动脚。就在三爷妻子过世的第二年，维保将他爹暴打一顿，赶出家门，孝顺的孙儿看在眼里，也无计可施，唯有流泪的份。有一次，三爷和邻居哭诉："儿打爹二十三回半。"邻居非常气愤，问他"半"是怎么回事，他无颜地以头撞地，说："那一次他把我推倒了，但是没打我。"村支书实在看不下去，这才有了三爷搬到学校当校工的茬儿。

也有人提起过那瓶空了的安眠药，高三爷恐怕不是自然死亡，而是自杀，每天彻骨的孤独和饥饿，让他把一瓶安眠药绝望地塞进黑夜的大嘴里；但是民不举官不究，家人都不过问，又有谁愿意"多管闲事"呢？高三爷去世那天，由儿子和媳妇做主，给他钉了一个白茬儿的简易棺材，放置在校园西南角的两棵榆树下，偶有吊唁的过来，儿子和媳妇就干号几声，吊唁的一走，他们该摆扑克的摆扑克，该打毛衣的打毛衣。第三天头儿，许多村民自发前来，想送高三爷最后一程。随着起灵的喊声，白色的纸花迅速从人们胸前凋落，儿孙们的哭声也马上止住了。三爷的棺材被一些壮汉抬着,埋进村前一片开阔的大草甸子上,三爷终于有了一个完全属于自己的家。三爷入土的那一刻,村里平常过于寂寞的小孩子们,都跑跑颠颠地前去看热闹,不时还觉得有一份新奇。当一锹锹黑土渐渐把棺材严实地覆盖住后,村里德高望重、年龄最长的王二先生平静而庄重地喊了一声:"三爷,你去天堂了,走好。"

从草甸子回村的路上,我想了很多。听长辈们说,我们公社和大队百分之八十的人都是近一百年里从山东、河北闯关东过来的,尤其是山东人更多,所以有的地方干脆就叫山东屯儿。山东,书上说是孔孟之乡,是中华泱泱大国的礼仪之邦,那里的人最讲究仁义和孝道,仁义和孝道也是儒家文化中最核心的东西。可是,为什么我们的身边又有那么多违背人伦和纲常的现象发生呢?是齐鲁文化被仗义而鲁莽的东北文化给变薄弱、异化了,还是人性中潜伏的恶的力量太强大了?如果孔孟之邦的山东人都这么不孝顺,那其他地方的人又会怎么样呢?我越想,不成熟的心里就越糊涂。

好多年里,我的脑海中怎么也抹不掉那口白茬儿棺材的影子,它仿佛一直停在校园西南角的榆树下,又像一枚移动的长方形的印章,把耻辱重重地烙印在我们村耸起的额头上。它似一道记忆中被无情撕裂的伤口,四十多年里一直难以愈合地痛。

高三爷死后,又有人接替他,每天打铃,把学校的秩序按时摇醒。我也很快就由小学升入大队的初中学校去读书。说不清为什么，那时也没有"黑色的星期五"之说，反正我再也不愿意从三合初小的门口路过了。虽然那里曾经种植了我五颜六色的梦想，有着我无限的往事和留恋。

吹唢呐的金三儿

两年前的春节前夕,我回到了阔别多年的故乡黑龙江讷河,儿时的伙伴高见告诉我,金三儿走了。我一时默然,算起来,金三儿走时还不足五十五岁啊。

金三儿是我的小学和初中同学,住在隔壁村。因为是家中的独子,父母格外宠爱他;也因为是独子,他十一二岁便随父亲学会了看家手艺——吹唢呐,也就是喇叭。父辈留下的几个男丁里,他排行老三,所以大家叫他"金三喇叭"。

我们读小学的 1970 年代初期,北方农村的生活单调得厉害,夏天还好,绿油油的庄稼和草甸上的蝈蝈、芍药花对童年与少年充满了诱惑,但是到了秋天,田野上变得光秃秃一片,甚是荒凉;尤其是冬天,除了三四十间土坯房,就是一片白茫茫的积雪,阴冷得很。进入 12 月下旬后,天又黑得特别早,下午三点多钟,太阳就不见了踪影。到了晚上,无尽的寒冷里,偶尔呼啸的北风出来说说梦话之外,村庄寂寞得犹如鳏夫的长夜,连家家豢养的牛马鸡鸭的鸣叫,似乎也因寒冷、长期寂寞而变得非常吝啬。但也就在这个时候到春节前夕，刚刚上交国库余粮的生产队，会给家家户户"分红"，想嫁闺女、娶媳妇的就先后动作起来。这时节，是金三喇叭和他父亲金大喇叭的黄金季。

说不准哪一天，清脆的唢呐声从村庄响起，那便是谁家嫁娶的"红事"进入正题了。一阵阵唢呐声中，新郎与新娘入场，接着是新婚典礼、拜天地、入洞房，一切都有条不紊、热热闹闹地进行。在婚礼现场的一角，金三儿眼睛瞪得铮亮，炯炯有神，两边小脸儿不大的腮帮鼓鼓的，《百鸟朝凤》《抬花轿》等一曲曲调子传出后婉转优美，出神入化，仿佛整个村庄喜怒哀乐的表情借着那些曲子生出了翅膀，有了活脱脱的生命和生气。每逢这时，人们便小声嘀咕："金三喇叭吹得比金大喇叭好。"那会儿，金三儿只有十一二岁啊！

金三儿初中毕业辍学，农忙随父母在家种地，侍弄庄稼，农闲时则跟着父亲走南闯北，几乎每天都走在讷谟尔河两岸的乡土路上，靠吹唢呐为生。二十三岁那年春天，夜间一场雷电引发的大火，夺取了金三儿父母的命，当他们被村民从熊熊的火焰救出时，已成烧焦的"炭棒"。从此，有几年金三儿居无定所。记得我大学毕业后的一个暑假，偶然碰到他，他说："现在也没有什么家的概念了，走到哪儿天黑了，哪儿就是自己的家。"他说得淡然，却因此失去了爱他的同村姑娘杏花。

杏花是金三儿家的邻居，两人都属虎，青梅竹马，一块儿长大，渐渐地互相暗生情愫。杏花最爱听金三儿的唢呐声，看他吹唢呐的样子，在自己的村子里听不够，有时还跟着到附近别的村庄去听。在唢呐声中，一个乡村少女把她的想象力发挥到了极致，她不断憧憬着世界的美好，好几次想到和金三儿洞房花烛的情景。可是，杏花到了该嫁人的年龄时，金三儿家的两间房子偏偏被烧掉了，金三儿成了光棍儿"孤儿"，原本十分看好金三儿的杏花父母也变了卦。金三儿住在唢呐声中的两间砖房，始终悬着，没有办法落地。在父母的操持下，爱听唢呐的杏花被迫远嫁他乡。临行前夜，杏花找到金三儿，几乎哭成一个泪人，坚持要把自己的身子给金三儿。金三儿心如刀绞，却只得克制自己，好言劝慰，眼睁睁地看着心上人远嫁他乡。杏花嫁人后，再无消息。金三儿的唢呐，又一次尝到了彻骨孤独的滋味。

在唢呐声一年一年的流淌中，数不清的年轻佳人喜结连理，住进了温柔之乡。当然，也不时有《哭灵曲》从金三儿的唢呐中铺天盖地地传出，一个一个鲜活的生命退出人间舞台，唢呐声里，土地似乎又颤抖着长高了一些，那是一座一座简陋得不能再简陋的坟堆，乡下人生命最后的家。有几次，金三儿望着飞舞在空中的圆圆的纸钱儿出神，望着望着，它们忽然间就变成了清凉的雪花和飘飘欲仙的蝴蝶，很是美丽。

父母双亡的劫难，悲痛欲绝，却没有让金三儿倒下，只是自那以后他跛了一只足，丈量土地时尝到了更多的艰难。随着时间的流逝，乡下人文化生活也越来越丰富，电视机、摇滚乐、卡拉OK成了人们司空见惯的事物，而在电视机、摇滚乐和卡拉 OK 吆喝声的挤压之下，唢呐的声音和身段都变得越来越低，像一个被遗弃的丫鬟，听唢呐的人也越来越少了。

除了唢呐，金三儿差不多一辈子是在和自己的影子过日子。因为没有家，没有孩子，分产到户后，他在农忙的时候就在经营自己家的责任田，住在田里的小麦、黄豆和土豆们，自然成了他精心呵护的孩子。每天早晨起来，他把阳光和土豆、茄子一块儿煎炒，连笑声里都洋溢着一股明朗清新的味道。但是，一旦老天不下雨的时候，看着龟裂的庄稼地里那些病歪歪的孩子，那种尖锐的惨象也会划破秋天的肚皮。后来，金三儿的胃就经常不舒服，出血。

也是在一个雷雨交加的夜晚，金三儿默默地离开了这个世界。第三天，邻居们把他送到村前的责任田里，把他和父母的坟墓并排埋葬了。听说，他死后，跟随他多年的那条黄狗，突然间变得异常安静，安静得不声不响，安静得有些吓人。三天里，它守着金三儿，不吃不喝，三日之后，不知所终。

金三儿走后，吹唢呐的技术在村子里彻底失传了。不知道唢呐算不算世界非物质文化遗产之一种，但是我清楚，从那以后村庄更加寂寞了。

忆念那盏灯光

松花江畔有一座很美的城市哈尔滨,我在那儿学习、工作过整整二十二年。如今,虽然已定居天津,但那里的同学、学生,父母、兄弟,没有污染的天空,拙朴又洋气的建筑,大碗喝酒的吆喝,贴近故乡的心事,都经常蜂拥入梦,带我流浪的心回到从前。

入梦的,还有对面楼上那盏灯光。

那时我刚刚硕士研究生毕业,因事业正处于爬坡阶段和教书的职业病,渐渐地把自己变成了一个"夜猫子"。晚上经常守着从农民父母身上承继来的本分,把别人用来消遣的时间,交给青灯黄卷和桌上那些单调的格子。它们是我的精神家园,我必须牢牢抓住的生命之根。每逢双眼干涩、腰酸背痛,站起来活动一下筋骨时,才发现窗外早已万籁俱寂。在北方,大家习惯早睡,晚上十点钟,很多人已鼾声连连,何况进入三星偏西时分。这时就常有一丝孤独悄然爬上心头,也还伴着一点点恐惧,小时候我曾经是一个非常怕黑的孩子。

一个秋末的黄昏,从电话里得知,老父亲在干农活儿时被马车碾轧,肋骨断了两根,住进了乡里的医院。当天赶往乡下的车已经没有了,只能挨到第二天早晨再想法子。这时,夜已经很深,但猜测着父亲的伤势,我烦躁得怎么也睡不着,只好枯坐灯前不断地叹气,拿起一本书,发现书上的每个字都认识,但对我却毫无意义。也就是在那一瞬间,我无意地一抬头,发现对面的六层楼上,仍然亮着一盏台灯,灯光在无边的暗夜里格外耀眼,像一朵盛开的莲花,又似一抹温和的笑容。不知为什么,我的心一下子沉静下来了。

一周后,当我从乡下探望父亲归来后,开始注意起对面楼上那盏灯光。每晚的九点左右,它会准时亮起,一直到凌晨两点,都在静静地燃烧着。一天,两天,一月,两月,一年,两年,一晃就是十年,从未有任何变化。于是,我的黑夜不再寂寞。不论是细雨缠绵的春日、丁香弥漫的夏季,还是暖阳漫步的金秋、飞雪缤纷的冬天,总有它和我的灯光遥相呼应,一南一北,像有意做伴、互致着问候似的。

我不知道那盏灯的主人是正在读书的学生,还是和我年纪相仿的研究者,抑或是常年卧床的病人,白日里几次想打探个究竟,却始终因楼距太远没看真切。有几天晚上,它竟反常地没有点亮,我的心也随之不安起来。直到几天后,它再次亮起,我才又恢复到正常的工作和学习生活中。

后来我搬到另外一座楼上,房间由一个变成了三个。可晚上读书时,心里却总是不踏实,有几次,特意回到原来住过的楼下，呆呆地望对面六楼的那盏灯光，害得妻子直笑话我总爱"瞻前"，提前进入更年期了。

如今，我离它更远了。对面六楼的那盏灯光，此刻你还好吗？

诗人散文
SHIREN SANWEN

第四辑 拾贝的日子

诗人与校园遇合

2004年，首都师范大学诗歌研究中心和《诗刊》社联合，首创驻校诗人制度，每年从《诗刊》的"华文青年诗人奖"获得者中遴选一位驻校，至今这一制度已相继惠泽江非、路也、李小洛、李轻松、邰筐、阿毛、王夫刚、徐俊国、宋晓杰、杨方、慕白、冯娜、王单单、张二棍、灯灯、祝立根、林珊等近二十位诗人。

驻校诗人制度确立的意义早就得到了强有力的凸显。青年批评家王士强断言："驻校诗人与高校之间可谓是一种双赢的关系。"其实，它带来的或许更是多赢的结果。通过驻校的平台，年轻诗人自然会提升写作经验和写作层次，愈加拓展知识、交际视野，补足、夯实诗学理论方面的修养，保证自己再写起诗来绝不会一味在情感上跑野马，而将逐渐自觉而有底气。事实证明，江非、路也、李轻松、宋晓杰、冯娜等驻校诗人，先后获得过鲁迅文学奖、屈原诗歌奖、徐志摩诗歌奖、郭沫若诗歌奖、泰山文艺奖、人民文学奖·诗歌奖、骏马奖、柔刚诗歌奖等多种重要的奖项，已被视为当下中国诗坛不可或缺的中坚力量，甚至其中部分诗人完全具备了问鼎或者说冲击全国文学最高奖的实力。对学校来说，它浓化了文学气氛，丰富了校园文化建设。具体说来，经过与驻校诗人一次次的交流和碰撞，经过一次次学术活动的操练，在年轻的研究生里催生出了一批优秀的新诗研究者，像霍俊明、张立群、王士强等已是同龄人中的翘楚和骄傲，他们从吴思敬、王光明、张桃洲、孙晓娅等先生那里获得学术滋养后，又纷纷在天南海北的各地高校和文化机构中播撒诗歌的种子，这种"合力"的作用使首都师范大学诗歌研究中心成了名副其实的中国新诗批评、研究的中心与重镇。

可以肯定地说，通过诗人和诗歌研究者、广大学生的近距离接触与对话，在一定程度上缓解、消除了诗人与高校、创作界和批评界始终存在的紧张关系，对抗、遏制了日益程式化的诗歌教育弊端，为数年前曾经呼吁过的诗人学者化提供了一种可能。

说起新诗创作和批评之间的关系，很是令人感慨。本来新诗诞生之初，胡适、闻一多等诗人在学校任教就开了一个诗人学者化的好头儿，诗歌创作与欣赏之间的关系也相对协调，像胡适、郭沫若、闻一多等人的诗歌作品一经问世，诗坛马上就有正面的反响和回应。可是，后来这一传统却悄然出现了断裂，创作界和批评界严重隔膜，互不买账。很多时候，诗人在闷头写自己的诗，从来就不看评论，批评者做纯书斋里的学问，根本不问诗坛的风云走向，诗人和高校之间基本脱节。这种断裂、隔膜的直接后果是，高校与中学的大量教师所受的诗歌教育过于陈旧，面对新诗作品一片茫然，以至于一些人干脆"旧瓶装新酒"，用过于传统的诗歌欣赏理论硬套新诗作品，不但十分蹩脚，而且常出笑话。而驻校诗人制度的出现则改变了这一现状，它改善了创作和批评、大学与文学的关系，使写和评之间的界限不再壁垒森严，使有的诗人和阅读者、研究者打成一片，成了无所不谈的朋友，影响了对方的审美乃至生活方式。虽然说俄罗斯诗人布罗茨基在美国密歇根大学当驻校诗人时，美国评论家说"一个驻校诗人胜过多少个教授"有点儿言过其实，却也道出了驻校诗人可以激发学生想象力、创造力的实情，诗人驻校后的现身说法，让学生知道了创作是怎么回事，感到诗歌不再那么神秘、玄奥、遥不可及，并在直观的对方中发现自我，使自身蛰伏的敏感、创造性潜能与思维被唤醒、被激发，从而也就对以往刻板、空洞、停浮于理论层面的诗歌教育现实有了良性的冲击。如在与驻校诗人的交往中，本来即是诗人的霍俊明、张立群等写得更多更好了，龙扬志、罗小凤等从首都师范大学走出去的学子在进行专业研究的同时，也拥有了诗人的身份，不断在高水平的刊物发表作品。与之同步，本来就直觉能力超群的诗人们，经过理论的训练后也具备了批评者应有的素质，像江非、李轻松等人的诗歌评论文章都有着相当的深度和水准。

或许，首都师大驻校诗人制度留给人们的启迪更为重要。

如今开展驻校诗人项目的学校越来越多,光北京就有北京大学、中国人民大学、北京师范大学数家,如果说其他几家瞩目大诗人、注重影响的话,那么首都师范大学则把眼光定位在需要"雪中送炭"的有潜力者身上,遴选标准的一个重要特点就是注重"青年",给驻校诗人提供住宿条件、生活补助,为他们开研讨会、办讲座创造机会,同时又完全尊重文学创造的艺术规律,给驻校诗人以充分的自由的空间,对他们在作品的创作、发表方面不做硬性的规定和要求。

首都师范大学中国诗歌研究中心为什么要以各方面的投入和付出这样做,并逐渐地使之常态化?用他们自己的话说是:"考虑的是扶持青年诗人,为以后的新诗发现、培养与储备可能的人才。"而着眼于青年就抓住了诗坛的未来和希望,所以我觉得他们通过驻校诗人制度,进行沟通大学教学和文学关系的探索,即是应和现代形势、同国际接轨的创新性举措。有人说,作家驻校、诗人驻校,在海外的很多大学里是文学与大学教育沟通互补的一项行之有效的制度,也应该融入国内文学教育体制,成为国内高校中文学科未来教学改革、人才培养的一种方向。我觉得首都师范大学中国诗歌中心这种"奉献"模式的驻校制度设立,值得人们敬佩,也值得那些有条件的高校学习和推广。

首都师范大学中国诗歌研究中心的驻校诗人制度取得了很大成绩,提供了诸多经验,也促进了人们对国内诗歌教育问题的反思。如果它在遴选对象时能够再注意地域、年龄层次的合理分布，适当吸收有志于诗学批评的年轻学者，和研究生的培养结合，使每一届驻校诗人都把驻校当作新的创作起点，切实获得创作水平的提高，而不仅仅停浮于诗歌活动的参与，当会拥有更为广阔的前景。

我看新诗教育

最近几年我常在思考一个问题，为什么1930年代吴霆锐会投书《现代》杂志，批评其刊载的诗为"谜诗"——为什么朦胧诗出现时，广东的章明竟然那么"气闷"，发文声讨——为什么如今社会上很多读者纷纷抱怨当下的诗歌太晦涩？"看不懂"的命运怎么一直伴随着新诗历史的始终，它的根源究竟何在？我想症结不在诗人，诗人任何时代都不该负教育之责，也不在读者，选择读与不读，是读者永远的自由和权利。这个问题虽然成因复杂，但新诗教育的落后和薄弱恐怕难辞其咎。

说到新诗的教育是一件令人十分感慨的事情。中国本来是一个诗的国度，其深厚的诗教传统，滋养了一代一代中国人的民族气质和精神结构。孔子当年就开启了以"兴观群怨"为价值取向的诗教源头，甚至强调"不学诗无以言"。孔子以降，经老庄、陆机、刘勰、钟嵘、司空图等大批文论家的承续，诗歌鉴赏理论的体系日趋完备。新诗草创期批评与创作还基本上能够达成同步，胡适的《尝试集》还没出来，钱玄同就写好了序言，一部诗集一出来，马上就有所反应；新月诗派影响渐出，梁实秋的《新诗的格调及其他》就迅速跟上，现代诗派崛起不久，孙作云的《论"现代派"诗》就几乎为之进行了"盖棺论定"。可是进入当代之初，这个传统却出现了断裂，相对于日新月异的作品文本，新诗的批评、鉴赏理论严重滞后。断裂的后果是不少教师在语文课堂上最发怵的就是讲授新诗，有些人干脆按照时代背景、诗人生平、段落大意、思想内涵、艺术特色的讲授习惯一路下来，对接受者造成了很大的误导。根本想不到、不注意培养学生的阅读方法，久而久之，新诗之美也就被毁了。

必须承认，现在新诗在教育实践中是最尴尬、最不受重视的，甚至每年高考的国家卷和各省语文试卷中，在作文题的题干中总会出现这样一句充满矛盾的提示："文体不限（诗歌除外）。"造成这种创作与批评断裂、读者和新诗隔膜的尴尬的诗歌教育局面，原因是多方面的。固然，新诗至今仍处于不断发展之中，还谈不上成形与成熟，它没给读者的广泛阅读、专家们欣赏理论的建立准备充分的条件，但更深层的原因恐怕和错误的诗歌观念有关。在一些人看来，新诗使用现代汉语，其工具白话文在接收过程中没有文化和语言的障碍，因此新诗根本不存在"读不懂"的问题，无须诠释，当然也就用不着所谓的诗歌教育。其实，这是必须破除的思想偏见。事实上，现代人虽然置身于现代文化之中，但并不一定真正了解现代文化，社会分工网络的定位化，使每一个个体的视野、体验都存在着相对的局限性；现代诗歌的语言和日常口语也不是等同的，其非常态和张扬能指的审美品性很难把握；民族、时代以及人类个体的文化、审美思维的差异性，决定了读者们各自的文化背景、观念也不容易统一和沟通。几种原因结合，注定许多新诗是"读不懂"的，它们"每个字都认识，但组合起来却不知什么意思"。如 1920 年代的李金发，1930 年代的废名、卞之琳，1940 年代的穆旦，1950 年代的洛夫、痖弦，朦胧诗中的车前子、杨炼，他们的作品都曾被视为"读不懂"的怪诗的典型。从这个向度上说，大力提倡诗歌教育，建立新诗解读学极为有益，并且非常迫切。至于如何建构新诗解读理论，使读者原始的自发阅读行为上升到自觉的审美鉴赏层次，这是一件见仁见智的事情。

我想新诗教育首先要建立一套独立完善的内容体系规范。无论是大学生还是中小学生，他们的诗歌教育主要来自课堂，而我们现在课堂上的诗歌知识应该说相对是很陈旧的，不外乎在讲意象、节奏、象征、构思、语言、细读等，看上去倒也系统完善，但基本上还是适合古典诗歌或新时期以前的新诗对象，它们在当下具体的文本面前常常不一定玩儿得转，好端端的整体的诗歌之美和阅读感受被这些内容一肢解，诗歌的美也就不复存在了。所以我们新诗研究者们应该调整观念，不再做那种对老百姓的日常生活构不成任何影响的纯书斋里的学问，任理论探讨和具体实践脱节，学术研究和教学隔绝，而该放下身段，努力使研究成果转换为新诗教育的实践支撑，尽快建立一套独立完善、易于操作的新诗教育内容体系规范。

其次要完善新诗的选本文化。记得北大的姜涛说过，诗歌教育不一定完全依赖语文课堂，新诗选本也是新诗教育的一个重要途径。也许有人会说，如今的诗歌教育情况在改善，新课改后中学语文课本中诗歌的比重在加大，也出现了一些优秀的诗歌选修课教材，如把江非、沈木槿等新人的诗歌选入吴思敬、王家新老师主编的版本，洪子诚先生主编的《在北大课堂读诗》更能给人以方法上的启迪。但这还只是局部零星的存在，大量选本完全脱离中国新诗的现场，充斥其间的仍然是《雨巷》《再别康桥》《错误》《回延安》《天上的街市》《凤凰涅槃》等新诗老人的作品，这些作品选择很好，只是遴选者更多出于现实和政治性的考虑，视野相对狭窄，作品零散而不成系统，最近三十年的诗歌实践基本被排斥在外。如此说来就难怪我们的大中学生主要亲近传统诗歌，患了严重的"新诗营养匮乏症"，和当下诗歌隔膜，多数不会写新诗，即便写也是主旨单一、艺术老套、缺乏美与深度了。正是从这个意义上说，按审美标准、兼顾时间线索的经典新诗选本，就成了当务之急。

再次应该与时俱进，多向度地拓展新诗教育渠道，创立第二课堂。如今诗歌发展境况丰富而复杂，完全靠传统的课堂教育手段难免顾此失彼，捉襟见肘。及时地更新教育手段，力争最大限度地保证诗歌无时无地不在教育的状态，就成了一种相对理想的选择，如可以从天时、地利、人和因素考虑，适时地举办各种诗歌节或诗歌大赛,成立诗社,不定期举办讲座和诗歌朗诵会,以更加自由灵活的方式进行新诗的教育尝试。另外,诗歌教育应该成为常态化的教育习惯,这个问题我在《非要"文体不限(诗歌除外)"吗》中说过,此处不再赘述。

该向古典诗歌学习什么

新诗的引发模式特征与反传统的姿态,很容易让人感到它与古典诗歌之间是无缘而对立的。其实这是一种错觉。有些现象颇为耐人寻味。为什么鲁迅、沈尹默、刘半农、郭沫若等很多新诗人,后来都走回头路,"勒马回缰作旧诗"?为什么新诗至今已有百余年的历史,却连一般研究者都难以完整地背诵出来几首,而对旧诗佳构即便是几岁的孩子也能倒背如流?为什么赵毅衡、石天河等研究者发现庞德、马拉美使用的新玩意儿——意象,原来竟是我们老祖宗的遗产,人们都"疑是春色在邻家",可事实上却是"墙里开花墙外香"?我想它们不外乎都在证明一个命题:在新诗中,古典诗歌的传统仍然强劲有力,它对新诗的影响虽然比不上西方诗歌影响那样直观显豁,但更潜隐,更内在,更根深蒂固,渗透骨髓。那么在当下,新诗人该向古典诗歌学习些什么?

该承继古诗的入世和担当精神。法国学者米歇尔·鲁阿曾经说过,卞之琳、艾青等受西方文学影响的现代主义诗人在思想本质上都是中国式的。这种判断道出了一个事实，就是中国新诗多数作品只承袭了西方诗歌的技巧，而象征思维、意象系统尤其是情感构成，都是根植于东方式的民族文化传统的，事实上在精神情调方面新诗与古诗有着深层的血缘联系。一般说传统诗歌主要包括进与退两种言志感受，即"达则兼善天下，穷则独善其身"，而在这儒道互补的文化结构中，它一直重群体轻个体，以入世为正格。中国新诗从个体本位出发，但它心灵化的背后分明有传统诗精神的本质制约与延伸，所以也始终流贯两股血脉，一是入世情怀，一是出世奇思；并且第一股倾向始终是其主流，如洛夫的《剔牙》："中午/全世界的人都在剔牙/以洁白的牙签/安详地在/剔他们/洁白的牙齿//依索匹亚的一群兀鹰/从一堆尸体中/飞起/排排蹲在/疏朗的枯树上/也在剔牙/以一根根瘦小的/肋骨。"酒足饭饱、饿殍遍野对比，与"朱门酒肉臭，路有冻死骨"异曲同工，那种忧患的人生担待，那种对芸芸众生的终极关怀，正是传统诗歌人文精神的感人闪烁。就是1990年代王家新的《帕斯捷尔纳克》为时代和历史说话的悲天悯人的情怀，为对命运浑然不知者的忧患气质，其文本的真诚自身就构成了对残忍虚伪、缺乏道德感的时代的谴责鞭笞。甚至伊沙的《中国诗歌考察报告》里包孕的诗人"他们种植的作物/天堂不收　俗人不食"那种清醒的厌倦贬斥，又何尝不是传统忧患意识的现代变形，何尝不是知识分子批判精神的个人化弘扬？新诗人如果自觉学习古诗的入世精神和"及物"追求，则能够重建诗歌和现实之间理想的对话关系，避免纯诗和神性写作的凌空蹈虚，恢复语词和事物、生活之间的亲和性，密切与社会、读者的关系。我觉得这个向度上的追求，也正是近些年诗歌重新回温的一个重要逻辑支点。

同时应该注意吸收传统诗歌含蓄蕴藉的审美趣味。谈到新诗和古典诗歌的关系，郑敏曾说："评价古典诗词的最高审美指标就是'境界'。"这话说到了点子上。在体验情感的问题上，中国人不像西方人那样常常把心灵放在首位，而善于使情感在物中依托，或者说是进行主客浑然的心物感应与共振。这种情景交融、体物写志的赋的精神，是东方诗歌意境理论的精髓，对于意境这种传统法度的精华，新诗有所承袭。像郑敏的《金黄的稻束》中的"稻束""母亲""历史""人类的思想"等，它们在逻辑上毫不相干，可是受"伟大的疲倦"这一贯串全诗的哲理命题的统摄，却意外地黏合在一起，熨帖、紧密、和谐，不但毫不杂乱，反倒共织成一幅静穆深沉的秋天景象，获得了一个相同的情思空间，那是在歌颂母亲，那是对劳动者却贫穷这个颠倒社会问题的间接反诘。舒婷的《思念》也有媚态的流动美，它用九个毫无干系的意象，注释、具象化了思念这一无止期待又永难如愿以偿的痛苦心灵旋涡，明晰又绵邈，可望而不可即，如同咏愁佳句"一川烟草，满城风絮，梅子黄时雨"一样，只提供了一种情绪氛围，至于具体表现了什么样的情绪内涵，则需要读者慢慢去品味。戴望舒的《雨巷》更为典型，它整首诗的意境是李璟《摊破浣溪沙》中"丁香空结雨中愁"一句的稀释与再造，手法上以丁香喻美人，与古诗用丁香花蕊象征愁心的内在精神极其一致，构思也暗合了《诗经·秦风·蒹葭》的"求女"与《离骚》用"求女"隐喻追求理想的模式。如今，新诗常遭受的贬斥之一，就是过于直白，缺少韵味。在这一点上，诗人们应该承继古诗的意境传统，它一方面会使诗的艺术走向外简内厚、蕴藉含蓄、充满张力的世界，一方面也会使诗的意象、象征手法古典气十足，唤起读者蛰伏在灵魂深处的族群审美记忆，让人倍感亲切。

古典诗歌的许多技巧层面的东西也值得新诗人借鉴。像音乐性的打造是必须回归的一个趋势，这也是能够保证新诗走入人心、被人记诵的关键所在，因为这已经属于常识，此处不必赘述。再如杜甫当年在技巧上融叙事于抒情的"叙事"尝试，就被晋升为 1990 年代以来新诗创作和批评界的一个显辞。谈及 1990 年代的"杜甫热"，西渡认为"杜诗的'诗史'性质和精湛的叙事技巧，为当代诗歌的叙事性提供了经典性的榜样"。的确，当年杜甫努力尝试着合理吸收叙事性文学的技巧，以事态抒情的方式规避诗歌文体此在经验占有方面的先天不足。他的《佳人》写了一段乱世佳人的心理流程，其间有被丈夫遗弃后幽居空谷的苦难遭遇的状绘，有自身守护贞洁的内心世界的披露，出身良家却流落山野、丈夫轻薄迎娶年轻女人的叙述，对无情郎的怨怼的心理事态，婢女去市上变卖首饰等细节，使诗抒情写意，更叙事写人，而在抒情中叙事的方式自然加大了文本的容量，推出了相对完整的"故事"空间。1990 年代，随着诗歌向普通人的现实日常生活俯就，诗人愈发意识到生活原本是叙述式的，对它最老实的处理方式不是虚拟阐释，而是叙述与描述。于是，向杜甫的叙事做法学习成为很多诗人的共识，诗人们大量将叙事手法引入文本，使叙述成为接通世界和诗歌的基本方式，有时甚至要在诗歌中"讲出一个故事来"。张曙光差不多完全在用陈述句式写诗，臧棣直接以《燕园纪事》作为诗集的名字，伊沙的《一个小公务员的情感变化》、肖开愚的《北站》等都以叙述支撑文本空间，新世纪后这种意识更自觉地内化为许多诗歌的艺术血肉。诗人们的"叙事"实践，能够拓宽诗歌自身的情绪容量和宽度，所以相当一段时间内诗人们还是应该在叙事问题上多做文章，只是必须使诗歌仍保持住了自身的本质特征，是叙事的，但更应该是诗性的。

另外，新诗人也该从古代诗人的艺术态度中有所参悟。诗是什么？自古至今都有不同的解释，有人只把它当作挣钱、养家和出名的工具，而有人却将之作为自己的生活和生命的栖居方式。这些诗人中的佼佼者之一杜甫，其作品被誉为"诗史"，他的成功在于以对诗歌的虔敬之心，打通了个人和社会、历史之间的通道；至于他对语言的锤炼，更堪称千古佳话。像他的《旅夜书怀》："细草微风岸，危樯独夜舟。星垂平野阔，月涌大江流。名岂文章著，官因老病休。飘飘何所似？天地一沙鸥。"诗中的动词、数量词运用，令人击节，一个"垂"字、一个"涌"字的点醒刺激，使三、四句诗意顿活，奇绝贴切得无法更易；而结句的数量词"一"字一出，就将诗人置身于天地间孤寂飘零的形象和情怀，传达得十分到位。普通的语汇，一经诗人的诗化处理即魅力四射，确有"惊人"的效果。杜甫这种"为人性僻耽佳句，语不惊人死不休"的呕心沥血的苦吟追求，看上去只是一种炼字炼意的方法，实则是一种精益求精的艺术精神。再有善于"推敲"的贾岛，竟能做到"两句三年得，一吟双泪流"。而新诗人如何呢？论及现代诗和古典诗的艺术形态，郑敏说现代诗"在情感的浓缩和意境的高度上很难与古典诗词相比"，其言外之意也在批评新诗人对诗歌及诗歌锤炼传统的轻薄。好在这种状况在近三十年里有很大改观。像郑敏、西川、王小妮、翟永明等已经做出了榜样，他们能够淡然于经济大潮和红尘翻卷之外，专注于诗歌艺术的探究，自成一脉风景。像李琦至今仍保持着一种习惯，即总是先洗净双手，然后端坐桌前，享受写诗的安详和圣洁，以至于每写完一首诗都有像大病一场的感觉。为什么？说穿了是他们这些诗坛的优秀分子，真正把写诗、读诗、评诗当作了生活的一部分，当作了生命的一种栖居方式，诗歌对于他们来说就是一种宗教，所以他们逐字逐句，一丝不苟，生怕因为自己一点点的草率和粗俗而怠慢、玷污了诗神。如果我们的诗人都能这样，都能致力于诗歌的精致凝练和诗味营造，诗坛就真的有福，有希望了。

量子时代诗歌该如何表达

将科学和诗性拷合在一处,似乎是充满矛盾的。诗歌属于倚重想象力的主观艺术,讲究情感和文采,而抽取自然现象运行规律和本质因子的科学,则崇尚严谨求真,需要境界的客观。但实际上,作为凝聚着人类智慧的科学和诗,原本是两株本质相通的思维之树,它们都源于相同的人文精神、情感和创造力,简洁、深刻乃是它们的共同特征。正是从这个思想向度上,杨振宁说:"诗是思想的浓缩……我们寻求的方程式其实就是自然的诗篇。"又称:"牛顿的运动方程、麦克斯韦方程、爱因斯坦的狭义与广义相对论方程、狄拉克方程……它们以极度浓缩的数学语言写出了物理世界的基本结构,可以说它们是造物者的诗篇。"

事实上,从《诗经·小雅·十月之交》,兼具艺术魅力和科学价值的"十月之交,朔月辛卯,日有食之,亦孔之丑"的"日食"记载,到白居易的"人间四月芳菲尽,山寺桃花始盛开。长恨春归无觅处,不知转入此中来"(《大林寺桃花》)对气候与海拔之间的关系揭示所蕴含的科学探索的潜意识，再到高士其以拟人方式写作的科学诗《我们的土壤妈妈》，自古至今，科学与诗之间始终存在着千丝万缕的关联。用袁枚的话说，诗人是"对景生天机，随心发匠巧"，科学家则是"情至不能已，氤氲化作诗"。

至于有人断言2017年5月中国科学技术大学潘建伟带领团队研制出世界上第一台量子模拟机，人类社会进入了量子时代，乃至此前一百年经历的电子时代，虽然我们可能都是门外汉，但大体上都还知道，这些电子、量子技术，能够使计算机技术、激光技术和通信技术等进步到超出人类想象的水准，更主要的是会挑战、颠覆人们旧有的思想观念、思维模式，直到最终改变人类的生活。

那么，置身于科学发展如此迅捷的量子时代，诗歌何为？这是对每个诗歌写作者的严肃拷问。我理解，"诗歌如何表达量子时代"这个话题，不是说要表现高度发达的量子技术及力量本身，让新诗具备同步的科技表现功能，这对诗人来说，既没必要，也不可能；而是需要经过数代沉淀，早已将"文章合为时而著，歌诗合为事而作"内化为集体无意识的诗人们，去思考如何更理想、更有效地寻找、建构起诗和现实、时代之间关系的最佳途径和方式。

我想我们要做而且能做的，一是在抒情对象的选择上，要找准当下的"第一现实"，虽然任何诗人都不可能穷尽世界的本相和全部，但是面对变化迅速的现实，也不能过分地滞后、窄化、掩饰现实,把周边无限的现实只缩小为诗人一己熟悉的情感和感觉,把更多有价值的人生、历史、自然、科技因素排斥在视野之外。新世纪以来,国家经历了"非典"、奥运、地震、雪灾、共和国七十华诞、新冠等一系列大悲大喜的事件,尤其是在从农业文明向工业文明、国家向经济建设转型过程中普通个人的灵魂焦灼和震荡,人工智能喜忧参半的真实境况,都需要诗歌的观照和介入。

对于这种"第一现实",近年的新诗有所涉及,但是宏观扫描、反观诗坛,更多的诗人和诗作存在着明显的滞后和错位。当互联网时代到来,随着打工族的强大,迁徙、漂泊、高铁车站、医院、流水线成为日常生活中的普泛视像,如果再以炊烟、田埂、耕牛、油菜花、犬吠鸡鸣等语码系统,陶醉于乡土田园诗歌的情调之中,就是一种虚假的抒情。也就是说,随着世界进入地球村时代,严格意义上的具体乡愁已经不复存在,或者说已转换成文化乡愁,这时如果我们的诗人还一而再、再而三地咏叹乡愁,为之流泪、顿足、伤感,就是矫情,就是无病呻吟,也就偏离了目下的真正现实。

二是和诗歌要如何表达我们置身的时代的"写什么"相伴生,新诗在"怎么写"的表达方式上也应摆脱意象、象征、隐喻等老套技巧,与时俱进,启用新的思维方式和表现系统。鲁迅说中国的好诗到唐代已经做完,虽然不能奉为圭臬,但它道出了一个规律:在诗歌的艺术道路上如果一直沿着传统的路数发展、完善,亦步亦趋,是永远不会有出息的,你可能将诗打磨得更加优美和精致,却永远写不过唐诗宋词。有时,或许对传统"反其意而用之",逆向地反动,甚至完全脱胎换骨,另起炉灶,才会迎来一种新的艺术可能性,而这远比在传统路上的平面滑行更有价值,更值得肯定。

比如说,如何重新考量叙述的问题。按理,叙述是叙事性文学作品的基本艺术手段,但是随着诗歌先在的局限即此在经验的占有性和处理复杂问题能力低弱的不足日益暴露后,就必须向叙事文类的手段借鉴,特别是面对语气、动作、事态等大量细节、过程时,就应该将叙述作为维系诗歌和世界关系的一种基本手段,这也是诗人们缓解诗歌文体本身的压力,扩大诗歌涵容量的合理扩张。所以我们评价诗歌艺术水准高下时,就需调整以往先验的标准,对叙事不再排斥。

三是该审慎、辩证地看待"换笔"方式问题。近二十多年来,诗歌不再局限于纸上谈兵,而改换成网上写作,乃至机器人写作,新媒体支撑的微时代的出现,造成了诗歌存在状态和传播格局的突变,如今以"屏幕文化"为特征的网络诗歌,差不多挺起了诗坛的半壁江山。网络写作改变了写作者的思维和心态,在网络虚拟世界里,人人可以随意处理生活、心理、意识和诗歌的关系,那里常"藏龙卧虎",只是,"网络诗歌"的自由、低门槛和消费时代的急功近利遇合,也使它藏污纳垢。

2004年出现"猎户星"自动写诗软件,将不同的名词、形容词、动词,按一定的逻辑关系组合,平均每小时写出417首,之后人工智能机器人小冰出版诗集《阳光失了玻璃窗》,

且不说猎户软件写作的速度惊人得可怕，单就诗集《阳光失了玻璃窗》抽离了兴、观、群、怨的功能承载而言，其全部的目的只是自娱，恐怕已不能称之为真正的诗。读者从中根本感觉不到诗人灵魂的深度和艺术的美感力，写作的即兴性和高速化，造成的过度明白、冗长、散化，使诗和原本的含蓄凝练要求也相去甚远，短小却语言粗糙，有速度感而无耐性，禁不住细读，更不利于相对稳定的大诗人的产生。特别是屡见不鲜的恶搞、炒作、人身攻击，更使网络的伦理下移，成为释放人性"恶"的平台。如今人们一谈起诗歌，就是谁和谁在论战、谁和谁在吵架这样一些鸡零狗碎的话题，而不是就文本技术、思想境界、创作走向等问题进行商榷研讨，这种事件大于文本、事件多于文本的事实本身，就是诗坛的最大悲哀。

先锋的孤独与边缘的力量

据 1980 年第 2 期的《编译参考》披露,1978 年,在柏林召开的中国文学学术研讨会上,英国学者 W. J. F. 詹纳尔指认"五四以后的中国文坛根本就没出现过现代主义",连 30 年代现代诗派领袖戴望舒的诗也"很少有使他成为'现代人'的东西,而更多的东西是使他成为一个浪漫主义者"。这种中国土壤难以培植出纯粹现代主义文学,即使出现也只能蹈入伪现代主义的论断,显然是对中国历史与文化语境隔膜所造成的估衡误差。仅就新诗而言,如果说其后的"第三代"诗歌、"个人化写作"、"下半身写作"、低诗歌以及近三十多年活跃的女性主义诗歌,未及得以充分展开被忽略还情有可原,那么将此前的象征诗派、现代诗派、九叶诗派、台湾现代诗和几乎同期的朦胧诗均排斥在现代主义之外,恐怕就不无文学观念之外种族、国别歧视成分在内了。事实上,若按军事用语中指武装力量先头部队的"先锋"一词在文艺领域的转义考量,从象征诗派到低诗歌等百余年新诗中那些带有实验性、反叛性和边缘性特质的诗歌，就属于"先锋诗歌"范畴，即现代主义和后现代主义诗歌。它们非但深度介入过新诗的不同时段，自成一脉连绵的先锋诗歌谱系，而且个性卓然，成就显赫，在写什么与如何写两方面都充满着启迪价值。

只是中国先锋诗歌命运不济，别说没有像浪漫主义诗歌蔚为大观的规模、现实主义诗歌领潮诗界的荣耀，就是与前两种诗潮分庭抗礼的资格储备也不充分，更休谈在文坛引发轰动效应了。它从来同一帆风顺无缘，而是时断时续，坎坎坷坷，远离中心的文学边缘境遇，一直处于被"割裂"的孤独状态，是它永远无法摆脱的宿命。现代时段的象征诗派、现代诗派与九叶诗派，因时局动荡和启蒙救亡等因素影响，不可能获得正常生长。所以或耽于法国象征主义模仿，无力融汇中西，"现代"性气息旋即被大革命失败后的时代风潮荡涤一空；或找准古典诗与西方诗的契合点，走向自觉创造，却因抗战烽火的进逼而告消衰；或渐近中国式的成熟，可在残酷的战争面前已挽救不了整体的颓势。与大陆诗坛晴朗之风并行的 20 世纪五六十年代，台湾现代派诗曾包揽天下盛极一时，可惜西化过头，未能维持久长。之后的朦胧诗风格蕴藉，成就与影响空前，但有些文本偏于晦涩曲高和寡。80 年代中期的"第三代"诗以生命、语言意识自觉，促成诗坛短暂繁荣，却由于艺术上建树不多很快归于沉寂。90 年代的个人化写作和 21 世纪诗歌可谓繁花似锦，网络介入更是人气旺盛，热闹异常，可仍未走出孤独低谷，时时透着彻骨的悲凉。可见，受"影响的焦虑"支配，每个时段先锋诗歌均要遭遇时间链条上具"弑父情结"的后继者颠覆，现代诗派对象征诗派、九叶诗派对现代诗派、"第三代"诗对朦胧诗、个人化写作对"第三代"诗，无不如此；和纵向生长受限相比，先锋诗歌发展的横向障碍阻力尤多，一路"红灯"，置身于各种对立和旁观势力的围追堵截、质疑诘难中，必须想方设法地规避、化解与抗衡，孤独就自不待言了。

先锋诗歌百余年未走出孤独之城很大程度上源于外部压力。认为中国缺乏现代主义生长的土壤是错误的，但土壤不肥沃倒是实情。现代时段民族灾难、连绵战争和救亡图存交织，需要文学上的杜鹃啼血与匕首投枪，而非夜莺和竖琴，所以贴近民生疾苦、炮火硝烟社会境况的那种现实主义、浪漫主义诗歌，备受认可。因国情与现实限制，大多诗人不深掘人性和灵魂究竟，进入形而上境界，同时民族的实践理性精神使诗人难以滋生非理性的虚无荒诞和自我扩张，因此不可能翻版、照搬西方，就是九叶诗派也只能努力沟通自我和群体的诗意联系，成为"中国式的现代主义"。新中国成立后很长一段时间内平和明朗的社会状态，让现代主义的非理性思想找不到生长的温床；进入新时期后汹涌的经济大潮和大众文化、学历教育合纵连横，四面挤压，先锋诗歌只能蜷曲为现实主义、浪漫主义大潮旁边的一条支流，不可能成为诗歌中心与文学"显象"。

当然，先锋诗歌没有"根深叶茂"也和先锋的本性属性有关。凡先锋者无不反叛意识强劲，致力于求新。这种本性能给诗坛带来一汪活水，使诗人以前卫而新锐的尝试与创造，冲击传统秩序，甚至引发思想或艺术革命；可频繁的出新求变，也使难得成熟成了先锋诗歌的本性，它和艺术传承的相对稳定性背道而驰，使诗人难以敛心静气，沉潜于技术打造，因此不利于拳头诗人和经典文本的生产。它与影响焦虑带来的不断反传统的"反"向破坏遇合，就导致先锋诗歌中好诗人层出不穷，大诗人显影稀少，他们无法同普希金、里尔克、艾略特等家喻户晓的外国伟大诗人抗衡，也不能和李白、杜甫、屈原等民族骄傲的歌者比肩，像"第三代"诗对朦胧诗崇高、诗意的粗暴反叛，"下半身写作"对此前所有诗歌传统、文化、知识的消解，留下的唯有教训。

先锋诗歌写作自身隐含的弊端对其孤独更难辞其咎。思想与行为的异端倾向注定许多诗人从不向适应性写作俯就，只对心灵负责的个人或圈子化写作，有很强的自主性与排他性，像90年代的知识分子写作对希梅内斯服膺于心，翟永明、陈超主张诗应为"无限的少数人"服务，李金发、穆木天等象征诗人将晦涩推崇到审美原则的高度，朦胧诗也曾一度求隐。在这种贵族性观念统摄下，一方面，先锋诗歌只能像现代诗派那样瞩目病态的青春诗人隐秘的心灵一隅、幽微纤细的"现代情绪"，传达他们的浊世哀音和出世奇想，或者像女性主义诗歌在80年代那样进行"黑夜意识"笼罩下的躯体叙述，呈现隐秘的心理生理经验，书写性欲望，挥发死亡意识，绽开一株株神秘冷冽的"黑郁金香"。而远离宏大叙事、现实语境，就使先锋诗歌情思相对狭窄，很难提供出必要的精神、思想向度，更不能获得广泛共鸣。另一方面，受西方现代主义、后现代主义精神激励，先锋诗歌往往走艺术路线，象征诗派的"音画"创造、现代诗派诗情智化的"埋"和"隐"、九叶诗派的断句破行、台湾现代派诗的以图示诗、朦胧诗的蒙太奇跳跃、"第三代"诗的语感滑行、个人化写作的零度书写等，偏于技术维度的语言与形式实验，时常本末倒置，用技术替代诗歌。这种陌生化实验能带来一定的鲜活阅读刺激，同时也把很多读者挡在了诗外。

正因先锋诗歌弊端显豁，一些人将之或视为另类，或贬为异数，斥为逆流，甚至断言先锋诗歌像1991年德国斯图加特研讨班上后现代学者们谈论的题目"后现代主义的终结"一样，不久将在中国寿终正寝。事实如何？中国先锋诗歌的确果实苦涩，从未抵达标准的现代主义、后现代主义境地，相比传统是崭新的，对照西方又有"准"的性质。但必须承认：先锋诗歌在不绝如缕的顽韧前行中以人和文的自觉，构成了中国新诗成就与魅力的主要来源。武汉大学龙泉明先生曾经在1999年第2期的《江汉论坛》上撰文《中国新诗成就估价》，认为"从实际艺术成就来看，现代主义诗歌却优于现实主义和浪漫主义诗歌"，并且"中国新诗史上艺术成就较大的诗人，大多是现代主义诗人或具有现代主义倾向的诗人"。

先锋诗歌在现代时段把握、贴近世界的思维方式，以时代心灵历史的建构，重建了现实和诗的关系。现代主义诗歌很少直面时代风貌与宏大命题，它常通过更艺术的内视点，聚焦时代、现实在诗人心灵中形成的回声或投影,从人性、心理途径去折射社会、历史风云变幻,而众多文本的连缀,自然恢复再现了现代中国的心灵历史进程及样态。如现代诗派病态的青春吟唱,心理内涵单调狭窄,但心灵总态度却使它打开了比现实生活更广袤的心理空间,把现代人的灵魂传达得细腻、绵密又繁复,哀伤情调也是那个时代"做中国人的苦恼"折射,戴望舒包含政治抒情成分的《雨巷》手写自我,心系风云,卞之琳的主知诗也通向着外部世界。对现实主义扩张的九叶诗派、朦胧诗派,或在现实和心灵间歌唱,主体经验里透着战时的民族精神阵痛与焦躁(如辛笛的《布谷》、杭约赫的《最后的演出》),或将大我寄寓在小我之中,承继传统的忧患感与使命感(如顾城的《一代人》、舒婷的《船》),更抵达了现实生活的某些核心本质。至于朦胧诗后先锋诗歌的启示内涵就更丰富,不论是对意识形态写作的自觉对抗,还是个人化话语的积极构建,抑或是身体诗学的空前崛起,无不以反叛立场和边缘思想立足,并酿成了一种自我调节及超越的能力机制,它在消解诗坛权威、中心,活跃平等艺术氛围的同时,也构成了诗坛的活力和希望所在。

先锋诗歌不以现代性旨趣去规约众多流派、群落与诗人个体,令它们求同,相反,它在话语、想象、结构和思想等方面设置了开阔的创造空间,所以数十种流派、群落仪态各异,魏紫姚黄,诗人们各怀绝技,神通尽显,文本风格群星闪烁,缤纷璀璨,共同为读者提供了丰富的"启迪场"。单是诗人的个人化风格就令人目不暇接，李金发怪诞，冯至深邃，戴望舒凄婉，艾青忧郁，穆旦沉雄，杜运燮机智，于坚自然大气，韩东朴素天成，王小妮沉静恬淡，王家新低抑内敛，伊沙狡黠智慧……每个诗人都追逐自己的个性"太阳"，每个流派、群落亦然。而诗歌竞技场上百余年先锋流派群落、诗人、文本的活水流转，相互间的争奇斗艳，正是中国新诗良性发展、走向繁荣的可贵资源与必要保证。

先锋的别名是创造，百余年先锋诗歌一直把创新作为自己的生命线，它对诗歌本体的坚守与营造，语言意识的张扬与实验，形式感的自觉与强化，发掘出了新诗的诸多艺术可能性，每一次形式"革命"都能引发读者的审美惊颤及追随模仿，夯实了自身的独立品性，又垫高了新诗的艺术品位。如台湾现代派诗为发挥形式功能，重视"读"与"看"双重的经验，白萩的《流浪者》、林亨泰的《风景（之二）》发掘形、声、义混凝的汉字可为诗模拟形象的潜能，在诗句排列上下功夫，创造有意味的形式，立体主义倾向明显。再如 80 年代中期渐次强化的"叙事"意识，至今已衍化为先锋诗歌的"叙事诗学"，诗人们有时将叙述当作维系、改变世界和诗歌关系的基本手段，路也的《抱着白菜回家》、陈先发的《最后一课》就注意挖掘和释放过程、细节、情境等叙述性因素的能量，缓解诗歌文体压力，使诗歌规避了此在经验的不足，变得宽容沉静，在保证语言、世界生动清晰的同时，对抗了诗中的浪漫因素。可以肯定，从象征诗派的象征暗示效应，到现代诗派的智慧聚放；从九叶诗派的知性强化，到台湾现代诗的传统翻新；从"第三代"诗的事态意识，到个人化写作后的反讽、文体互渗，以至贯通先锋诗歌历史的语言通感、虚实镶嵌，先锋诗歌的本体化创新，以自身的技巧和浪漫主义气质、现实主义精神同构，克服了现实主义的过于泥实和浪漫主义的过于滥情，提升了新诗艺术表现的水准。从这个意义上说，先锋诗歌孤独，却以孤独的沉潜孕育了一种高度与深度；先锋诗歌边缘，可边缘也自有边缘的力量。

但是，受中国先锋诗歌的优质暗示就预言未来中国诗坛必是现代主义与后现代主义的天下，和断言先锋诗歌将在中国寿终正寝一样虚妄。先锋诗歌会一如既往地孤独前行，甚或悄然沉落，还是有朝一日主宰诗坛，抵达辉煌，这恐怕唯有时间和历史能够裁决。

新诗真的这么不堪吗

岁月不居，新诗的历史转瞬已过百年。常言道，五十而知天命，知天命之人多会表现出一种自知清醒的状态，而具百余年艺术积累的新诗，自然更该自觉地反省走过的道路，总结自己的成败得失。那么，中国新诗在它的生命历程中到底留下了哪些经验和教训，和社会、读者之间又呈现着一种怎样的结构关系？对于这个问题，毛泽东早在1958年就曾调侃道："现在的新诗不能成形，我反正不看新诗，除非给一百块大洋。"1965年又在给陈毅的信里断言："用白话写诗，几十年来，迄无成功。"朱光潜也批评新诗多一览无余之感、少"言有尽而意无穷"的胜境。受他们观点的影响，许多新诗圈外之人和旧体诗写作者更觉得新诗乏善可陈，甚至不断有人质疑新诗存在的合法性。于是，新诗的形象逐渐被扭曲、矮化了。而事实上，新诗真的这么不堪吗？

的确，新诗有许多难尽如人意的孱弱之处：它最早冲杀出旧文学的堡垒，可是旧体诗这个"敌人"至今不仅未销声匿迹，反因一番外力刺激使生命力愈加强盛；它还没真正走进民众的生活和内心，人们偶尔引用的多为古诗，和牙牙学语的孩童能对古诗经典倒背如流相比，一般的研究者也很难完整地记住十首八首新诗；引发模式决定新诗至今没完全摆脱欧化的痕迹，新诗语言还远未抵达出神入化之境，大量作品是新而非美，表现散漫，滋味寡淡，让人家喻户晓、令民族引为自豪的马雅可夫斯基、洛尔迦、艾略特式的世界级伟大诗人，在百余年历史上几乎没有显影，能禁得住历史考验的经典之作也屈指可数；新诗缺少自己完善严谨、可操作性强的理论体系，大中学生所受的新诗教育过于陈旧，用旧诗的规训去研读新诗现象十分普遍；如今诗坛拉帮结伙的圈子化倾向十分严重，一些诗人打着实验的旗号走形式极端，把写作变成了各式各样的竞技实验场；最为显豁的是诗歌的命运愈加黯淡，已从社会文化的主流与中心，滑向了边缘。一句话，新诗充满了种种隐忧，难怪《光明日报》《中华读书报》等媒体公布的调查结果表明，新诗已经成为所有的文学样式中受欢迎程度最低的一种文学作品类型。

尽管如此，我们仍要澄清，认定新诗一无是处乃为偏激而必须击破的迷信，毛泽东、朱光潜的判断，乃是由于辉煌古典诗歌参照系在他们头脑中的制约和作祟，而造成的估衡误差，远远背离了历史的真实境况。因为，文学创作不比拳击比赛，非得一方把一方打倒分出胜负，它允许多种审美风格存在，要大河奔腾也要小溪潺潺，要狮吼虎啸也要莺歌燕舞，百花齐放才是理想的常态,所以大可不必在代表两种美的规范的新诗和传统诗之间定出高下,即便真的做硬性比较,旧体诗在处理生活的表现力、表现当下的有效性和承载力等方面都难和新诗抗衡,只是很多人不谙此道不愿承认罢了。或者说,假若撇开古典诗歌的潜在参照系统,单就新诗自身来看的话,它的成就和贡献绝对是有目共睹、难以质疑的。且不说新诗左冲右突,顽韧生长,仅仅用一百年的时间就走完了西方诗歌几百年才走完的诗歌历程,写作队伍不断壮大,当下已远不止"四世同堂";也不说新诗在每一次文学运动中都在前面冲锋陷阵,社团、流派、群落如雨后春笋,后期作品问世的渠道、阵地日益多元,刊物、网络和微博遇合,活力四射;更不说新诗的产量呈几何倍数增长了,仅仅是新诗内在的深层脉动和提供的新质,就足以证明其成就令人刮目,给后来者留下了无限的启迪,因此至少像陆耀东先生那样,以"六分成就,四分遗憾"的拆分来评价和估衡,才相对客观,符合新诗历史发展的实际。

新诗为协调诗与现实、艺术与人生的关系做出了很好的探索,它既能够坚持诗歌内视点的艺术本质,注意在心灵和人性的区域挖掘诗意,又始终执着于芸芸众生和人间烟火,不断寻找接通诗歌通往现实、个人暗合群体的有效途径;从而使诗人们心灵走过的道路,在某种程度上成为历史、现实走过道路的折射,而一首首貌似独立的文本存在彼此应和,拼贴集聚,则在存储一份份鲜活、绚烂的诗人情思精神档案同时,从另一个向度上共同完成了近百年中华民族心灵历史从形到质的恢复与重塑。从郭沫若《凤凰涅槃》中毁灭与创造精神的张扬，到闻一多《死水》对凄凉现实的抨击与控诉，从何其芳《预言》焦灼等待的失望、田间《假如我们不去打仗》振聋发聩的警醒，到穆旦《赞美》的民族精神褒扬、阿垅《孤岛》和正义力量联系的呼告，从贺敬之《回延安》对革命记忆的深情回望，到食指《相信未来》中青年对希望的守护，从舒婷《流水线》的一代人的怀疑与感伤，到伊沙《中国诗歌考察报告》的诗歌现状忧患与社会病态反讽，以至于进入新世纪后郑小琼《表达》、江非《时间简史》等对底层生命和情感的具象抚摸……渐次显影的主体流脉、筋骨和形象表明，新诗的诗情更多来自现实土壤的艰难孕育和伦理承担，其深层文化意蕴是以家国为本的入世心理，那种屈原忧患之思统摄下的执着奋斗精神、忧国忧民意识和对现实生活的关注，决定了新诗一直走着"及物"的路线。哪怕是一些具有荒诞品格的作品，也常在滑稽外衣里蛰伏着一些严肃的内涵，如"第三代"诗人李亚伟的《中文系》令人忍俊不禁："中文系也学外国文学／着重学鲍狄埃学高尔基，有晚上／厕所里奔出一神色慌张的讲师／他大声喊：同学们！／快撤，里面有现代派。"可笑过之后就会有一股忧郁爬上心头，它文化与自我的亵渎背后，分明是当代大学生玩世不恭、相对怀疑精神的写照和对高校保守教学方式、超稳定文化传统的变相嘲弄；"70 后"诗歌当初的肉体化，也增加了诗歌的某种世俗性活力。可贵的是，新诗歌唱者们多数都能自觉地在心灵和现实、时代之间寻找恰切的抒情位置，以一己心灵波澜的咀嚼去折射时代的风云变幻,虽发于自我却常能传达"非个人化"的声音,饱具对社会的认识价值。就是大量和入世化的情怀相对应的出世奇思,像象征诗派的李金发、胡也频对爱情的沉迷,现代诗派典型的系列"山居"诗,"第三代"诗的个体孤独与自恋情结,台湾现代诗的生命本质异化沉思等,他们追求人生价值的迷惘、对生活的顿悟、对畸形世态的揶揄书写,也可视为现代人为解决心灵生活的"失调"、紧张所做出的努力,在当时消除了众多心灵的饥渴,有一定的情感补偿作用,其关注、重视人类的心灵总态度,对当下的诗歌繁荣仍然不无益处。

虽然也经历过特殊时期的迂回,但从最初胡适主张"作诗如作文"、努力用白话写作,到近二十年日臻成熟为显辞的"叙事"技巧的大面积铺开,百年新诗的艺术水准在整体上是不断攀升的,如今已堪称所有文学种类中最富有前卫性、实验性的一族。除却把写诗当作谋利挣钱、养家糊口工具的技艺型诗人之外,那些真正的诗人都能把诗歌视为自己神圣的精神家园,虔诚地以生命和心血去写作,生怕因一丝的马虎和草率损害文学的健康和尊严。并且,诗人们从来都崇尚艺术创新,致力于对诗歌自身本质和品性的经营,使新诗独立的艺术特征日臻完善。从早期郭沫若、胡适等自由诗的精神张扬、新月诗派的"三美"提倡,到象征诗派突出音乐、绘画以及形式本身的效用,进行"音画"创造,再到现代诗派自觉结合中西古今的"纯诗"写作,九叶诗派的诗情智化与断句破行,林亨泰、白萩等为代表的台湾诗人的"以图示诗";从归来诗人的现实主义精神的回归与深化,到朦胧诗派对人和意象蒙太奇的张扬,"第三代"诗对语言及语感功能的推崇,再到70后诗歌身体符号的凸显,1990年代写作的个人化话语塑形,新世纪诗歌中愈加老到的口语和叙事,新诗在它并不很长的历史进程中,输送了多种宝贵的艺术经验,每一次革新都引发了诗坛的蓬勃情境和活跃氛围。特别是流贯新诗始终的现代主义、后现代主义新诗,更具形式感与独创意识,那种借助客观对应物、象征暗示处理朦胧意绪与瞬间感觉的表达方式,象征本体意识强化的知性张力,各派共用的语言通感,都带来了艺术的陌生新鲜与形式美感,丰富了新诗技巧,垫高了新诗品位,补正了现实主义诗歌泥于物象与浪漫主义诗歌情感极化的缺憾。尤其是内在沉潜、个人化的1990年代,很多诗人专注于写作自身,把技艺作为判断诗歌高下的重要标志。如陈先发的《最后一课》就以自觉的叙事作为维系诗和世界关系的基本手段:"要在日落前为病中的女孩补上最后一课。/你夹着纸伞,穿过春末寂静的田埂,作为/一个逝去多年的人,你身子很轻,泥泞不会溅上裤脚。"诗有浓厚的小说化、戏剧化倾向,它叙述的是敬业的故事,其中有环境交代,有"他"打电话、夹纸伞、穿过田埂的动作,有"他"焦灼心理的凸现,有"他"整洁、儒雅、庄重、认真的性格和细节刻画;更有"我"的旁观分析和怀念,显示了诗人介入复杂微妙生活能力之强。新诗艺术的整体成熟,打开了写作的多种可能性,丰富、刷新了自身的艺表现史，加快了现代化的进程，同时也启迪了未来新诗的审美向度。

新诗另一个值得圈点的成就，是它以诗歌个人化奇观与多元审美形态的无形打造，引渡出一批优秀诗人和形质双佳的文本，为后来者设下了丰富的艺术"借鉴场"。不能否认，新诗在抗战至新时期很长一段时间，主要是将现实主义作为主流加以标举的，不无单调之嫌，而在绝大多数时空内是主张多种风格和走向并存共荣的，新时期乃至1990年代以后，现实主义、浪漫主义、现代主义乃至后现代主义等诸种潮流的众语喧哗、纯文学、主旋律、消费性作品几分天下，更迎来了新诗史上美学形态最绚丽、最丰富的艺术时代。而现代社会的结构和文化语境决定，纯正的浪漫主义、现代主义、后现代主义，在中国是没有理想、合适的土壤生长的，也难以根深叶茂，它们只有向现实主义归趋，才能获得生命力伸展的保证，现代诗派、九叶诗派和朦胧诗派的命运，早年醉心于纯粹形式的穆木天、王独清后来倾心于现实观照，朵渔、沈浩波的写作从"下半身"向心脏的回归，已经充分证明了这一点。也正是现实主义精神、浪漫主义气质与现代主义技巧的综合机制，才构筑起了新诗诗坛"和平共处、异质同构"的良好生态格局，使新诗能够丰富多彩地健康生长。拥有了相对自由、宽松的生长机制的依托，诗人们自然如八仙过海各显神通，每个人都在追逐自己个性的"太阳"，如李金发的怪诞、戴望舒的凄婉、何其芳的缠绵、杜运燮的机智、余光中的典雅、纪弦的诙谐、舒婷的清柔、韩东的朴质，昌耀的悲凉深邃、海子的浪漫妩媚、于坚的客观平易、李亚伟的戏谑智慧、西川的沉静精致、王家新的内敛深沉、伊沙的机智浑然、翟永明的复调象征、王小妮的澄澈从容……魏紫姚黄，精彩纷呈。也留下了闻一多的《死水》、徐志摩的《再别康桥》、戴望舒的《雨巷》、卞之琳的《断章》、艾青的《我爱这土地》、穆旦的《赞美》、郑敏的《金黄的稻束》、洛夫的《边界望乡》、余光中的《乡愁》、曾卓的《悬崖边的树》、食指的《相信未来》、舒婷的《神女峰》、昌耀的《内陆高迥》、海子的《面朝大海，春暖花开》、于坚的《尚义街六号》、韩东的《有关大雁塔》、李亚伟的《中文系》、王家新的《帕斯捷尔纳克》、伊沙的《车过黄河》、翟永明的《女人》等一系列优卓的精神化石，其丰富的诗学和审美价值构成了一个难得的艺术"启示场"。而几乎在每个时期，新诗都有自己相对稳定的偶像时期、天才代表和"经典"的确立，这种创作上艺术原则、审美形态的多元并存，恰恰是诗歌繁荣的一个重要标志，诗坛活力和生气的基本来源，也利于诗坛理想生态的最终形成，它可以满足读者多元化的审美期待。

新诗那种立足现实自觉结合传统与现代、横的借鉴与纵的继承的选择，大胆调解平衡先锋探索与读者接受、个人心音与时代意向等尝试，也积累了独特的艺术经验。原来，百年中国新诗的问题和教训不少，但留给未来的启示却更多。

非要"文体不限(诗歌除外)"吗

从严格意义上说,任何诗歌文本都是半成品,只有经过读者的阅读和审美再造,其价值才会最终实现,因此受众及传播则可谓诗歌得以流传的关键。可是,1980年代中期以来的诗歌传播语境并不理想,商品经济、大众文化与学历教育的"合力"挤压,使诗歌生产、诗歌传播经历了一段边缘化的厄运。诸多报刊消减诗词的版面,诗集出版数量锐降,出于盈利目的的影视节目生怕沾上诗词的边儿,甚至几乎每年高考试卷"作文"题的题干说明中,都会出现自相矛盾的"文体不限(诗歌除外)"的尴尬。一句话,诗词的传播渠道被严重地堵塞了。

新世纪后,诗词创作与传播出现了种种"复兴"的迹象。自2016年开始,中央电视台连续推出六季《中国诗词大会》,更让诗词在老百姓中"火"了一把,引发了一场诗词狂欢,主持人、嘉宾、选手与观众互动,"品千年诗韵,阅百味人生",传统文化魅力尽显。2018年,央视又推出一档诗词文化音乐类节目《经典咏流传》,和诗以歌,诗词与音乐联袂,主持人、经典传唱人和鉴赏人强强联合，收视率火爆。而同时期此起彼伏的四川卫视的《诗歌之王》、河北卫视的《中华好诗词》、浙江卫视的《向上吧！诗词》等不断助力，使全社会的"诗词热"居高不下。这种"盘活"诗词的尝试，强化了国人的文化自信，也给当下诗歌如何实现有效传播、提升社会的诗意氛围提供了方向上的经验启迪。

要提高诗词传播的有效性，应从诗歌文体的优长与局限出发，借助现代技术手段，大胆地进行跨界。20世纪是文化艺术交叉的时代，在此在经验的占有性和处理复杂事物能力方面先天不足的诗歌文体，为继续生存，已自觉向小说、戏剧、散文等寻求技巧援助。而诗歌传播手段也相应调整，如果还一味地靠口头流传、课堂讲授、选本编辑、配乐朗诵，乃至音乐电视制作，走传统传播路线，已经提不起受众的兴致，所以必须更新手段，尝试"跨界"传播，为传播内容配备一种具有亲和力的恰切传播形式。《中国诗词大会》的成功即在于找准了新旧媒体之间的融合点，扬大众流行文化之长，以央视媒体之"电"为核心传播源，建构"广、电、报、网、端、微"六位一体的联动模式，实现传播渠道上广播、电视、报纸、网络与博客、新闻客户端、微博、微信的多方配合，迅捷及时，反馈便利。再佐以绚丽大气、光影投射的舞美设计，传统或现代元素洋溢的背景音乐、精妙机智而又诙谐的主持朗诵，飘逸灵动、诗画一体的感官氛围，以及"飞花令"、看图猜诗等游戏细节，轻松娱乐和传统诗词遇合，流行文化同明星效应共生，向来高高在上的诗词从书斋的"天空"被请到大会现场的"地面",确实使观众在身心享受中品尝了诗词文化盛宴,提升了传播的看点和趣味性,雅俗共赏,老少咸宜,日常娱乐与文化传播相得益彰,效果可圈可点。

与向大众文化扩张并行不悖,诗歌传播向音乐、戏剧等艺术形式合理跨界更应提倡。诗歌与音乐、舞蹈原本混沌一处,有很强的可唱性,中外文学艺术史上也不乏"歌"诗创作,2016年美国摇滚歌手鲍勃·迪伦获诺贝尔文学奖,愈发证明了"歌""诗"结合、严肃文学通俗化的合理合法性。《经典咏流传》收视和口碑俱佳,一个重要的原因是诗与音乐的跨界结合。节目主创坚守时代性和时尚感原则,用流行音乐方式把经典唱出,开拓出一条经典传播的新途径。其中,清代袁枚的诗作《苔》:"白日不到处,青春恰自来。苔花如米小,也学牡丹开。"本来知道的人并不多,但经过支教的青年教师梁俊谱曲、填充衍生和传唱,被"唤醒"后却人气爆棚,许多人共鸣其生命力的同时,也在无意中"让经典再一次流行"。再如海子的《九月》,通过民谣歌手周云蓬优美而悲怆的创造性演唱,对生存、死亡和时间的思考,得到了更加完美的诠释,甚受青年喜爱。周云蓬以吉他演唱黑大春的诗《圆明园酒鬼》,和鼓声、小提琴声"混搭",实现了诗与民谣、摇滚的艺术同构,也是成功的范例。诗词一经向音乐跨界,就仿佛被插上了翅膀,拥有了获得飞翔姿态和美感的可能。

至于诗歌向戏剧跨界,早在现代时段闻一多、袁可嘉就有过理论企望，而后不断有人做诗歌戏剧化的实验。1994年，北京"戏剧车间"导演牟森为诗建"场"，把于坚的长诗《零档案》搬上舞台，几个演员不带情感色彩的日常行动重复，外化出档案对人成长的钳制，积累了以戏剧方式处理诗歌文本的视角和经验。近几年，辽宁的李轻松着力做诗剧实验，她的《向日葵》由张旭导演、北京舞蹈学院音乐剧系演出后，因肢体语言、多媒体与歌舞的共融互动，诗歌趋于或舞或唱或静的状态，演出效果良好。在这方面，深圳的从容开辟的"中国诗剧场"与"第一朗读者"尤为出色，她多年探索如何使诗歌人面积、多方位走近读者的途径，最终找到了诗歌要与戏剧乃至其他艺术嫁接的"跨界诗歌"对策。前者是让诗歌传播成为有某些戏剧情节、人物贯穿的朗诵，用民歌歌手、舞者、二胡、小提琴、钢琴演奏以及戏剧场景衬托，珠联璧合；后者是在开放式场所，通过朗读、戏剧、音乐、点评环节，让公众听见、看见、热爱、领悟诗歌，以先锋化的立体呈现拓展诗歌的传播空间，增加了传播的实验色彩。因为它们谋求内容、渠道和平台间的内在融合，双双被誉为新世纪影响最大的跨界尝试。

如今诗歌发展境况丰富而复杂，完全靠传统的传播手段难免顾此失彼、捉襟见肘，及时地更新传播手段，力争最大限度地保证诗歌无时无地不在传播的状态，就成了一种相对理想的选择，如可以从天时、地利、人和因素考虑，适时地举办各种诗歌节或诗歌大赛。在这方面堪称典范的青海湖诗歌节、李白诗歌节、《中国诗词大会》等，都对诗词的传播推广做过积极的尝试,特别是连续六季的《中国诗词大会》几乎达到了全民参与的程度,仅"《中国诗词大会》为你度身定制的古诗词"那种新媒体互动方式就因新鲜、个性十足,在第二季的同步答题互动量就达五百多万人次。

又如诗词吟唱也是比较可行的形式,它不是念诗,也不是朗诵,按南开大学叶嘉莹先生阐释,这种吟诵法是用特殊的声韵规律吟唱古诗词,用一种最符合其声调节奏、声律特色的方式,将诗歌抑扬顿挫的形式美传达出来。实际上它也是对古诗吟唱传统的自觉性修复,像东北的"古典诗词吟唱的新媒体传播"国家艺术基金项目组,即通过现代的记谱方式和专业的音乐编配、制作模式,以及"文人唱诗"的演绎手法,统筹编曲手法、现代和声和数字音频技术,熔时尚与经典于一炉,使古典诗词通过吟唱重放艺术美感,并借助网络新媒体得以在更大范围内广泛传播。

再如随着博客、微信在互联网领域地位的攀升,靠博客与微信公众号传播诗歌更自由便捷,覆盖区域十分广阔。早些年,博客的传播力量不可小视。2008年汶川地震的次日,沂蒙山一位作者创作的《汶川,今夜我为你落泪》贴在博客上后,竟然在很短的时间内就有了600万人次的点击量。现下,如"为你读诗""读首诗再睡觉"等公众号就很好地沟通了读者和诗词,令诗词顺畅地进入了百姓日常生活之中。在《经典咏流传》节目中,梁俊和梁越群传唱的小诗《苔》首播亮相后,一夜"刷屏",演唱视频全网播放量居然超过5000万。从这些博客、微信的诗歌传播中不难看出，人间不是不需要诗，而是需要好诗，当下文化语境下的中国，更在呼唤着好诗。

诗词传播要从娃娃抓起，让读诗、诵诗、写诗、评诗成为常态化的习惯。一个民族的诗性思维养成，一个社会的诗意氛围营造，均非一朝一夕之事，它必须经过几代人的积累和努力。所以不能"一窝蜂"地搞突击，一有电视竞赛节目或创作大奖评比激发，就火爆异常，频频模仿，热过了头，而一旦没有活动和功名支撑，就搁置一旁，默无声息了。相关的教育部门也应该注意培养孩子们从小即喜欢、接近和诵读优秀诗歌的习惯，在潜移默化中让那些诗歌"润物细无声"，内化为学生的一种思维乃至心智结构。同时，当下学校应该遏制用传统诗词的解读方法应对新诗的怪异现状，完善新诗的教育方法，这样才能确保诗歌的有效传播和传统文化的彰显。并且，诗词修为与素养的形成乃长期、系统的工程，不是背诵、吟唱多少首诗歌就能够解决的，它必须凭借反复的诵读、赏析尤其是创作的多方联动方可完成，唯有如此，古诗词与新诗经典才不会在根上断流。从这个向度上说，有几个信息是令人振奋的：2017年广东小学生诗歌节在佛山市启动，鼓励小学生赏读、创作诗歌；2017年高考全国文综卷Ⅰ第40题围绕第二季《中国诗词大会》的"赏中华诗词，寻文化基因，品生活之美"设题，探讨优秀传统文化如何传承的问题；2018年中央美术学院考试中，中国画专业考题之一是"书法创作考题：自作《咏春》七绝一首"，考题要求标注诗文（30分），书写（70分）。这三则信息说明，诗歌传播已经找到问题症结所在，能够从根本上抓起；诗歌传播已经不仅关注传统文化与诗词的关系，还关注了古代经典如何向现代进行转换；诗歌传播已经在局部超越读、看、听层面，进入写的阶段，正在创作实践的训练中将对传统文化的弘扬落到实处。而这些是否可以理解为"盘活"诗词，进行诗歌有效传播的最佳时机已经悄然到来？

当然，诗词传播要从接受对象出发，因材施教，量力而行，如"吟诵"需要有相当水准的音韵学专业知识做支撑，要求极高，不宜大面积推广；传播方式上可以和娱乐路线结合，但一定要有度，不能为迎合时尚与受众心理放低身段，更不能有了娱乐丢了诗；传播还应常态化，切忌忽冷忽热，过分哄抬诗词或贬低诗词的行为，其实都有损于诗词的灵魂与尊严。

非诗伪诗垃圾诗,别再折腾了

进入 21 世纪后,为使诗歌从"低谷"的残酷现实中"突围",诗人们通过书写方式变革、现实介入、文本打磨等一系列自外而内的尝试,开始了重构新诗在文坛和读者心中形象的努力。但是,由于新诗形象存在问题的"积重难返",由于诗人们重建诗歌形象的方法并非十分得当,也由于当下生活尚未给诗歌生长提供更多可能,21 世纪诗歌形象的重构没有在短期内把诗歌引向人们希望的那种境地,其负面价值或者说重构的障碍也不容忽视。如今的诗坛一方面热闹而有生气,甚至不时还有一线"辉煌"的假光闪过,但一方面诗的命运远未走出低谷和边缘,还透着一股内在的悲凉。

21 世纪诗歌形象重构的最大困惑仍是有分量作品少的老大难问题,并且在拳头诗人的输送上还远远逊色于 20 世纪八九十年代。我曾经多次提及,一个国家、一个民族的诗歌繁荣与否的标志,主要看它能不能拥有相对稳定的偶像时期和天才代表,就像郭沫若、徐志摩之于 1920 年代,戴望舒、艾青之于1930年代，穆旦、郑敏之于1940年代，郭小川、贺敬之之于五六十年代，舒婷、杨炼之于1970年代那样，他们都支撑起了相对繁荣的诗歌时代。回顾新时期的诗歌历史，如果说1980年代尚有西川、海子、王家新、翟永明、于坚、韩东等重要诗人胜出，1990年代至少也输送了伊沙、侯马、徐江、西渡等中坚力量，而诗界整体艺术水平提高的新世纪诗坛呢？在它的风格、趣尚迅疾流转的过程中，别说让人家喻户晓的，堪和马雅可夫斯基、洛尔迦、艾略特等世界级大师比肩的诗人，就是那种襟怀博大、诗魂高迈、极具终极追求的，能代表一个时代的诗人，几乎都没怎么显影。而"群星"闪烁的背后没有"太阳"，多元并举的同义语是缺少规范，拳头诗人和经典诗作的匮乏，无论如何也说不上诗坛怎么繁荣。这个时期的诗人，理想都很高远，像民间写作、知识分子写作、第三条道路、低诗歌、下半身写作、中间代等诗歌群落，均有自己很高的目标定位，可惜的是创作常常在理论之后爬行，难以抵达希望的高度。

归根结底，影响新世纪诗歌形象重构的核心是写作本身问题严重。有些诗人或者在艺术上走纯粹的语言、技术的形式路线，大搞能指滑动、零度写作、文本平面化的激进实验，把诗坛变成了各式各样的竞技实验场，使许多诗歌迷踪为一种丧失中心、不关乎生命的文本游戏与后现代拼贴，绝少和现实人生发生联系，使写作真正成了"纸上文本"。像一度折腾得很凶的"废话"写作，像"口语加上回车键"的"梨花体"写作，等等，不过是口水的泛滥和浅表的文字狂欢，有些诗作抛开那老旧拙劣的比喻和飘忽的意识自由联想，几乎没有什么。这种形式飘移，使诗人的写作过程缺少理性控制，生产出来的充其量是一种情思的随意漫游和缺少智性的自娱自乐，更别提什么深刻度与穿透力了。至于无节制的"叙事"、意象选择和构思上的艺术泛化现象，也是很多作品的通病，它们和大量底层诗歌、打工诗歌都急切面临着艺术水准的提高问题，或者在情思书写上完全深入到了日常化的琐屑之中无法自拔，无暇乃至拒绝精神提升。不能否认有些诗人始终在探寻着诗歌的本质，像马铃薯兄弟的《木质的K》、宋晓杰的《惊蛰》等，就通过对生命、人生、宇宙等抽象命题的凝眸，在抒情传统的基础上增添着诗歌新的理性内涵。但更多的作者将个人化写作降格为小情小调的抒发，将诗异化为承载隐秘情感体验的器皿，而对灾难、疾病和贫困等能够传达终极价值和人文关怀的题材却施行"搁置"，生存状态、本能状态的抚摸与书斋里的智力写作合谋，使诗难以贴近转型期国人的灵魂震荡和历史境况，为时代提供出必要的思想与精神向度，最终由自语走向了对现实世界失语的精神贫血。如下半身的贴肉写作，"垃圾派"与生理需要无异的精神排泄，以及数不清的无难度日常生活呈现，吃喝拉撒、饮食男女、锅碗瓢盆等毫无深度、美感的世俗题材攫取，自然难寻存在的深度、大气和轰动效应，它们事实上也构成了诗性与诗意最本质、最内在的流失。

21世纪诗歌书写形式革命日渐暴露的弊端也需警惕。不论是民刊还是网络，的确"藏龙卧虎"，但时而也是藏污纳垢的去处，用于坚的话说，它最高尚纯洁、最深刻有效，也最恶毒下流、最浅薄无聊，"阴阳两极被全面释放"。民刊如火如荼地发展，使那些不为主流刊物认可的好诗浮出地面，但也是"拔出萝卜带出泥"，好诗被发掘出来的同时，一些非诗、伪诗、垃圾诗也鱼目混珠地招摇过市，破坏了民刊的声誉。民刊的同仁化，既造就了不少风格相近的诗歌团体流派，又由于人际关系的圈子化因素带来选稿的随意而潜藏危机，一些并不优秀的诗歌混入使诗坛不再纯粹。多数民刊的即时性和短暂性，使其生存能力偏低，虽能够增进诗坛的活气和热闹，却不利于相对稳定的大诗人产生。网络写作固然便捷，增加了诗坛的平等氛围，但是"网络诗歌"的自由、低门槛和消费时代的急功近利相互作用，也把它变成了"鱼龙混杂"的所在，无厘头、快餐化、段子式的拼盘铺天盖地，粗制滥造的"垃圾"、赝品充斥各个网站，游戏、狂欢的自动化倾向明显。

另外，21世纪诗歌形象重构的事件化倾向又有所抬头。诗歌向流行文化、大众时尚乃至消费经济靠拢的"变通"，向社会、现实生活的渗透，不乏令人欣喜的因素，但这种诗歌泛化说穿了就是一种媚俗的挣扎，它的直接后果是导致诗性的大面积消亡，使诗歌自由独立的精神属性日渐萎靡、缩减，所以对之该充分注意。如今，一提及当下诗歌，很多人马上就会想到"梨花体""羊羔体"，想到裸体朗诵、诗人假死，想到多得让人叫不上名字的诗歌奖项与诗歌活动，这不能不说是让人悲哀的事情。特别是出于文学史的焦虑，这十余年玄怪的命名综合征越发严重，什么"70后"写作、下半身写作、"80后"写作、中间代写作、垃圾派写作、低诗歌写作、新红颜写作等，连绵不断，你方唱罢我登场，频繁的代际更迭和集体命名，反映了一种求新的愿望，但也显现出日益严重的浮躁心态，其中不少就是一种低级的炒作，它们极其不利于艺术的相对稳定性和经典的积淀与产生。因为，在诗歌的竞技场上最有说服力的永远是文本，那些事件大于文本、事件多于文本的现象应当尽早画上终止符。

可见，21世纪的诗歌形象重构如今还说不上特别成功，与真正的繁荣期尚有一段距离。这种形象重构，基本上出离了1990年代"个人化写作"的审美与思想境域，不能说它把诗坛带入了生态最佳的发展阶段，但也不能说把诗坛引向了最差的狂躁时期，它虽然存在一些必须消除的偏失，但也提供了一些艺术趣尚和情感新质，只要诗人们能够在时尚和市场逼迫面前拒绝媚俗，继续关怀生命、生存的处境和灵魂的质量，在"及物"的基础上，注意提升抽象生活的技术、思维层次；同时注意张扬艺术个性，强化哲学意识，协调好当下现实与古典诗学、西方文化资源的关系，避免在题材乃至手法上的盲从现象，像学会快起来一样让写作慢下来，在优雅的心态中宁静致远，那么21世纪诗歌就会无愧于时代与读者的期待。

把诗歌从"云端"请回"地面"

"诗歌与现实"的关系这个老话题常谈常新。也许有人会说,"诗歌与现实"的关系这个老掉牙的话题实在没必要再提,哪个时代、哪位诗人、哪种写作不涉及这个问题?这不是已经留下许多成功的范例吗?其实不然。老生常谈证明问题重要。问题始终悬而未决,所以能常谈常新。并且,不同时代、不同作者面临着不同的现实,不同作者面对同一现实随着时间的推移也可能有不同的反应。历史证明,凡是诗歌与现实高度和谐共振、词与物之间达成双向渗透时,大手笔的诗人和经典作品即会萌生,屈原的《离骚》、杜甫的《茅屋为秋风所破歌》、郭沫若的《凤凰涅槃》等就是例证。

而一个时代如果产生了能够深刻介入现实、影响写作风气的诗人,产生了让人读后顿觉海阔天空、诗魂高迈又具有超越时间力量的经典作品,即便这样的诗人和这样的作品凤毛麟角,那么这个时代的诗歌也称得上繁荣了。考察新时期以来的诗歌创作,发现它们和现实一直互为关联,时而异常密切,时而若即若离，总体上留下了一条从疏远到重建的运行轨迹。

　　1980年代的诗坛不乏一些紧盯时代、现实、历史之作，它们贴近国家和民族抒情，"大词"频出，但是多数偏于空洞，影响不大。有一部分诗歌努力在自然、灵魂、生命等领域进行精神层面的探讨，但过于迷恋技术和语言。这类作品诗意固然纯粹，只是人间烟火稀薄，从根本上阻滞了与现实、读者沟通的渠道，对诗歌陷入边缘化的处境难辞其咎。1990年代的诗坛盛行个人化写作，"从日常生活的海洋打捞艺术的珠贝"成为一时的风尚。而21世纪虽然刚刚滑过二十三个年轮，但这个时期诗歌创作的丰富与特殊程度令人咋舌。一系列重大事件促使诗人们的写作伦理水准普遍攀升，他们常常将自己和周边现实联系起来考虑问题，写下的诗歌作品对现实与时代有所承担，因为不食人间烟火的选择无异于自设"陷阱"。诗歌写作何时都允许有心灵化或纯粹化路线，只是不能做空转的"风轮"，一味地"净化"到只剩自我。诗人们努力远离过度纯粹和自我的束缚，谋求与广阔世界的联系。不少诗人将切身感受和原初经验作为情思资源，自觉打通小我与大我、一己情绪和公共体验，在某种程度上传递出了时代的声音。比如说，赵亚东的《带一粒稻米回家》，就像是从生活土壤上直接开出的精神花朵："那些稻子说倒就倒下了/听命于一个乡下女人的镰刀/她弯下腰，拼命地梳理/一粒米和土地最后的联系//那些稻子被风吹着/最后都倒了下去，一片一片的/像那个收割的女人，默默地顺从于命运/她赶着牛车，运回落叶和满地的秋霜//那些稻子也该回家了……/我知道必须用尽一生的力气/才能把它们带回家。"精确而节制的文字,富于张力的描述,写出了农人劳作的艰辛。作品从个人写作出发,却传达出"非个人化"的声音,入笔虽小,旨趣却远,透过事物的表象闪烁出智慧和人性的色彩。

　　诗人的情感一旦不与时代沟通,就只能是孤零零的个人情绪抒发。新世纪诗歌格局中部分作品现实感浓郁、情真意切、元气淋漓,尝试改变诗歌文体弱于处理复杂事物的缺憾,大胆向叙事文学技巧"借火儿"。这些作品淡化凌空蹈虚的抒情倾向,努力重建与现实的关系,让诗歌更具包容性和真切感。然而,当前诗歌创作中观照现实的倾向并未构成大面积、强有力的覆盖,确切地说所占比重相当有限。而且,即便是那些称得上"及物"的现实性写作也不到位,对现实的本质存在误读,艺术水准滞后。这些问题叠加,使当下的诗歌总体上步履凌乱,与理想的沉稳状态相去甚远。

　　当前诗歌的现实表现没有完全触及生活与生命的内核,存在着严重偏离现实本质的弊端。诗人们如果能最大限度地向现实生活空间敞开,会发现他们正置身于一个孕育大手笔的诗歌时代。好的诗歌都朴素真诚,逼近人的生存真实和时代良心。经过个人化写作时代的洗礼,诗人们纷纷在日常生活空间寻找诗意,这对内视角的诗歌本来无可非议,可是不少诗人却极力标举诗歌的自主性和排他性,将诗歌异化为承载私密情感体验的器皿,个人欲望暴露无遗,泪水与庸常进行着琐屑的叠合。

这样的写作姿态让诗歌有时完全沦为无价值的下意识、潜意识缠绕，成为自娱自乐的个体灵魂表演，既远远放逐了传统的忧患意识，也造成诗性和诗意的流失。而私密化、小情小调的流行，势必搁置能够传达终极价值和人文关怀的题材。诗人自我的情感一旦没有和时代、社会沟通，就只能是孤零零的个人情绪抒发，容易出现精神贫血、诗魂孱弱的现象，无法提供必要的思想与精神力量。一些诗歌作品虽然有巧思和情趣，想象力奇特，但过于庸常，没有精神的提升，或者怪诞得毫无深意和美感，只能让读者失望而返。

　　不错，诗人没有必要也不可能把现实都移植到作品中，他可以表现个人与隐秘情感，但如果大家都在个人区域里兜圈子，致力于本能、生存状态的揭示，拒绝"宏大叙事"，不去关注时代变迁、社会良知、国家命运，这样的诗歌作品就走入了自我窄化的逼仄空间。一个有出息的诗人，理应有明确的方向感，善于以个人视角去折射民族、时代、历史的鲜活现场。

　　偏离现实本质与"艺术塌方"是当下诗歌创作的两个症结。当下，众多网络写手、诗人和编辑在书斋里凭借智力炮制的泛化诗作，从本质上讲就是在公开地误读与歪曲现实。它们对现实的本质偏离也更为可怕。互联网的便捷和传播渠道的多元，成全了一批以"好玩儿"和盈利为目的的写手。他们没有生命的感动，没有思想的触发，更没有灵魂的投入，完全靠知识和书本代替生活体验，无中生有地"硬写"。基于功成名就后的匠气，多年打磨训练的技巧，以及一点点的小聪明，他们也可以把诗歌写得四平八稳、老到娴熟,看上去有模有样,但就是缺少生机和创造性,充其量只是一种技术的博弈,属于典型的思想"原地踏步",搭建的是与生命、精神无关的"纸上建筑""网上建筑",成为玩意儿十足的形式飘移和灵魂的随意漫游。毫不走心或"为赋新诗"的发生机制,注定了这些诗歌与现实之间有着说不清的隔膜,其"假小空"的状态是对生活和生命本质更深层的偏离。

与偏离现实本质相伴生的,是表现现实过程中出现了因技术滞后造成的"艺术塌方"。按理说,从1980年代的喧嚣和1990年代的沉潜中走来的新世纪诗歌,拥有比较理想的艺术高起点。如何将日常现实转换、上升为诗性现实,这对很多诗人来说不在话下,根本不是问题。可惜大量以现实作为诗情、诗思资源的写作者,缺少深厚的文化内涵,缺乏必要的超越意识,没有接通更为博大、智慧的精神情怀,更没有上升到审美的层次。

有些诗人把真情实感的流露视为诗歌的最高旨归,这无形中将诗歌降格为无难度写作。他们的作品手法单调、滞后,现实有余,灵动不足,不但无法准确传达出繁复、微妙、生动的现实世界,也耐不住读者的咀嚼,滋味寡淡。如果说偏离现实本质的诗人没找准有价值的"现实",而这些诗人面对好端端的现实却心有余而力不足,表现不到位、不恰切。他们操持着过于传统的技巧,这在日新月异的当下现实面前,显得老套和无力。

可见，新世纪诗歌与现实关系的重建方向明确，为优秀诗人和经典作品的孕育创造了可能，也拉近了诗歌和读者之间的距离，但是目前诗人们在这条路上走得还不够稳健。关键性的现实在诗歌作品中被"遗漏"，被捕捉到的现实又表现孱弱，波澜壮阔的时代进程没得到全面深刻的反映。这种与现实贴近明显不足的问题值得正视。

诗人应该明白，介入现实的方式要合理，要注意与时俱进的思想提升和艺术建构，与现实之间保持一种出入俱佳、虚实有度的平衡状态。更为重要的是，诗人们宜淡化取巧、炒作的"诗外功夫"，从各种各样令人眼花缭乱的诗会、诗赛、诗节中撤出，专心提升自己的修养，致力于生活的沉潜，用心打磨作品，学会有效地与现实"对话"，让诗歌从缥缈的云端回到坚实的地面，把接地气、说人话、写好诗作为毕生的追求。

"及物"与如何"及物"

新世纪文坛一个不争的事实,是走出边缘化低谷的诗歌境遇逐渐好转。且不说呈几何倍数增长的创作者,在网刊和纸媒上多点开花,每年至少推出相当于《全唐诗》总数的大量文本,诸多朗诵会、诗歌节、诗歌奖和学术研讨,此伏彼起,魏紫姚黄,色调缤纷;以碎片化的准诗、泛诗形态悄然渗入手机短信、微信和广告、卡片文化的诗歌,也不时让日常生活"诗意盎然",种种征候使诗坛呈现一片人声鼎沸、热闹非凡的"复兴"景象。仅仅是诗歌自身内在重构的努力就足以令人兴奋,空前活跃的民刊、网络平台催生的书写与传播方式变革,带来了自由和创造的品质,从运动情结中淡出、冷静下来的诗人们,大多数自觉回归诗歌本体,致力于各种艺术可能性的挖掘和打造,提升着诗歌的品位;尤其是"及物"策略的明智选择,将诗歌和现实之间的关系调整到了相对理想的状态,甚至可以说,它是促成新世纪新诗境遇转换的最重要的动力之源。

说起"及物",它的来路还颇为坎坷。1980年代中期之后，出于对意识形态写作、宏大叙事的反感和规避，许多先锋诗人将诗与现实的关系理解为过度贴近现实、时代写作，或许会在短期内引起轰动效应，但时过境迁后很容易沦为明日黄花，而与置身其中的生存语境拉开一定距离，偏于人类永恒情感和精神质素书写的文本，虽无速荣的幸运，却也少速朽的悲哀，所以在创作中迷恋纯诗，常常有意汰除社会层面的"非"诗因素，高蹈于优雅、和谐的幻想和神性世界，充满语言狂欢与圣词的气息，和现实若即若离。这种追求强化了诗意的纯粹及技巧的稔熟，但过于玄奥超然的所指却把一般的读者挡在门外，悬置了诗与现实深度对话的可能。基于"不及物"诗歌的诸多弊端，1990年代的"个人化写作"则格外关注"此在"，表现日常生活的处境和经验，只是有些诗人时而把"个人化写作"当作回避社会良心的托词，诗魂变轻。新世纪诗歌整体上延续了"及物"路线，但是经历过一系列大悲大喜事件洗礼过的诗人们，知道诗歌非匕首或投枪，没有直接行动的必要，并不意味着要取消其行动的力量，而应以艺术化的方式进行。诗如果不去关涉人间烟火、芸芸众生，前途则无从谈起，并在创作中表现出新的超越性品质。

诗人们不完全拒斥超验、永恒的情思元素，可是已注意讲究"及物"对象选取的稳妥、恰切，在典型、多维的日常处境和经验的有效敞开中，更接地气地建构诗歌的形象美学，与当代生活的联系更为广泛。随便翻开一首诗，就会发现从生活土壤中直接开出的精神花朵："四个人席地而睡／像几根随意扔在地上的脚手架……一只麻雀跳下 / 啄乌云投下的影子 / 无意间啄到一个人的头颅 / 他醒了 / 睁开眼睛开始张望 / 朦胧得像初生的婴儿"（陈仓《工地小憩》）。普通镜头的摄取已介入社会一角，显示了诗人对人类遭遇的关怀，脚手架与人、麻雀的生动与酣睡的死寂交错，施以诗歌特殊的张力，底层的苦楚、劳累与艰辛不言而喻。不仅是琐碎细微的日常生活，严肃重大的社会问题也走进了抒情空间，面对故乡河南有农民因卖血染上艾滋病的惨象，翟永明写下《老家》："老家的皮肤全部渗出 / 血点　血丝　和血一样的惊恐 / 吓坏了自己和别人 / 全世界的人像晕血一样 / 晕那些针孔"。诗是对事件的直接反应，更是对人性和社会良心的拷问，冷静的审视与客观的叙述里，蛰伏着诗人的愤怒之火和悲悯的大爱，这种"问题诗"已有批评生活的直接行动力。并且因为诗人直觉力的超拔和感受的深入，很多作品穿越了对象的芜杂和表层，由灵性感悟的小聪明进入了事物的本质根部，闪烁着智性之光。如罗凯的《你主宰所有的空气》好似在扫描窗外的物象和记忆、幻觉交错的心象："四面的玻璃为你隔绝迷局 / 重新结构你身影的一部分走出四端 / 你被虚幻的光亮勾勒轮廓 / 总有疑惑从暗处推演透明"，实则洞悉了人、人性与世界的局部本质，世上很多事物都乃矛盾而辩证的存在，隔乃非隔，界而未界，人被洗澡间"隔绝"却"主宰了所有的空气"，身体最受限制之时也许是灵魂最无遮拦之境。

没将现实因子直接搬入诗中，进行黏滞泥实的恢复与呈现，而是依靠能动的主体精神和象征思维等艺术手段的支撑，在呈象过程中充满灵性，获得一定的精神提升，甚至有时还能提供出某种新的精神向度。如李琦的《下雪的时候》："在人间逗留／见过太多的斑斓和芜杂／这单纯之白，这静虚之境／让人百感交集／让人内疚"。凝视着纷纷飘落的自然之雪，诗人是在雕塑、追慕着一种气质和精神，她痴迷的雪在心与外物的契合中已构成一种美的隐喻，那洁净、清白、单纯、静虚之物，在貌似下沉实为上升的灵魂舞蹈中，对人生有着奇妙的清凉暗示和启迪。侯马从庸常事物中发现诗意珠贝的《他手记》，没被凡俗生活的海洋淹没，而在恢复语词和事物的亲和性的同时，让诗性之光将对象烛照得遍体澄澈，提纯了思想，如276则《老警察》："他的妻子一生喋喋不休／他最终只好选择沉默／那绝望的女人／无计可施／逢人便讲／这老头小脑萎缩／他默默地忍受这污蔑／嘴角浮着孩童般的笑"。字里行间的鸡零狗碎、家长里短世俗平庸，可诗却凭借围绕在老警察身边的日常片段、细节，寄寓了悲悯情怀，测试出婚姻与人生沉重、无奈的本质这样"庄重"的形而上内涵，指向遥深。雷平阳的云南书写里，也不乏现代性经验的体味，现场感很强的《集体主义的虫叫》貌似状写夜宿树上旅馆时听到森林里各种虫叫的过程和感受，实则彰显了诗人对自然的敬畏和从自然生命中获得的启示，"只有叫／才能明确自己的身份"，人亦如此，只有拥有宽阔或微弱的声音，才能证明自己的存在及其价值。

　　始终坚守诗之为诗的原则，绝不放弃艺术性的前提。诗人们清楚"及物"说穿了只是解决了题材走向问题,文本要赢得读者的认同还需借助艺术技巧的支撑,以完成日常经验向诗性经验的转换,所以在创作手段上犹如八仙过海,各显神通。有人摈弃直抒胸臆方式,启用带有象征色彩的意象进行物态化抒情,马莉表现对早逝朋友怀念伤痛的《我的朋友出发了》以路障、雪、雨、闪电、天空、血、蓝色的眼睛等驳杂意象暗示,揭示死亡冷酷却无法逃避的真相:"他们有一天/和我们一样也要出发"。情感、形象和思想的三位一体,统一了诗的抽象力和具象性。有人尝试借鉴小说、戏剧、散文的手段,把叙述作为维系诗和世界关系的基本手段,如马永波的《幸福的蒸汽——给大姐》:"当外面黑暗一片的时候/就能听见她在厨房里忙碌的响动……我的大姐/怎么越来越像/我那早已不在人世的母亲"。该诗适度调节过程切面、场景描述和冷静的思绪,姐弟团聚的天伦之乐和对慈爱的母亲、美好记忆的怀想结合,细节的准确性关注,加上质感的语言,保证了诗和表现世界的清晰、生动,靠一定的叙事长度和澄明的片段,把生活还原到无法再还原的程度,作者温暖而感伤的复合情感,也因之被传达得沉静悠远。有人以"离文化远一点儿"的态度,用素朴本色的语言"直指人心",消除诗与读者的隔膜,如胡长荣的《在一树桃花面前》:"在一树桃花面前/我常常被一个词深深地打动:/怀念//在一树桃花面前/我至今还认为/一树的桃花中/开得最鲜艳/美得会说话会微笑的那一朵/就是我曾经深爱过的/一个叫桃花的/乡下姑娘"。独语式的语流仿佛从诗人的命泉里直接流出，拙朴自然，如风行水上，似白云出岫，把淳朴、真挚的情爱信息表现得苦涩又满瘪，读着它即可直接走进诗人的生命内部。

遗憾的是，新世纪的"及物"诗歌在对象选择、精神提升、艺术品质坚守诸方面都存在着一个限度问题。比如"及物"意识的无限泛化，有时就模糊了选择的界限，使锅碗瓢盆、饮食男女、吃喝拉撒等题材没节制地大量涌入，没深入或清新的意味，也少必要的美感，做到"日常"化同时"审美"一维却被削弱了。又如很多"及物"作品完全倚重具体质感的"此在"，淡化甚或拒绝对有着高远境界的"彼在"世界的追逐，别说提供什么有价值的精神向度，有时连主体都彻底退场，诗无形中降格为情感偏瘫的世俗现象铺排和形而下的情思漫游，"诗歌何为"的终极问题被搁置了。再如有些诗艺术上态度散漫，结构芜杂，叙事枝蔓啰唆，"及物"诗歌蜕变为无难度写作和配合时势的简单肤浅的"应时""应景"，或空洞，或矫情，很难引起读者共鸣。虽然诗歌境遇的真正转换，需要社会、读者、诗歌的"合力"作用，但主要还得依靠文本自身的良性运行，从这个向度上说，也正是由于"及物"及其限度的存在，新世纪诗歌的境遇获得了明显好转，只是距离真正的繁荣还任重道远。看来，在怎样的前提下和范围内"及物"，应以什么方式"及物"，"及物"过程中该避免哪些问题，还需要诗人们慢慢思量。

原生态、冲击力及其限度

写诗曾经只是有闲阶级的精神活动，可进入新媒体迅疾发展的21世纪后，却有成千上万生活在底层、边缘的"草根"，在种地、放牛、喂猪、挖煤、运砖、喷漆、卖菜之余，以诗为渠道诉说、释放自己的心灵，并且相当一部分作者一出手就气象非凡，其冲击力和艺术水准甚至令一些专业性诗人汗颜。这种内涵着诸多新质的诗歌现象，已然搅得诗界风生水起，异象频生，不容小觑。

草根诗歌的发生机制值得信任。有人对2008年、2011年的打工诗歌做过统计，发现出现频率最高的词，是故乡、眼泪、疼痛、畏惧和爱，这个结果实际上指认了一个事实，即有别于大量纸上、网上谈兵的以书本与知识为资源或无病呻吟的作品，草根诗歌基本不去触碰过于隔膜遥远的抽象、绝对之"在"，而多肇始于创作主体的切身感受和原初经验，浓缩着乡土中国都市化进程中底层生命的身份困惑和精神颤动，是从诗人的日常生活乃至灵魂深处直接生长出来的，所以常常情真意切，元气淋漓，蛰伏着打动他人心灵的可能。像老井的《廉租房》乃煤矿工人困窘生存状态与内心焦虑的自我表述，上扬的房价令"女友美丽的脸在一夜间变成荒原""父母湿润的笑容里/掺上水银和黄连"，无奈的诗人企望"躲到清凉的井下"，恨不得被矸石掩埋，因为那样"下辈子的廉租房"就"有了着落"，怪诞绝望的念头直抵下层灵魂的疼痛真相，酸楚和艰辛自不待言。田暖的《父亲的井》则在测试着乡愁的深度，父亲擦拭电机、盖石板等普通简单的动作和平淡枯燥的事象过程，以及虔敬欣然的心理波动，被诗人写得那么质感鲜活，稔熟真切，那种生动、逼真、细致的描绘与恢复本身，在切入乡土的情感旋律和文化实质同时，就昭示出诗人对故乡的无限挚爱。而张二棍的《此时》对人类本质的探究已有思的意味，入殓师、钟表匠、医生、哑巴以及"我"所有人的一切"修改"的努力，都是徒劳又无意义的，因为他们在"修改"世界的同时也被世界"修改"着，在神的手中人不过是"布偶"而已。诗人的揭示虽透着彻骨的悲凉，却也抵达了生命的部分本质，作者若没有在苦难、无奈和绝望之"海"中浸泡过，绝对写不出如此宿命的诗句。草根诗歌来自一个个单独的"小人物"，但它们拼贴、聚合在一处，却通向了人类深层的情感和经验，折射着一个"大时代"的精神面影，诗的强烈的现场感，生命的痛楚与酸涩，会让读者猝不及防地被击中，生出缕缕紧张、悲悯与疼痛，它们无疑拉近了诗和现实之间的关系。

　　草根写作基本上是一种不化妆的诗歌。虽然它并不绝对地排斥意象、象征等现代技巧的援助，像余秀华的《我养的狗，叫小巫》《苟活》中与诗人形影相随的"狗"、许立志的《我谈到血》《我咽下一枚铁做的月亮……》中异质对立的"血"和"螺丝"，以及郑小琼的《声音》《生活》中与肉体共在的"铁"意象，均堪称夐然独创的专利语码，构成了诗人的精神孤寂、灵魂矛盾悖裂、工业文明挤压对人类异化的象征，苍凉沉郁，打击力强，又有很高的分辨度，但是它们仍在直接抒情的整体笼罩之下。认为生活远比诗歌重要的诗人们，尽力凸显自身经历、经验的表达状态，与文化底蕴相对欠缺的学养结构遇合，很容易造成饱有苦难叙事先天优势的草根诗歌必弱于艺术打磨的错觉。其实不然。草根诗歌一般不拐弯抹角、矫揉造作，有时甚至舍弃了形容词与修饰语的枝蔓，只剩下内涵灵魂的树干，本色质朴却又强悍得直指人心。像郭金牛的《纸上还乡》对打工者生活与心理面貌的复现，没有什么修辞包装，思绪、语汇急骤相间的跳跃，将少年跳楼的惨烈、母亲绝望的悲凉和诗人的孤独与还乡想象和盘托出，笔直前冲的情绪取向裹挟的震撼力，令人无法回避。梁书正的《无非》更是启用了直指式的句子结构："无非是拖儿带女，背井离乡／无非是带上年迈的老爸，跟我漂泊／无非把一张火车票，当绝命书……"十一个"无非"同结尾两句"还有什么要紧"的重复搭配，造成一种飞流直下的瀑布一样的一气呵成的情绪动势，把抒情主人公身处困境却从容面对的以退为进的坚韧传达得遒劲有力。

对凌空蹈虚抒情路线的规避和对日常生活情境与经验的俯

就，促成了草根诗歌在无意间比一般诗歌更关注对话、细节、事件、过程、场景等因素，与直接抒情同步，将叙述作为建立、改变诗和世界关系的基本手段，酿就了一种叙事诗学，有时诗被演绎为一段过程、一节事态。如陈亮的《春天里》对父亲的肯认，就是通过一系列细节、片段、画面的串联完成的：他一生都是硬汉子，病重期间上茅房宁可"扶着墙和几棵他早年栽下的树"，也不要母亲搀扶；对院子里锈迹斑斑的"拖拉机"也不同意卖掉；发火、咳嗽、絮叨、流泪等动作、心理等叙事性文学环节的介入，见出了父亲倔强刚毅而又暴躁的性情，触摸到了乡土、农人的体温、气息和无可抗拒的悲凉命运旋律，使诗获得了一定的似淡实浓的叙事长度。笨水写实与想象交错的《吃草的羊》，同样充满情节的意味，不说羊跟随草、追逐草走，"一辈子为草而生，而死"似乎有一定的形而上指向，单是二者间组构的流动性与凝定感兼具的画面就美不胜收。草根诗歌向叙事性文学技巧扩张的叙事，因为有情绪压着阵脚，仍是诗性叙事，它既让文本空间内人间烟火气十足，也缓解了诗歌文体的内部压力，提高了诗人处理复杂事物的表现能力。

或许是在过于典雅含蓄的诗坛憋闷得太久的缘故，读者看厌了那些不痛不痒、不温不火、不死不活的作品，草根诗歌中吟啸江湖的"藏龙卧虎"来自生活、生命中的原生情感经验和那种质朴强烈而又饱满的表达状态，才使其在诗坛产生了广泛影响，让"好诗在民间"不再仅仅是一种虚妄的口号。最重要的是草根诗歌引发了人们的一系列思考：好诗的标准究竟是什么？精致圆熟但无冲击力的诗和虽有缺陷却生气四溢的诗哪个更值得褒扬？既然写诗水平的高下和学历构不成必然联系，那么诗歌是否还需要学养的支撑？

然而，在众多的草根诗人中，能够被诗神拍着肩膀者毕竟是凤毛麟角，大多数还是沉默的存在，并且写出来的草根诗人也正面临着许多需要格外警惕的隐蔽的陷阱。首先，草根诗歌为底层立言，为天地写心，像红莲的《他不是聪明人》对车祸带走的二十八岁年轻人的死亡的平静触摸，刀锋在《亡灵》中由途中肮脏混乱、驳杂萧瑟景象生发的灰暗感慨，小西《由一只梨子想起的》祖父葬礼上梨花凋落的悲伤无知的遥远记忆，玉珍对《孤独这种粮食》的仔细深入、别出心裁的品琢与回味，都不同程度地投注着诗人的真诚良知，敞开、暗合了生活和人性的本相及深层经验，甚至捅到了历史与现实的痒处，痛感强烈，隐含着可贵的批判意识锋芒，可圈可点；但客观说尚停留在当初直面现实、叙述苦难的"断指"模式阶段，还缺乏一种必要的超越意识，没有接通更为博大、智慧的精神情怀，上升到现实审美的境界。其次，在草根诗歌中误把真情实感流露当作最高旨归、将诗降格为无难度写作的倾向非常严重，很多诗人手法单调滞后，泥实有余，灵动不足，不但满足不了当下繁复、微妙灵魂世界传达的需要，也禁不住咀嚼，滋味寡淡，艺术水准亟须提升。有些诗对观照的材料剪裁不够，结构臃肿，语言啰唆，陷入了散文化的泥淖。

其实，成熟的诗人和审美对象要若即若离，既是能匍匐于对象土地上的"兽"，更该做栖息于对象土地又能超越对象土地盘翔于天空的"鹰"。

研究者要不要写作

在日常生活和大学的课堂上，我经常会遇到这样的提问：研究者或者批评家自己要不要会写作？这确实是一个让人无法回避的重要问题。

记得俄罗斯诗人布罗茨基在美国密歇根大学当驻校诗人的时候，美国评论界曾经发过"一个驻校诗人胜过多少个教授"的感慨，这话虽然听起来有点儿言过其实，但是却也道出了驻校诗人可以激发学生的想象力与创造力的实情。因为诗人驻校之后的现身说法，让学生知道了诗歌创作是怎么一回事，感觉到诗歌不再是那么神秘、玄奥、遥不可及，并且在直观的诗人对方中发现自我，使自身蛰伏的敏感、创造性潜能与思维被积极地唤醒和激发，从而也就实现了对以往刻板、空洞、仅仅停浮于理论层面的诗歌教育现实的良性冲击。所以，我一直以为，正像一个写作者最好懂得最起码的文学理论 ABC，有助于提高创作的品位一样，一个文学研究者特别是从事写作学研究的学者，最好也应该"下水"，写点儿文学作品，你可以写得不好，这没关系，但写不写则完全不一样。

客观地说，一个诗歌研究者如果有过自己写作的经历，再加上敏锐的直觉感悟力所赋予的过硬的文本细读功夫，就能够保证自己的研究绝非仅仅从诗歌的外部去寻求诗歌的内驱力，而能够注重诗歌的本体，驾驭诗歌内质的复杂性，走进文本的内部和深处，从而把握住诗之为诗的此中三昧。回过头来指导学生才会避免那些想当然的成分，或者说更具有针对性，能够说到点子上，学生也才会真正地信服。

写作课的属性之一是实践性大于理论性，甚至在某种程度上可以说，学生的好文章都是经过老师的帮助修改出来的，而不是老师讲出来的，这就规定教师最好具有对学生的引领作用，不仅专职，更要专业，不仅言传，更要身教。自从有写作学科以来，就没有一本人人都共同认可的教材，或者说写作本身就没有先在的定论可以去遵循，做教师的就应该以自己的创作实践，证明理论是否可行与科学，以课下高水平的作品创作，和课上讲授的理论进行呼应印证，达成课上的学者和课下的写家的身份统一。这样学生才会真正信服你，否则你即便把写作课讲出花儿来，自己只做光说不练的假把式，不光是你的身份，包括你持的理论也将变得十分可疑了。

在这个问题上，写作课老师最好要不断调整自己的身份、位置，和学生之间的关系由师生向朋友转化，平等地对话。你不能摆老师的架子，居高临下，可能在某些问题上，个别优秀学生在想象力、语言天分等方面比老师更为出色，何况学生是一个群体，其思维水平特别是知识视野会远远超出老师的覆盖，这时你就应该放下身段，和他们平等地探讨，尤其是要不断更新自己已有的知识结构，以更好地适应写作本身和学生的需要。

回望百年新文学和新文学的历史，就会捕捉到一个明显的事实，即朱自清、闻一多、梁宗岱、沈从文、周作人、老舍、唐湜、袁可嘉等一批文学研究者，他们的另一个身份就是诗人或作家，当代时段许多文学理论和批评圈里的佼佼者，也都是使"双枪"的，左手写论文，右手搞创作，格非、曹文轩、毕飞宇、阎连科、王家新、西川、臧棣、于坚等，这种学者作家化或者说作家学者化的现象，如今已经越来越成为一种潮流和趋势。

学科归属的尴尬，使写作这一学科在中国语言文学的旗下，至今还没有上升为二级学科，它有时只能蜷缩在文艺学、中国古代文学、中国现当代文学之间徘徊寄生，地位在很多地方不受待见。更为严重的是很多"985"院校的文学院干脆就取消了写作课，以至于不少教授写作的老师在评职称过程中处处受挫，久而久之，心理上就自卑起来，觉得低人一等。所以针对这一困境，应该谋取写作学科的独立和发展。在这方面武汉大学文学院开了一个好头，已经连续数年招收写作专业的博士。什么时候所有大学中文系的写作课，能够和语言、文学专业一样平起平坐，或者比它们还受重视，写作学才会真的有希望。

散文文风的不良"面相"

如今，散文似乎愈来愈好写。不论是大名鼎鼎的作家、学者，还是普通的老百姓，上自八旬老翁下到十三四雏子均可触及。所以，1990年代以来它的行情开始看涨，报刊辟专栏，出版社出丛书，社会上开笔会，什么小女人散文、大文化散文、新散文、新媒体散文、原生态散文、在场主义散文等，众声鼎沸，五花八门。"好写"与"走俏"的互动，使曾经沉寂的散文园地变得热闹、繁荣起来，有论者甚至把20世纪90年代称为"散文的时代"。

进入新世纪，散文创作却出现了明显的滑坡。尽管创作队伍依旧壮观，产量更加惊人，并在题材视域与个体风格的拓展、处理日常现实生活的激变能力和艺术技巧的普遍提升等方面，有许多可圈可点之处，可是其表面的喧哗已掩饰不住内在的混乱，不但在对拳头作家和经典文本的输送上大为逊色，而且在写作难度的克服、艺术可能性的寻找上未提供出多少新质，即便是创作自身也存在着一些本质的失衡现象。

为什么散文创作再度陷入低谷？这固然和市场经济的冲击、大众消费文化的风行、回温的诗歌与长篇小说的上挤下压等因素有关，但是散文创作的文风问题恐怕也难辞其咎。说到文风，在这里已不仅是文章风格的意思，而指代着超越于文章风格之上的一种创作风气和倾向。放眼当下散文创作的文风，至少有几点亟待反思和调整。

"一窝蜂"似的同质化

把经典和大师当范本学习不失为一条成功之道，但若一味临摹、仿制，就会适得其反。《文化苦旅》之后，各种面貌的"余秋雨"纷纷在人文传统、自然山水、历史文化题材中寻觅、穿行；刘亮程一出，无数崇拜者便争相在村庄、河流、麦地等乡土意象的原野上开镰收割；尤其在周德东、洪烛、周国平等辐照下，报纸副刊和流行杂志上的青春美文、哲思小品，更是铺天盖地，令人目不暇接。这种趋同现象，和一些成名作家作坊式的批量生产聚合，把个人化的创作行为又改写成了集体书写，充满了似曾相识的重复感，创造力日渐委顿，虽然很多跟风之作技巧圆熟精致，颇具煽情能量，但还是因缺乏应有的鲜活与生气而令人厌烦。

像大量逆现代化潮流而动的乡土散文，的确以乡土闲适、纯朴、安静品性的认同，暗合了现代人寻找精神家园的精神脉动，对抗了都市工业文明的喧嚣异化，可这些多为都市作者想象、炮制的土地神话，在某种程度上偏离了现代乡土古朴而悲凉的灵魂内核，它在如今后工业的社会里表演，也有几许滑稽味道，并且面对流转的人生现实和繁复的心灵变幻，过度承袭他人的思维方式、表现手段与形象系统，不可避免地会发生错位与冲突，使艺术传达趋于贫困，而从题材选择、感情状态、感觉习性到想象路线、遣词造句乃至文章题目等高度趋同的"类"化，则使大量的创作个体形象模糊，千人一面，让读者产生审"美"疲劳自然在所难免。

偏于抒情与记事的"自恋症"

贾平凹在《散文的看法》中断言："唾弃轻而狂的文风，有人却走向另一绝地，使散文的题材狭窄，精神脆弱。"这切中了散文界要害，即一度减轻的自恋症在新世纪又开始发作、加重。对宏大叙事的厌倦，使许多作者的个体情感和经验不自觉地膨胀，充斥报刊的到处是"自我"色彩浓郁的抒情与叙事，而且多停浮于游山观水、吟风弄月、伤情怀旧的把玩，轻松自娱、思想贫血现象频繁发生。

如那些瞩目于婚恋之类的消闲题材、自得其乐的小女子散文与小男人散文和那些讲究客观真实、质感复现的在场主义、原生态散文等，就大都平面世俗，轻软琐屑，鸡零狗碎，仿若生活的流水账，内质孱弱。像发表于《散文百家》的《狗肉蘸盐花下酒》，十足的细腻、朴实、原生态，先写屋里几个人在用狗肉蘸盐花下酒，然后猜测狗的来路、何时吃狗肉最佳，再说乡下杀狗、炖狗的种种细节，中间夹杂两个狗的忠诚故事，最后写到冬天里大家围坐桌旁吃狗肉，因狗肉的缘故而异常温暖。作者把生活中的事象移植到作品里，像是展现北方习俗、"狗性"可靠，又像是什么都不表现，只是吃狗肉事件过程和细节的本真敞开，拉杂啰唆，谈不上什么深邃的内涵，也少将生活转换为艺术的审美因子。这两种偏于抒情与记事的路线，都在无形中助长了散文的浅薄平庸，减弱了散文的骨力和钙质。其实，上乘的散文应像史铁生揭示人生困境的《我与地坛》、张承志张扬崇高境界的《清洁的精神》那样，达成情、意、知的三位一体，在介入现实、传达真情实感的同时，自然地凸显出深刻体验和思想的筋骨，给人展开一片智慧的家园，情理浑然。

贪"大"文化情结日益膨胀

周涛、李辉、韦君宜等文化散文的成功和贾平凹借助《美文》对"大散文"的倡导，双向激发了作者们心中潜存的宏大意识与情结，一时间求思想、境界、气魄、容量之大成为一种风尚，长篇散文、系列散文在文坛此起彼伏，其热度至今不减。

这种追求纵横捭阖，文思阔达，浓化了散文的文化氛围，利于表现民族精神与东方智慧，也是对自恋症的一种积极遏制，像阎连科的《我与父辈》、王充闾的《张学良：人格图谱》、梁鸿的《中国在梁庄》就或以辛酸乡土经验的质朴回眸，或以爱国功臣张学良心灵的散点透视，或以底层人生和呼求的深切触摸，产生了撼人魂魄的力量。但是大量作品向"后"看，在逝去的历史甚至远古洪荒中驰骋想象，一些作者对观照对象既没有深入的情感体验，又没有充分的理性认识，所以只能浮面地罗列地名景观、风俗事件、传统思想等知识元素。由于缺少当代意识的烛照，过分依赖于文化意识，他们建构的文化空间常常人气稀薄，异常空泛，是生态的而非心态的，是文化的而非文学的，疏离了具体现实和当下心灵，结果是留下了不少文化赝品。特别是有些作者借长篇、系列之名，不在深度、高度上做文章，倒把体积搞得"大"有赶超短篇、中篇小说之势，拼命比长度比篇幅，而实质上却散漫随意，冗赘不堪，水分饱满，"瘦身"是大势所趋。我想最好的散文是能够切近读者的心灵与日常现实，充满人间烟火之气，王兆胜的《母亲的光辉》《三哥的铅色人生》《与姐姐永别》等亲情散文之所以催人泪下，就在于其感情发自肺腑，诚挚真切，有"心"的重量；好的散文更该虑及当下读者生活的快节奏，尽量简捷，同炼情炼意炼味一起炼言。

"散文"的腔调过盛

不知从什么时候起，很多人都觉得散文即"美文"，其结构必巧，语言必美，这种近于迷信的观念使"文胜于质"的传统散文弊端至今仍时时存在，很多作者努力把散文写得更像"散文"。随便翻开一篇文章，就是这种文采飞扬的诗化状态。有篇《散文是棵树》写道："百鸟的鸣唱，常常在树上啭出华丽的辞章。散文这棵黄果树，它既有清一色墨绿的朴实与安详，也有花团锦簇的繁华与喧嚣。不同的轻风吹来，吹出了不同的色彩，不同的姿态。要么鹅黄，要么深绿，要么卷曲，要么舒展。"其拟人象征的手段、托物言情的构思、精致婉约的风格及华丽讲究的辞藻，不能说不美，但总让人感到它太美太玄，太端庄高雅，太注重技术经营，和普通的读者生命之间隔着一层，有些不够自然的矫情和牵强。而像阿健巧妙揭示成功的门往往虚掩着、需要人们走出思维定式将它轻启道理的《虚掩着的门》，则走了一条简隽朴素的路子，不做作，不卖弄，无艳词丽句，少高难技巧，平平淡淡的语汇，娓娓道来的调子，却清新自然，把道理传达得澄澈清晰，有一种洗尽铅华、直指人心的魅力。

好的散文就如散步，它应言之有物，准确生动，轻松随意，远离外观的圆熟华美，而求内容、文字的透彻、本色和深入浅出，以"平淡"为最高境界，自然却少矫饰，流畅又不雕琢，彻底从"像散文"的思维怪圈中走出。

文风不是小事，它往往是世道人心、时代风气的外化。优秀的散文作家应该对易学难工的文体散文怀着一颗敬畏之心，重真诚，戒浮躁，扬自然，去粉饰，既丰富情感血肉，又锻造思想筋骨，让散文具有感染性与震撼力，更收放有度，平易可亲。

从"树下"再出发

——《第二届"南开穆旦诗歌奖"纪念文集》序

南开大学的诗歌和南开大学的历史一样悠久。在近百年绵延的历史时空里,始终有一群缪斯的孩子在南开园里吟唱。尤其是抗战期间崛起的穆旦,更以人与诗对时代的双重切入,构筑起一道孤独、沉雄、峭拔的迷人风景,成为中国新诗坛的翘楚。

遗憾的是,在 1949 年后的一段时间里,尽管青春的校园依旧鼓动着一颗颗易感的心,不断放飞着他们五颜六色的梦想,但确切地说,在全国校园诗的和声鸣奏里,南开的声音时断时续,弱渐至无,惨淡得愧对学校高贵的名字。好在那一段郁闷的日历已被时间悄然翻过。

当初的穆旦只是"九叶"中的一片,而后日渐长成一棵葱郁之树,如今已是参天的"传统"了。站在它茂密树影的荫蔽之下,不时会感到脖颈发酸,可是隔着岁月之风,能够和"传统"进行跨世纪的精神交流与对话,又是怎样一种令人艳羡的福分啊!

一次次艺术节上,一批批年轻的学子汇聚到"树下",聆听叶子的絮语,解读年轮的奥妙,吮吸季节的芬芳。那是在感悟诗的哲学,探寻生的真谛,提升灵魂的品位。也许有人会说,他们缺少渊博的学识,没有大海那样丰富的经验,但敏锐、多思、聪慧的心,敦促着他们直接迈进了缪斯的大门,其对良知、时代的担当,对艺术的原创与虔诚,可以说是对南开诗魂的最好怀念与承传。

学子们已经站在"树下",准备再度出发。将来他们不论走得多远都会铭记:南开,是自己梦魂牵萦的精神家园,是通往明天和辉煌的思想故乡。他们会成熟的,在一个个早晨或一个个玫瑰色的黄昏,从一株株稚嫩的"小树",发展为一棵棵参天的"大树",最终汇成一片浩瀚的"森林"。